U0125376

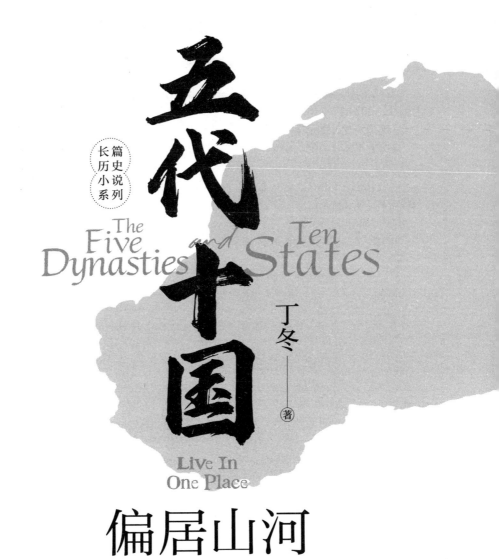

长篇历史小说系列

五代十国

The Five Dynasties and Ten States

丁冬 著

Live In One Place

偏居山河

辽宁人民出版社

图书在版编目（CIP）数据

五代十国．偏居山河 / 丁冬著 . —沈阳：辽宁人民
出版社，2024.1
（长篇历史小说系列）
ISBN 978-7-205-10763-5

Ⅰ . ①五… Ⅱ . ①丁… Ⅲ . ①长篇历史小说—中国—
当代　Ⅳ . ① I247.5

中国国家版本馆 CIP 数据核字（2023）第 098032 号

出版发行：辽宁人民出版社
　　　　　地址：沈阳市和平区十一纬路 25 号　邮编：110003
　　　　　电话：024-23284191（发行部）　024-23284304（办公室）
　　　　　http://www.lnpph.com.cn
印　　刷：北京长宁印刷有限公司天津分公司
幅面尺寸：165mm×235mm
印　　张：17
字　　数：200 千字
出版时间：2024 年 1 月第 1 版
印刷时间：2024 年 1 月第 1 次印刷
责任编辑：贾　勇　赵维宁
封面设计：人马艺术设计·储平
版式设计：一诺设计
责任校对：吴艳杰
书　　号：ISBN 978-7-205-10763-5

定　　价：68.00 元

第一章
敬瑄一脚定江山　王建苗甲入东川

　　自黄巢起事，唐廷的皇帝就多次逃入蜀中避祸。这使得蜀中很多事务较之前多有起色，很多规制多以唐礼事之，而且很多人才的选拔制度也多倾向中土。对于唐廷来说，黄巢之乱注定不是好事，但对于四川来说，却迎来了难得的发展。黄巢之乱被平定后，皇上也不能一直待在蜀中，得归于长安才行。

　　唐僖宗与田令孜回到长安之后，满目疮痍，万物凋敝。朝廷需要银子，但长安被黄巢蹂躏至此，还哪有银两来重整山河呢？田令孜是皇帝的近臣，自然这种事情是需要他来思虑的，于是他盯上了河中的盐税。而河中分明是王重荣的地盘，王重荣当然不可能任由田令孜在自己身上割肉，所以对朝廷的盐税充公的说法坚守不动。田令孜只能想方法，将王重荣移去他镇，然后再由自己信任的人出任河中节度使。可王重荣哪里是能任人摆布之人，他联合河东的李克用，一起向长安发难，以清君侧的名义，讨伐田令孜。只用月余时间，就攻到了长安城下，唐僖宗刚刚被黄巢折腾完还没消停几日，没想到王重荣和李克用又来。他能想到的对策，无非是再次从长安西门仓皇而逃。这次逃入蜀中，唐僖宗可不敢轻易再出来了。不过王重荣和李克用并不是想造反，只是觉得田令孜动了自己的盐税，而且朝廷一直没给自己什么封赏，头上寸官没有。对于王重荣来说，是保持既有利益；对于李克用来说，算是讨官之旅。

唐僖宗和他的田阿父再次逃到成都，总要安稳一下再说。但背后追赶而来的"忠臣"们总算等来了表忠心的机会。有人干脆建议皇上就地延续科举，在四川选拔人才，然后在成都成立一个小朝廷，将成都变成陪都，一旦关中有变，便可逃入蜀中。唐僖宗再次入川，可不比前一次，那次他面对几近疯狂的黄巢，近乎无路可逃，能逃到蜀中，已是万幸。但此后的局势，超出了唐僖宗的预想，他根本没有想到，急急奔长安而来的李克用和王重荣，根本没有反叛之心，相反，前来蜀中迎他的朱玫、李昌符才是真正的心怀鬼胎。李昌符还在最后的关键时刻，将唐僖宗软禁于凤翔之地，进而想挟天子以令诸侯，终被平灭。由于此次长安之乱，多由田令孜引起，况且田令孜已然开罪了实权人物李克用和王重荣，所以，即便他回到长安去，也很难再有之前田阿父的地位和号召力。田令孜一想，年事也算不小，而且成都又是自己的故乡，莫不如借着这次长安之乱，顺水推舟，就留在蜀中不走了。田令孜当然知道，他这么做，唐僖宗只有高兴，没有生气的可能。因为自从唐僖宗登基以来，就一直被田阿父挟持着，当年还是因为他年幼无知，但自从成年之后，就一直在想方设法让田阿父归还属于他的权力。田令孜这个时候这么说，唐僖宗当然应允。只不过，还是得演一出半推半就，兴起时还得哭一鼻子，然后才最终完成交权。

有意思的是，皇上从蜀中回长安了，这蜀中节度使由哪个来做呢？这事儿可让唐僖宗犯了难。因为所有人都将蜀中视为极致乐土。山高皇帝远，而且蜀道难，天府之外山川险峻，天府之内桃红柳绿，当然是自立为王的好去处。所以，自从生出要选蜀中节度使的事端，入田府说情，甚至入宫前去引荐者多如牛毛。最后到了田令孜和皇上都不胜其烦的程度。最后，唐僖宗决定，就以一场蹴鞠比赛来决定西川节度使的最终人选。这比赛制选官看起来公允，实则，在历朝历代都没有如此滑稽的选拔之举，甚至被后人称为"一脚定江山"。这个故事的主角有四位，他们分别为杨师立、牛勖、罗元杲和陈敬瑄。而这四个人，都是田令孜的养子，而且都是蹴鞠的高手。之所以在这四人之中产生，无非是唐僖宗想卖给田令孜一个面子，最后的人选就在他的养子之中选出。毕竟蜀中是唐廷最后一条逃生通道，负责把持这条绿色通道的人物，必须是皇上极为信任的人，而这些所谓的人物里，又必须是田阿父看得过眼的人物才行。在他的蹴鞠高手之中选择一人，就成为最直接和最简单的手段。田令孜实在被最近的事情烦得受不了，所以就任由皇上去做，听之任之。

在田令孜的养子当中，陈敬瑄的球技是最好的，但前三名互有攻守，也无非杨师立、牛勖、罗元杲这几个人。在田令孜的养子当中，有一个人战绩一直过人，就是王建，他起先曾任神策军使，但因为他球技一直没有前面几位好，被老田好言相劝，最后得了一个利州刺史的官职。王建对蹴鞠入围的这几位都相当不忿，封疆大吏，怎么可以用蹴鞠这种方式来决定最终的人选呢？可田令孜此时权倾朝野，就连皇上都得听老田的，更何况王建了。既然已然盘算了早晚要入川，那早去总比晚去的强，王建向田令孜讨封，希望封他为利州刺史。老田无非也是在这些养子之中平衡，明摆着要给陈敬瑄机会，王建最好先被剔除出大名单，这样才能保证至少在陈敬瑄和杨师立之间择一人。其实，无论如何都是老田胜出，因为这些人都是他老田收的养子，谁入西川无非都是为老田卖命。

比赛那天，正巧也是王建收拾行装入川的那日，王建路过皇宫蹴鞠园，听见里面人声鼎沸，对比鲜明的是，王建上任利州刺史居然没有一个人来送。王建在一片祥和起舞的喧闹声中暗暗发誓，终将有一天，我王建将做一件让你们所有人目瞪口呆的事情，将这些无脑狂欢的无聊之辈碾得粉碎。

王建出城之时，这边宫内蹴鞠园的比赛就开始了。先是抽签将四人分成两队，然后两队胜出者，再一对一决赛。这意味着最初被分在一组的人，将既是朋友又是敌人。在最初二对二的比赛中，既要全情投入，又要对自己的队友有所保留。

四人抓阄决定，陈敬瑄和牛勖一队，杨师立与罗元杲一队，起初陈敬瑄与牛勖配合不佳，被杨师立二人领先两球，但陈敬瑄球技不错，以个人能力追回两球。之后罗元杲再入一球，球场上气氛紧张，有不少人已经将人马埋伏在附近，以防自己主公没有得胜，然后可以起兵要赖。陈敬瑄当然是这方面的老手，他对杨师立低声说，你配合我让我入两球，我到时升你为刺史，如若不然，你看看四周，你还有命出这个门吗？杨师立暗暗环视一周，觉得情势不妙，便决定放水。之所以陈敬瑄可以这样肆无忌惮，就是因为，他跟罗元杲早已结盟，如若分在一个队，他们就全力进攻，如若没有分在一个队，就依计恐吓杨师立，让他就范。这其中，只有牛勖被蒙在鼓里。一旦牛勖进入决赛，陈敬瑄也有"妙计"等着。

一场球这么个踢法，陈敬瑄和牛勖自然会取胜，关键在于陈和牛的决战。就在大家休息片刻准备决赛的时候，牛勖的家人已然被"请"到外围观战。牛勖起初还没留意，之后被一个小校递过一张字条，他看过之后，顿时脸色大变。这种球哪个还敢赢啊，陈敬瑄这完全是志在必得。这哪里是什么游戏，完全是一场彻头彻尾的角斗。陈敬瑄如愿以偿地在最后的决赛中以一球小胜，最后他还不忘把戏做足，让牛勖在一比四落后的情况下，连追三球，在最后一次防守的时候，再恰如其分地放一次水。最后陈敬瑄一脚中的，成为美谈。这也为唐僖宗以蹴鞠的形式来确定西川节度使人选画上了一个所有人都满意的句号。

在这里面，只有田令孜是最后的赢家，因为他无非抱着一种赌场老板的心态，谁输谁赢到最后都是老田赢。所以，谁跟他去西川接任节度使，都一样是田氏的胜利。只不过，这种东西在比赛之前就已经基本确定了最后的胜者。

陈敬瑄跟田令孜一起，敲锣打鼓，仪仗排开向川中行进，每条路都沿大路一直向前，那种偏居一隅、世外桃源的生活，仿佛正朝着他们走来。很快，他们就进了成都，成都各级大小官员都出来迎接新任西川节度使。所谓的一脚定江山，陈敬瑄的这则"故事"已然在蜀中传开，都说唐廷已经昏庸到踢一场球就能将蜀中之地交给这样一个不学无术的"杂技艺术家"，陈敬瑄的口碑可谓一落千丈。相反，这个时候身在利州的王建正踌躇满志，在他看来，利州这个地方，地困民穷，不能久安，于是他开始依谋士之计，结交更多苗家人物，所谓溪洞酋豪之族。王建本就是一个市井之人，非常乐于结交这种豪爽的朋友，而洞居的苗人，铁器方面多有不足，王建就将利州城内多余的铁器送给苗人，以解决他们生活之中的问题，而且他们也以粮食来换苗人手中的各种奇特草药。这些策略出台之后，苗人与利州王建的关系愈加融洽。王建时常请苗人族长前来利州，讨论川中发展之事，更多的是向苗人请计。苗人首领都力平与王建结为异姓兄弟，八拜之交。之后，都力平为王建献出一计。据他观察，川中利州地多贫瘠，但阆州则有不同，物阜民丰，都力平劝王建顺嘉陵江而下去取阆州。王建听从都力平的建议，准备了大量的竹筏，向都力平借了八千苗人勇士，加上他自己的六千军兵，顺江而下，没出三天，就攻占了川东重镇阆州。

王建自封为阆州防御使，但阆州其实是梓州所辖之地，居于梓州的东川节度使顾彦朗是王建当年在神策军之时的旧交，王建私自占了阆州，自然要去顾彦朗那里言语一声，打个招呼。面对王建来探，顾彦朗当然没法把面皮扯破，但王建事实上占据了阆州，他也不好说你给我退出来，而是为了显示兄弟情义，一次次地给王建送些给养。他认为，只要自己做人到位，最后王建是一定会不好意思对他动武的。可王建并不这么想，他想的是，只要自己脸皮厚，吃到一口算一口。王建目前还没有进攻东川的意思，所以顾彦朗对他也并没有那么多的私心，他忧心的，是刚刚在西川当了节度使的陈敬瑄。

顾彦朗想什么就说什么，对王建以实相告，王建哈哈大笑：这有何难？大不了我去成都拜见阿父，然后再向陈敬瑄讨上一封不就得了？于是王建事先给田令孜修一封书信，把讨封这件事向田令孜讲明，田令孜当然高兴，日后跟陈敬瑄一商量，不如就依了王建，让他和顾彦朗去守东川，然后关中一旦有失，还能成为成都的屏障，就回信答应了。王建收到信非常高兴，还把信给顾彦朗看了，说想不到这川中以后就是咱们兄弟的地盘啦，你我坐镇东川，我这辈子就知足啦。顾彦朗则不这么想，他总觉得这件事并没有王建说的那么简单。王建则一心想去成都接受封赏。这个时候的大唐正在风雨飘摇中，本来这种所谓的封赏应该是去长安才对，但在川中，这么一个封闭之地，能取得西川节度使的认可，才是在这里生存的王道。于是王建带上自己的养子和侄子率领两千多人，亲自去往成都。

陈敬瑄在发出封赏王建的书信之后就有点儿后悔了。因为有谋士对他说，在川中这个地方，因为多半时候与世隔绝，所以绝不可以做壮大别人的事情，因为你不知道什么时候，他就成了你的敌人。更何况王建这种人，当年在神策军的时候就是出了名的混不吝，而且多吃多占、吃拿卡要，可以说无恶不作。在神策军的时候，王建居然得了一个"贼王八"的诨号。倒不是存心骂王建，主要是在神策军中有八位都司，而王建恰好排行第八。而他之所以有这样的诨号，只可能跟他在军中的诸多习惯相关。所以，这时候有人跟陈敬瑄说，王建何许人，你不可不防时，陈节度使就命军兵传令，令已在路上的王建退回利州。

已经赶路赶了大半的王建突然得到这样一则命令，明显感觉到陈敬瑄对他起了敌意。如此他即便回到利州也不会有他的好果子，既然已经发兵去成都，就莫不如一不做二不休，去取了成都又能奈我何？要知道王建此时只带了两千多精兵。不过好在他在利州和阆州还有很多自己人，而且他还让守在阆州的苗人都力平再派几千苗人勇士前来助他。

本来陈敬瑄的西川节度使就来得名不正、言不顺，人们多有诟病，这个节骨眼王建猛攻西川，而且没有多久就攻下西川射山、德阳、绵竹、汉州诸郡，一时气势旺盛，蜂拥来投者众。这个时候陈敬瑄飞来一封书信质问王建，何故造反？我与阿父都对你不薄。王建却回信说，本来是阿父召我来成都，你算个什么东西，挡在我跟阿父中间，在我去成都的路上横挡竖拦？现在，我已起兵，必定攻到成都跟你对峙，最终要有个结果。对我的封赏断不能改，否则小心你的成都被我整个掀翻。

作为两人的阿父，田令孜自然是想当和事佬。但王建这个时候已经压不住火了，反正以后也要在川中跟陈敬瑄掰掰手腕，莫不如借此机会，围他一下，试试老陈的战力如何。但王建高估了自己军队的战力，连攻成都三天，成都纹丝未动，他不得不退守汉州。王建一攻不成，就想退回阆州了，但他的谋士对他说，既已经得罪陈敬瑄了，就不能轻易退兵。反而应该借势夺取比较富庶的邛州。王建依计行事，果然轻取邛州。而此时唐廷风云突变，唐僖宗暴病而亡，由原来的寿王李杰即位，改名李晔，这就是后来的唐昭宗。不过李杰在蜀中的时候跟田令孜有过节。说起来也算不得什么大事，就是当时唐僖宗在蜀中逃难之时，李杰脚崴了，然后就想寻一匹马骑。但这时候正在逃难，哪里来的马骑，只有田令孜，因为是皇上的阿父，而且年事已高，只有他有坐在马上的资格。而更多的皇子大都徒步而行。李杰脚崴了，想骑马，却被告知只能扶着马缰绳行走，而这些人之中，就只有老田一人有马。结果这个画面就变成了李杰给田令孜牵马坠镫。虽然所有人都没觉得有什么不妥，但在当时李杰的心中，就认定田令孜违逆人臣之礼，让皇子为其牵马，居然还心安理得。此时自己已经成为皇帝，当然要把这个胜负争回来才是。

王建的谋士正是看到了这一点，便劝王建不必再想攻城之事，而是转与顾彦朗联合向唐昭宗参陈敬瑄和田令孜一本，就说他们为祸成都，不惜别县，吃喝无度，百姓疾苦。唐昭宗想找机会还找不到，想睡觉有人给递枕头，何乐不为？于是下令，让陈敬瑄移镇别处，由韦昭度入川，接手西川节度使，处理川中大小事宜。韦昭度说入川，五日即到，这在川中的行进速度上也能排到前几了。眼看着韦昭度到了成都城下，陈敬瑄当然不想移镇，于是直接抗命不遵。王建一看乐了，陈敬瑄违抗皇命，这不就是妥妥的反贼了吗？于是再次集结人马，为成都城下的韦昭度壮大声威。王建借韦昭度之手，以皇命要挟，希望城内的田、陈二人能出城受降。

规劝陈敬瑄无果，年事已高的田阿父只能上城楼去向王建喊话："阿建我儿，你与敬瑄乱战至此，让为父如何自处啊，莫不如你先罢兵休战，我们父子，你们兄弟之间，有话好商量嘛。"王建在城楼下跪下，并痛陈道："阿父在上，王建不孝，并不是我带兵来攻城，而是他陈敬瑄过于飞扬跋扈，现在新任节度使韦大夫就在我的大营，皇命让陈敬瑄让出西川节度使之位，他抗旨不遵，儿也只能如此，皇命难违啊。"田令孜过惯了说了就算的日子，现在皇上换了新的，所以他用一场球赛为陈敬瑄得来的西川，现在也很难保住。王建野心颇大，这时候就需要用田、陈二人的西川来向皇上讨封，如何听得阿父的规劝呢？

田令孜劝王建不成，又回城去劝陈敬瑄。陈敬瑄一听说让他出城受降，当然不肯。到手的西川节度使怎可拱手让人？话说到这个份儿上，好像除了开战也没有其他的解决办法。成都也并不是什么无名的州城，城内积聚粮草颇多，人力充足，军兵也算奋勇，所以，王建、韦昭度一时无法攻克。如果真的强行攻城，那死伤人数是王建不能承受的，他的东川老本儿都有可能赔光。所以，在谋士的建议之下，王建决定对成都围而不攻。

谁想，这成都一围就是三年时间。这期间，成都城内的给养早已吃空，有一些人穿越封锁往城内运物资，韦昭度和王建也都睁一只眼、闭一只眼，因为成都被围这三年，已经可以用惨绝人寰来形容。因为城内米粮已经吃空，所以养子女就成了巨大的负累，成都城内有很多父母做不出易子而食的事，就只能将孩子放去大街上流浪。那些孩子每天就像饿鬼一样穿行在成都街头。陈敬瑄的所谓威信也已荡然无存，所有人都想着只要能有口吃的，成都到底是谁的，根本不重要。

可即便是王建、韦昭度对偷运粮食进城的人不闻不问，却也控制不住城内的物价，川中粮米多按竹筒计价，这个时候的一竹筒米已经涨到百余钱不止。并不是所有的人都有能力买米买粮，成都街头遍地饿死的饥民，打砸抢烧者不计其数。即便陈敬瑄以最残酷的刑罚来处置这些犯科的饥民，依然无法控制城中的局势。成都已然成了人间炼狱。

王建见攻城时机成熟，却有一个韦昭度与他争功，十分不爽。这位韦大人自从围困成都以来，寸功未立，只知道在王建身前狐假虎威，王建想劝他去东川"休息"，但眼看马上到手的成都，他怎肯轻易放手。王建没办法，只能祭出一招杀鸡儆猴，他将韦昭度手下一个名叫骆保的部将抓了，一经审问，果然是以职务之便偷偷向城内运送粮食。其实这三年间，这种偷运粮食的人多了，为何只处置骆保一人，无非是办他给韦昭度看。一般盗卖军粮，无非是个斩首之罪，但王建办骆保却用了脔食之刑，骆保死状极惨，令人心惊。

韦昭度听说骆保死得极惨，知道王建手段极其毒辣，所以，这个摊在成都城下的功劳，韦昭度还是没有那么强大的心脏来承受。所以他决定回东川休养，不仅如此，他离开之前，还将西川节度使的印绶交给王建，并委任他为三使留后行营招讨使。这其实就相当于将西川的大权无条件地交给了王建，王建假惺惺地送韦昭度出剑门，临行之时还哭了一鼻子，但等韦昭度一出剑门，他便急令军士将剑门封锁，以后没有他的命令，连一只鸟也不准再放进来。

这边送走了与他争功的人，另一边，王建还得将城里靠踢球得官位的陈敬瑄赶下去。他派出大量细作潜入城内，一边找机会漏出一些消息给陈敬瑄和田令孜说，王建的部队三年之后军心涣散，无力再战。另一边到了民间，他们又称王建的部队英姿神武，而且从东川源源不断而来，成都瞬息之间就可能被攻破。

成都城内，高层开始幻想王建不日即将撤兵，而一般百姓却心如死灰，担心城破之后他们再无安生之日。所以成都在一片舆论攻势之下，没等开战，人心已破，再无抗敌可能。王建开战之前再次请求在城头喊话田令孜，田令孜还是一再恳求王建给陈敬瑄和他一条生路，可王建说，圣旨之下，如果我跟你讲情义，那岂不是要抗旨不遵了？田令孜想一想也是，于是再次回去劝陈敬瑄，说现在这种情形，一旦王建打进城来，可能你我都命不久矣。这次陈敬瑄听从了老田的请求，决定出城投降。

投降的时候，整个成都的人都走到街上目送陈敬瑄端着他的印信之物走出东门，面见王建。但陈敬瑄还是留了最后的一丝倔强，交由田令孜将印信交给王建。当王建单手接过印信的时候，整个成都城内城外，高呼"万岁"之声此起彼伏。公元891年秋，唐廷最终承认了王建对川中的实际占领，封王建为西川节度使，蜀中之地尽归王建。

王建，之所以被人称作"贼王八"，还有一个原因是，他当年投军时候的目标居然是盘踞蔡州的秦宗全。这位秦将军，之前还是剿灭黄巢的义士，转眼就投降成了黄巢帐下的良将。即便黄巢被剿灭，他依然占据蔡州，自立称帝。而且此人杀人成性，想什么就做什么，他居然还继承了黄巢的杀人作为军粮的"传统"，到最后在蔡州称帝的时候，蔡州周边百姓已经逃的逃、散的散，没剩多少人家。所以，很多朝臣一见到王建就能想起魔王秦宗全，后来虽然秦宗全伏法，而王建也弃暗投明，最后拜在田令孜门下，也没能抹去他之前委身于贼的黑历史。

此番他在川中虽未称王，但实际与蜀王无异。有一些人就谈论起他当年在蔡州的历史，然后就有谋臣向他禀报，说哪个哪个又说他什么什么了，王建都付之一笑："说且让他说，做却我来做。以前的事情我改变不了，我只能改变以后的事情。"王建虽然出身草莽，但为人还算宽仁。

他太知道大唐这个庞然大物到底是因为什么才被蛀虫搞成这般模样，所以，他不分远近亲疏。占领成都之后，有人劝他，千万不要任用陈敬瑄以前信任的人，小心陈敬瑄借此反水，最后清算你王建。王建不以为然，却对陈敬瑄任用过的能人加封重要官职，用他自己的话来讲，蜀中本是偏地，陈敬瑄来的时候两眼一抹黑，我也是一样。对于我和陈敬瑄来说，所有人都是初次见面，所以，谁能用他的能力帮我王建，那就算是我的恩人，我感谢还来不及，怎么可能还往外推人家？著名的词人韦庄就在此时被他任用为掌书记，而蜀中起用能人之众不计其数。不仅如此，王建还效仿唐朝初年贞观之治的很多做法，减少赋税，鼓励农桑，蜀中经济大为宽裕，被人称为"小唐风"。

但王建最担心的还是他们的死敌的反攻，比如出城投降的那位前西川节度使陈敬瑄，还有他的阿父田令孜。其实就从他们交出印信的那一刻起，这二人就成了王建股掌之间的蝼蚁，想杀他们的时候杀了便是，不需多言。在陈敬瑄投降之初，王建还假意封他为"陈太师"，让陈敬瑄在他的蜀中议厅之中占据一席之地。其实也无非是给大家做做样子，显示他王建为人大度宽容，实则是将陈稳住，等时机成熟好操刀杀人。

这个时候突然就有一天，有人告陈敬瑄密谋造反。这还了得，王建命他的将官把陈敬瑄宣来问罪，然后所去的将官回报在抓陈敬瑄来的路上陈敬瑄"恰巧"暴毙而亡。两个人头，转瞬就去了一个。另一个，田令孜已过花甲，而且年老体衰，早已没了造反的可能。但这时候却偏偏有人告田令孜暗通凤翔的李茂贞，欲在蜀中反水。王建二话不说，就将他的阿父投入蜀中监狱，王建也不好将自己的阿父开刀问斩，但注定是不可能让田阿父余生再迈出监狱半步。

解决掉了两个笼中之物，接着就是他东川的那位旧友顾彦朗了。不过还没等他去杀顾彦朗，顾就寿终正寝了，东川事务多由其弟顾彦晖主理，被封为东川留后。这个时候的唐廷已然知晓了王建的居心，于是有心想让顾彦晖坐大，以平衡蜀中权力。不想使者走到绵州的时候，绵州刺史常厚恰逢其时地将使者扣下，并兵发梓州去讨伐顾彦晖。顾彦晖当然没有这个应付的能力，只能求助西川的王建来救。说来也怪，王建派出的王宗侃和王宗弼兄弟迎战常厚，常厚一看到二人的部队之后就望风而逃。平定了叛乱，也迎回来使者，顾彦晖当然对王氏兄弟心存感激。于是顾彦晖率众人，带着给养，出梓州到王氏大营前去劳军。之前王氏兄弟与王建所定之计便是，待顾彦晖前来劳军之时，将其逮住杀之。可王宗弼却将"大营摆下小鸿门"之事提前泄给了顾彦晖，顾得信后吓得魂不附体，说什么也不敢出梓州城了。

从此以后，顾彦晖就再也没出过梓州城。但就算是这种情况，在王建去攻彭州的时候，还向朝廷诬称顾彦晖剿贼期间拒不出兵。王建在彭州胜利之后，就转头来攻梓州。从公元893年到895年，近三年时间里，王建进攻梓州六十多次，虽然最终没有攻下梓州，却将梓州城防和附近城乡弄成一片焦土。坊间传言称，王建又要复刻"成都围城"的打法，并对外宣称，梓州最少要围三年。顾彦晖当年可是"成都围城"的亲历者，如何能亲眼看着梓州成为第二个"炼狱之城"呢。

这一天顾彦晖以过寿之机，将亲眷三十七口人聚于一堂，恰在酒酣之际，顾彦晖养子顾瑶突然将顾彦晖刺死，然后将满堂三十多口人全部杀死，最后自刎而亡。原来是顾彦晖自知一旦王建破城，将可能被王建灭门，与其被王建灭门，还不如成全自己满门忠烈的名分。虽然顾彦晖此前将蜀中之事密报给唐昭宗，决然赴死，但唐昭宗在听说蜀中皆为王建所据之时，还是不得不以蜀王封之。公元903年，王建被唐廷封为蜀王。蜀中朝臣皆上表劝进，但王建却觉得时机未到。要知道，当年唐僖宗第一次逃入蜀地的时候，可是王建舍命保护大唐的国玺不被贼人所掠。

而恰在此时，彭州突然传来消息，说此前王建剿灭彭州时，留下了一个巨大的后患。当初王建围彭州的时候也是久攻不下，可守军却想出一个坚壁清野的策略，就是将城中百姓都赶出城，然后留下足够的口粮，既拒了王建，又给王建挖了一个坑来钻。如果王建收留这些百姓，就将消耗他的军粮，如若不收，就坏了王建爱惜子民的名声。其计不可谓不毒，而王建的应对也相当绝，他肯定是不可能收留这些百姓来浪费军粮的，但这些人本身是有利用价值的。所以，他们将这些百姓，男的选些精壮的，女的选些有姿色的，将他们运到蜀中别处卖身为奴。这样卖来的钱还可以充作军饷，对王建来说，两全其美。但是苦了彭州的百姓，王建一直标榜的爱惜子民的名声，也就此扫地。

就在王建将梓州收复之后，想不到彭州这种将百姓变为奴隶的方式被军中之人滥用，他们甚至将不是彭州百姓的人也都抓了来卖。彭州一些富户也未能幸免，不但家财被抄，而且家人被卖。这种情况已经像极了此后契丹人一直推崇的"打草谷"，而这种行为被蜀中人称为"淘虏"。问题是这么弄下去，不消几年，蜀中百姓都将外逃，到时田地荒芜，经济将大受影响。

王建回师彭州，却发现他根本做不了什么，他只会带兵打仗，但治国理政，他还是一个私塾里尚未开萌的童生。这个时候，突然出现了一个书生，名叫王先成。他最初是到王宗侃的营中大骂王建"贼子、贼孙、贼王八"，差点儿被王宗侃给斩了。可王建听说了，也不生气，就让王宗侃把这个书生宣来。王先成见到王建也不怯场，当着王建的面将所谓"淘虏"的弊端说得头头是道。

王建问，你说得都对，但如何才能将"淘虏"顽疾根治呢？王先成说了五个计策。第一，军中严禁淘虏，违令者斩。第二，设置招安寨。收容百姓，派兵安守。第三，设置招安使，入山招安，让百姓们对军兵彻底放下戒心。第四，向一些宣誓不再淘虏的将官发放"全证"，以利于他们进山招安。第五，彭州世代产麻，可招办麻场，由百姓充入为工，做出的麻可以换取钱粮，用以维生。

几乎所有将官都觉得王建将会把王先成杀掉，王建却一反常态，完全采纳了王先成的建议，并封王先成为彭州留守，并对他说："先生对彭州感情至深，所以，安排先生来管理彭州，我一万个放心。彭州的安危，就拜托先生您啦！"王先成见王建如此礼贤下士，非常感动，誓将彭州建成"小唐风"的典范。就此，蜀中之地皆归王建，王建的口碑也在蜀中鹊起。

此时，恰逢朱温代唐，王建虽是一浑人，但他对唐廷还是忠诚的。他无论如何不可能向那个乱臣贼子朱温上表称臣。所以，这时候自立为帝就显得顺理成章了。公元907年，王建在成都自立为帝，国号大蜀，改元永平，史称"前蜀"。

第二章
蜀中二世王宗衍　荒淫迷草落尘间

　　王建得了蜀地之后，对朱温建立的大梁完全没有恭敬之心，这个时候的朱温身体渐颓，由于朱温想立的太子突然崩逝，朱温在宫内抑郁了，于是演出了跟儿媳妇扒灰的丑剧。朱温立国之后就没有什么进取之心，但凡有点儿雄才伟略的人，可能都会东征西讨一阵子，可朱温没有，朱温只顾着在宫中挑选哪一个儿媳妇比较漂亮，哪一个儿子比较听话。张皇后的死，应该是朱温性情大变的拐点。此时蜀中的王建正志得意满，占据蜀中之地，也不大可能有别的非分之想，无非是偏居在蜀中险峻之中，一片安乐沃土。

　　王建相当于效仿了三国时期的刘备，西取巴蜀之地，休养生息，窥视中原。但不同的是，刘备一心想复兴汉室江山，王建顶多算是起义军里的一个中级将领，只是时机把握得比较好，最终得了蜀中大片江山。他是不可能去攻什么中原的，但凡有那个能耐在中原建立王朝的，多多少少都有极高的能力和修为，他王建不同，一方面是文化水平低，斗大的字儿不识几个。当个皇帝，只会写"准"和"再议"，就可以治国理政了。王建立国以来，蜀中风调雨顺，五谷丰登，按理说王建应该没有什么愁事儿才对，可王建还是有一个忧心的事儿，明眼人一看就知道。那便是立储。

王建有十几个儿子，长子王元膺被立为太子。王元膺善骑射，而且也有谋略，但他有一个不足之处——天生斜视，而且大龅牙，长了一脸的大麻子，这种面相，有人觉得与国君的威严不符。一旦他当了皇帝，各位朝臣刚想启奏"扑哧"一下就破防了，这成何体统。所以，王建对这个太子并不完全满意，但因为他是长子，性格上又没有什么瑕疵，所以王建一时也说不出什么。

但这位"龅牙膺"有一个问题，就是妄自尊大，对王建安排给他的太子少保们平日非常不恭敬，而且有时候会拳脚相加，这也成了"龅牙膺"之后的隐患。公元912年，发生了一件大事——朱温死了，而且死状极惨，是被他的儿子朱友珪派人刺死的。这件事对王建触动不可谓不大，所以，他也开始关注起他的这些皇子，尤其是这位太子。这一年的七夕节，王建出成都游玩，留下太子监国。太子王元膺为了借机会笼络群臣，就召五位议事大臣宴饮，可是五个人只来了三个，两个没有来，不仅没有来，而且还没在成都。王元膺就觉得这二人与自己不是一条心，怀疑他们谋划着除掉自己。于是等王建出游归来，王元膺就向王建建议，将此二人革职去官，逐出成都。王建不解，这好好的两位大臣，你革他们的官职干什么？我还没让位给你呢，你就这么处置我的大臣？而这两位大臣之中，其中一位有个朋友名叫唐道袭，是太子少保中的一员，平日里没少受太子的欺负，这个时候总算等来了机会。正在王建对王元膺起疑想彻查他的时候，唐道袭适时地在王建面前奏说，王元膺素有不臣之心，皇上出游之际，他就想把几位皇子控制起来，借召五大臣宴饮之机发动宫廷政变，还好二位大臣及时逃出了成都才未酿成大祸。其实这都是没有影的事，只是那二位大臣想出来的保全之计，但这种保全却把王元膺害惨了。

王建一听又怒又惊，他一直特别担心朱温的事发生在自己身上，再加上他一直瞅着太子不太顺眼，他直接命近卫大臣去捉王元膺回来审问。但王元膺早就听说了这事，他哪能那么轻易束手就擒，事情已然如此，那就不如鱼死网破，索性反了就是。王元膺召集他的近党徐瑶和常谦，这二人，一个是大昌军使，一位是殿前都尉。二人带兵直接将皇城封锁了，谁想王建早有准备，他让唐道袭带领天武军甲士三千余人瞬息间控制了局势，将徐瑶和常谦二人拿了，然后去追慌张出逃的王元膺。王元膺慌不择路，居然跑到了成都跃龙池附近。于是有人来报称，有人看到王元膺出现在附近，还向船家乞讨吃食。王建连忙差人去劝降，没想到，当王建赶到的时候，王元膺已经被人杀死，尸体浮在跃龙池之上，凶手不知所终。王元膺虽然罪大，却也是王建的骨肉，王建当即痛哭，失神落魄，此后再无力查案，杀死太子的元凶也无人知晓。

按理说，杀死太子的凶手很可能就是其他皇子，为了争储进而行凶，但王建经过此次平叛，心思大乱，他怕一旦查清，难保又损一子。痛定思痛，国家不能一日没有储君，所以王建就开始重选太子。但他选太子的方法不是举荐，更不是比武，居然是相面。在其余诸皇子之中，三子王宗辂长得最像王建，而七子王宗杰才华最出众，人气最高，还有十一子王宗衍，他平平无奇，并没有什么过人之处，但他的娘亲是王建的宠妃徐贤妃。所谓会相面的江湖术士，无非是谁给的钱多就说谁好，但这个时候能使上银钱来争夺皇位的，无非是徐贤妃这一党，因为他们最没实力，而且也不可能相信什么面相能看出人品。还是银钱比面相好用，江湖术士果然一眼就看出来王宗衍才是千古英才、兴国帝王之相。王建居然就相信了算命先生的鬼话，立王宗衍为太子，朝野内外一片哗然。不过很快这些乱糟糟的声音就被压了下去，太子就是未来的皇帝，王宗衍怎么可能让这些人乱嚼舌根子。

王建重新立了太子之后，身体开始渐渐转衰，一个是陈年旧伤发作，再就是王元膺谋反事件耗费了他太多心力。突然有一天，王建一口呕出不少血来，从此元气大伤，只能由太子监国理政。所谓的监国，其实就是让太子提前接了他的班，他的病却日益严重。

王宗衍终于大权在手，于是从一个乖巧的大男孩瞬息变成一个贪淫好色之徒。王宗衍刚一临朝，他的第一条政令居然是在民间广选秀女充实王宫后院。而他的第二条政令就是，扩修王宫，在旧皇宫旁边新建一座宫殿名曰"怀心宫"，一旦有一天正式临朝就将它与皇宫之间的墙打开，与皇宫连为一体。

太子说话了，谁敢不办，况且，王建体衰，说不定哪天太子就变成皇上了。于是蜀中广选秀女，先征集了五十余名秀女，直接被送到王宗衍府中，供他淫乐。而怀心宫的工程也超快，没出三个月，怀心宫就告建成，宫殿无论从规模还是秀湖、回廊的精巧都远远超过原来王建的旧皇宫。王宗衍一听说新宫落成了，便迫不及待地带着一百多名秀女搬进了新宫。新宫之内，锦衣玉食，极尽奢华，而且每天晚上王宗衍还会在新宫中心的游池内来一场巨大的餐会，他会将所有的美女都排成一队，让他选择今晚陪伴他的是哪些女子。每到掌灯时分，整个皇宫内外都能听到怀心宫内的靡靡之音。王建此时还算耳聪目明，他当然也知道了王宗衍的劣行，却根本无力改变现状，因为他的身体已经由不得他再见任何人，多次吐血，令他身体极其虚弱。"我历百战而得蜀，真不知这小混蛋这般胡作非为到底能守到哪一天。"

公元918年，王建这位蜀中枭雄终而撒手人寰，将偌大一片江山，留给他的败家子王宗衍。据在侧的近臣所述，王建弥留之际，让人扶着他在宫楼中远眺成都，在一片迷蒙中，王建大喊一声："不可！那浑儿不可啊！"然后倒地气绝而亡。虽然大家都知道王建身死之前对江山留给王宗衍有何等不甘，却无奈自己曾经身经百战、着甲而眠的身体终究不听使唤了。

任何一个英雄背后都会有败家子弟祸乱江山，残唐时代，这种故事不胜枚举。比如朱温和朱友贞，李克用和李存勖，李嗣源和李从厚，刘知远和刘承祐，等等。但王宗衍这般祸乱，非一般败家子所能匹敌。常态的所谓穷奢极侈都无以形容王宗衍的放浪行径，用一句淫欲乱行也能概括，总之这位前蜀皇帝陛下，做了很多前无古人、后无来者的荒唐事情。

　　王宗衍初一登基，就尽显色狼本性。因为刚刚登基，成都坊间还不知皇上到底什么模样，这才合适他微服而行，在成都坊间穿梭。但凡看到有些姿色的女人，就立即告知侍卫，将那女子拿了，直接送入怀心宫成为后宫佳丽之一。这种情况还跟历史上一些处处留情的皇帝不同，王宗衍的行为只能算是山大王一样的霸占。有一些妃子被抢回之后，他连一次都没见过，却也非要让人家居于深宫，见不到亲人。更为令人发指的是，王宗衍还特别喜好"抢亲"，所谓抢亲，可不是婆家去娘家接亲的意思，而是他王宗衍动不动就微服藏在围观的队伍之中，一旦婆家的轿子到了娘家，他便冲将出来，让婆家人不得入内，他得先去闺房里看看新娘子入不入得眼，如果他看着顺眼，直接抢了就走。无论婆家娘家哪个人有一丁点儿反抗的意思，就直接被投入大牢之中，受尽他设下的二十八种酷刑。

　　王宗衍的一众行径，只将这成都搞得乌烟瘴气、民不聊生。无论百姓还是达官富户，只要是家里娶亲，都得后半夜进行，而且轿子都得偷偷摸摸地去娘家接亲，别说放鞭放炮，根本大气都不敢喘一声。

　　王宗衍这么不着调，自然会有奸小投其所好。有人向王宗衍贡献"宝物"——一种在川西与雪域之间生长的小草，名曰"玉笼香"。王宗衍一直都对香料之类的东西很着迷，一般人们对这种东西顶多是喜爱，而他却到了痴迷的级别。在他的宫中，一直就熏着各种香，有些人知道皇上的这种爱好，就投其所好地到处收罗奇珍香料。所以，在王宗衍的怀心宫内，可以闻到很多地方的奇珍异香。而且，王宗衍很多时候也会闻得腻了，所以就每七天换一种香料来熏。不过自从有人从雪域川西带来这种玉笼香之后，他便对此物欲罢不能。

玉笼香，如果单从香料本身来评价，不过就是一种一般的香料，可它有一种奇异的功能是别的香料不能比拟的。那就是，玉笼香闻得久了，便会产生一种奇妙的幻觉。有时候，王宗衍会觉得自己是身在水中，看着很多漂亮的鱼在身边游弋，而且这些鱼还会发出瑰丽的光；而有的时候，王宗衍会觉得自己身在雪山之巅，轻风拂过耳畔，顷刻又变作一只雄鹰，飞在高山之间；有的时候，王宗衍会觉得自己身处岩洞之中，钟乳石柱在他眼前，生出七色的光芒，并发出动听的滴答声；……总之，这种东西对王宗衍来说，太过玄妙了。有时候，他根本分不清哪些是现实，哪些才是幻觉。

在王宗衍的宫中，当然不会只有他一个人，还有那么多嫔妃，那么多宫女和太监，他们都处于同一个空间之中，所以，每日都被这玉笼香催得升仙一般。当得知这种东西有奇妙的功用之后，市面上就很难再找到这种香草了，而且这种东西的价格也被标高到了几万钱一株。但即便这样，还是会有城中大户买到家中，一享帝王之福。为了把这种东西全部收归他的掌控之下，王宗衍还专门设置了一个主管专卖部门：香草司。当然，他也没有忘记，再到各地去收罗类似的香草来满足他奇怪的癖好。

皇上爱好飘飘欲仙之物，这让朝中文武情何以堪，除了上行下效，还能做什么？这种玉笼香在成都的流行，被王宗衍看成是国家兴盛、百姓安居的象征。即便这东西闻食多了不能上朝，不爱出工，皇上也不在乎。问题是这东西吸多了会产生幻觉，这就有点儿要命。人们在玉笼香营造的氛围中，很难分清楚现实和虚幻。有的时候，王宗衍吸过玉笼香之后，就觉得自己上过朝了，宫中太监再喊他上朝，便直接翻脸，我不是上过朝了吗，还喊我做甚？你想跟他辩解？他一刀劈过来，此人小命就丢了。所以，谁还会去向皇上说什么真话呢，他连现实和幻境都分不清楚。再加上他吸多了还会昏昏欲睡，这下可好，现实、幻境、梦境三合一，更分不清楚什么是什么了。历史上，不少君王沉迷于女色美酒、财宝，但沉迷于迷香之物，王宗衍很可能是第一个。

国家上下经过王宗衍的言传身教，几乎所有的达官贵人和商人富贾都中了玉笼香的迷咒。这东西吸食多了，还会上瘾，让人欲罢不能。这就几乎把成都弄成了一座鬼魅之城，因为所有人或是完全不相信或是非常坚信自己眼前出现的东西，所以，你能想象得到这种乱象吗？成都街头各种乱象横生，在这种情况下，嘉王王宗俦站出来向王宗衍直陈，国家真的不能再这样下去了，陛下应该下严令，禁止任何人再出售玉笼香，让成都恢复正常状态。可是，王宗衍哪里听得进去这种劝告，而且，他听着嘉王的陈词，还以为自己在做梦呢，一个劲儿地说："哎，这人说得挺好玩，等朕这个梦醒了一定说给嘉王听。居然还能做出这么奇怪的梦。"

这种乱象之下，整个蜀国的政令都无法通达，而且各种市井乱象还没有人治理。这时候迫切需要有人站出来主持朝政，管理社会秩序，但王宗衍这时候根本没有心思管理国家，所以他就委派一些人来管理，但这些人都是他的心腹，可这些心腹除了帮他弄玉笼草和帮他蹴鞠、打猎，就没有什么真才实学。就算是有真才实学的人，也不可能受得了这位皇帝陛下乱七八糟的思维。所以，这个主持朝局的人，就只能是能力不及王宗衍的。最后王宗衍抬出一位高才，任命为礼部尚书兼成都尹，还是文思殿大学士，此人名叫韩昭。这位文思殿韩大学士，斗大的字认不得几个，他的所有能力就只是溜须拍马，最懂得王宗衍的喜好。他入职之后给王宗衍的第一个建议居然是，将通州、巴州、集州、渠州等几个州的刺史标价拍卖，拍得的银钱用于再次扩建宫殿。王宗衍一听，此计甚好，必须依照执行。在王宗衍的心里，这种能让他有更多的钱进账用于及时行乐的主意，便都是天大的好主意。至于国民百姓是什么状态，用王宗衍的话讲，人各有命，所有人都要安于常态，必须认命。他的意思就是，他是天子，那就是他命好，你是百姓，就命该被我支配。

王宗衍文官倚仗韩昭，武将倚仗王宗弼。本以为王宗弼还好一些，却不知，王宗弼比之王宗衍有过之而无不及。他发明了一种官员升迁的评判方法，首先是纳税多少，这个还算是对国家负责的做法，中规中矩。可问题是，仅仅有纳税的金额达标是远远不够的，接下来的指标就是对他贿赂的多寡。主管官员升迁的吏部，俨然一个超级大市场，只要你有钱，什么官职都可以买得到。

由于这种贪腐行为的横行，整个蜀国的基调都变了。一旦皇上想用哪个臣子，都要掂量一下背后需要别人贿赂他多少钱才能成行。比如，蜀国的内给事欧阳晃，由于宫殿的修缮一直都没有尽头，但国库财力有限，有时候就不可能满足宫殿的修建和修缮要求。宫殿不修缮，内给事这个职位上的官员"黑色收入"就自然少了。这时候宫殿不修了，皇上当然乐观其成，可内给事却一定会上书，说宫殿太过破旧，需要尽快批复资金再度修缮为好。可什么叫"太过破旧"呢？宫殿都是一年内刚刚修的，除了一些装潢类的东西可以随时换，别的就再也没有什么东西需要大动的了。在位仅仅四五年的王宗衍，在他后宫的修建上面，到底花费了多少银两，谁也没法给出一个具体的数字来。可内给事欧阳晃说，陛下如果不修缮宫殿，一旦有地方出现问题，将来花的银钱可能会更多。这句分明就是威胁，王宗衍作为皇上，自然不会理会这些臣子的要挟，心想，我就不同意，你又能把我一个皇帝如何？难道还会造反不成？

但即便这个请求被王宗衍驳回了，王宗衍也不那么敢对欧阳晃怎样，因为他的宫殿还有很多事情需要用到欧阳晃。维护之责令欧阳晃专横跋扈，这次，他连皇上的面子也不想给了。于是，在掌灯时分，他派几小队人马，居然在宫内几处相对老旧的别院内纵火，大火虽巨，却被欧阳晃短时间内控制。然后他在烧焦的瓦砾中间向王宗衍"痛陈"："皇上，这宫殿，还是要勤加维护比较好，否则这种火事一起，很可能关系到皇上您的安危呀。"这句话王宗衍当然听出来是一种威胁了，可他却一点儿办法也想不出。除了知会户部快点派些银两过来，他还能做些什么呢？

蜀国已然到了一种失控的状态。但韩昭、王宗弼等人，居然对这种时局乐此不疲。皇上躲闲避世，成天在宫中熏草为乐，那大臣们还勤于什么政务呢？这又不是自家的江山。连掌宫中司务的欧阳晃都可以威胁皇上，那各路大臣，早知此朝命不久矣，还不如自己多捞些好处。就在这个时候，王宗弼做了一件极其误国的大事，那就是邀请后唐名臣李严来到蜀国。李严来到蜀国，是肩负着巨大任务的，而这个任务来自后唐庄宗李存勖。

由于李存勖此时也正因为后宫大兴土木，内事府奢靡无度，外事府入不敷出而百般烦恼。而此时宰相郭崇韬向他献上一计：自己没有，何不去抢？那这个抢的对象，无疑是久不经战乱侵扰的前蜀政权。但是蜀国目前到底是个什么样子，总要有人去探一探虚实，所以，李严才被郭相举荐去办理此事。

李严与蜀国王宗弼素有旧交，从现实情况看，王宗弼必须及早准备，一旦王宗衍倒台，他可以岿然屹立。虽然李严早知蜀国内乱奢靡，但当他站在成都馆驿之外，还是被蜀国的乱象震惊。这是一个什么样的当权者，才会把国家治理成这副模样？王宗弼见到李严，毫无隐讳，直言蜀国已经时日无多。即便古来亡国也都夜夜笙歌，也可见倒行逆施，而沉迷熏草，真的前所未见。以致全国上下，无一不对玉笼草心心念念，农民无心种田、商人无心贩易、官员无心政务、军兵无心训练，皆沉迷于玉笼草的迷幻世界。这种国家如果能长久，那深冬沉在泥塘中的枯叶便可以起死回生。

王宗弼带李严看了军队的涣散现状，还领着李严看了一下成都城中所谓的集市。由于玉笼草成为硬通货，所以，在集市之中，已经不再以银钱来交易，而由玉笼草干取而代之。所有人都以大量的货物换取一点点的玉笼草干，然后再将玉笼草干拿去皇宫，多半会换一些真实的金银回来。国家的货币已经形同虚设，民生凋敝。一些生活实在清苦的蜀人，已经或往北逃往凤翔，或向东奔向后唐，一直被中原人艳羡的天府之国已成地狱。虽然李严并不是蜀国之臣，却也为蜀国衰败若此而心生怜惜。

当李严回到洛阳之后，向李存勖陈述蜀国近况，连李存勖都为之一惊。想不到枭雄王建才刚刚立国不久，蜀国居然颓败得如此迅速。李存勖急召郭崇韬入见，称现在蜀国情况已明，可以引兵出征，杀了这头"大年猪"。但出征的人选李存勖还是有点儿不放心，出征的这个人还得有一些韬略，而且必须是李存勖信得过之人。那这人似乎非郭崇韬莫属，但郭崇韬还任着宰相，挂帅出征，不合规矩。郭崇韬深知李存勖疑心甚重，而就蜀国现状来看，攻而取之，就像从兜里取钱一样容易。这种大功，当然献给储君最为合适，也绝不会受到皇上和皇后的猜忌。于是郭崇韬向皇上力荐一人挂帅西征，那就是太子李继岌。亲儿子、国之储君挂帅，这下应该没问题了吧？李存勖对李继岌也未见就那么放心，一方面，担心他打败，那国家的脸面就全没了，一旦他打败，那储君的位子也将不保，到时候会有一系列的事件传导而来。另一方面，李存勖也有私心，他也担心一向乖巧的李继岌踞川自立。所以，两方面综合来看，还是让郭崇韬带着李继岌去西征他会相对放心。可是，他反过来也担心李继岌到时无法控制郭崇韬，所以，他又派出了一个人，那就是宦官李从袭。此人的作用，无非就是作为郭崇韬的监军，一旦发现郭崇韬有不臣之心，立时回报洛阳加以处置。

为了将这次出征的大义凛然体现得更加淋漓尽致，李存勖还专门召开了一次御前会议，来确定李继岌的西面行营副都统的位置，这种扶上马、送一程的行为，在座所有人都对此心照不宣。而且，对于将郭崇韬发往西川建功立业，很多人之前怀疑的为什么不派李嗣源也不再提及，因为李嗣源所处的魏博，还是更多来防范契丹的南下。而郭崇韬一直对李存勖的奢靡无度极力进谏，很多人也都觉得这位郭相确实并不适合再待在洛阳。所以，这都是万般纠结之后的最好结果，包括李存勖在内的所有人都对此弹冠相庆，李存勖乐得少了一个成天纠他错的人，群臣当然更乐，因为郭崇韬这种直言进谏的人，终究不能容于群臣。

后唐六万大军出征，这边后蜀的朝堂本应一片混乱才是，但是并没有，大臣们居然还在按部就班地安排王宗衍的东行出游计划。这个时候还出游？难道王宗衍不知道他即将灭国的处境吗？当然知道，但王宗衍没有这种能力和魄力去挽什么狂澜。他能做的，就是去东川的一处道观之中，让观中修道之人为他和他的国家算上重要的一卦。这似乎是王宗衍作为皇上，目前能做的最大贡献。不过，他也并不完全是为了江山社稷，此行他还有一个重要的"任务"，那就是密会阆州刺史王承修的小妾。这个女人跟王宗衍暗通款曲已有数月，每次都是王承修来成都的时候，带着这位小妾，然后小妾以入园游玩为借口，偷偷到宫中与皇上幽会。

这种事王承修怎么可能不知道？他带小妾前来成都，多半也是想在皇上面前卖这样一个破绽，然后由小妾去接近皇上，为他以后的仕途铺路。但王承修也并不是任何时候都有公干到成都的，既然无论小妾还是皇上，都处于"感情至深"的状态，王承修就不得不劝谏皇上，去东川为国祈福，顺便再"视察一下东川防务"。

而此时郭崇韬和李继岌的大队人马已经到达大散关，并且未做任何攻城之举，就轻取了广元和剑阁。蜀国军队望风而降，因为蜀国无论从军械还是给养都无法跟后唐的军队相比，如果打了也是输，那还硬拼什么呢？后唐的给养不错，无论吃食还是军服都供应充足，这与蜀国基本无人劳军对比鲜明。

唐军已入东川前阵，这边蜀王王宗衍正紧张地在阆中算卦。不过这一卦算得并不理想，从卦象上看，国有昏星，主大灾。并不甘心的王宗衍又连算了三卦，结果居然都是一样。与此同时，身在剑阁的嘉王王宗俦出城请降。蜀中军民早知大势已去，只有王宗衍还在做着"天将有异象助我大蜀"的美梦。王宗衍有心去求王宗弼，希望他能引军出征，再怎样也得像模像样地抵抗一下才好。但王宗弼早就降了后唐，在成都城内只不过是做个内应，他不去宫中弑君就已经网开一面了，怎么可能披挂上阵与新主子为敌呢？

作为皇上，王宗衍似乎没有再能想到的办法了，这个国家在他的治理之下，对待来犯之敌，没有丁点儿抵抗之力。王宗衍的那位干哥哥王宗弼不仅在皇上劳军他闭门不出，此时此刻，他居然带着各种给养细软，前去汉州（今四川广汉）、锦州（今湘西、黔东交界地带）劳军，不过，他所劳的军怎么看都应该是后唐军队。

王宗衍再不爽，也深知自己根本无法左右自己的命运了。为今之计，就只能把投降的仪式做得像样一点，好让唐军主帅能法外开恩，饶了他这个亡国之君的小命。他穿上他最不愿穿的一袭素衣，嘴里含着璧玉，手牵着羊儿，还没等出宫，他就开始哭。才当皇上没几年，就要将他的一切全都收走？他根本不愿面对这个结果，却又不得不面对。这个时候，有内臣为他献上最后一计：要不然，皇上再熏点儿香，然后出城请降，可能您还能好受一些。

但凡正常一点儿的皇上，听这话，肯定把人推出去斩了。可王宗衍却觉得此计正合他意，没有比这个更好的主意了。面对难题最好的方法是什么？他认为是逃避。最好熏过香之后让他完全记不起这回事儿才好。

这一切的不如意，最好像幻象一样，如此消散了才好。于是，在最后的蜀国宫中，那误国误君的玉笼香又被燃起，这一袭香幽然腾起的时候，那蜀国的所谓繁华市井，王建隐忍多年的金戈铁马，都付于一片梦幻之中。

当李继岌和郭崇韬骑着高头大马出现在成都东门整队受降的时候，他们惊讶地看到，出城献国的王宗衍居然嘴角还带着满足的笑意。李继岌问李从袭，这人怎么回事？难道他不难过吗？李从袭当然知道个中原委，将实情告知李继岌之后，李继岌长叹一声说：真不知道王建的在天之灵，是否真的能看到他儿子的这般丑态？出城献国居然还要熏一支迷人的玉笼香，这种国家不亡，天理难容。

唐军自出征到接受蜀王献国，总共耗时不过短短七十天，这种七十天灭一国的速度，也真的是非常迅速了，这还得算上他们整军、行军的时间，如果除去这些时间，那灭蜀国的时间最多也就在十几天之内，可以说，直接去了就将蜀王招降了，所谓不费吹灰之力也不过如此。李继岌作为唐军受降主将，当然要将蜀王拿来问几句话，但说实话，李继岌从来没想到过这个国家灭亡得如此屈辱，居然还想在与蜀王的对话中帮他找回一些颜面，便问王宗衍说："你们蜀国，内有大镇，也有强兵，为什么不迎战？""呃，是害怕大王的神武之力。""那你为什么不早点儿降呢，让我们费这么大的事儿？""因为，因为您的兵马还未到成都啊。"本来李继岌设想的王宗衍会硬气地回怼几句，可王宗衍这种回话方式，连他这个胜者之师都跟着着急。难道真的是一人颓，倾国废？

公元 926 年，李存勖想起了王宗衍这事儿，去年把蜀国灭了，今年也应该把王宗衍弄到洛阳来，给后唐的祖宗牌位恭恭敬敬行个大礼才对。于是王宗衍整队，一行人走了两个多月来到洛阳，刚刚住进馆驿，李存勖就知道了。然后这时候就有人对李存勖说，如果真的让王宗衍登上朝堂，那依圣上之威仪，是不可能将其处死的。但如若不将他处死，对于蜀地来说就留下祸患。倒不如，趁他没登上大唐的朝堂就将他秘密处死……李存勖眉头微动，未置可否。虽然李存勖并未多言，但圣上的心思早已为下人所知。

第二天，在洛阳的馆驿内，大家看到的是，亡国之君王宗衍不堪亡国之辱，悬梁自尽在馆驿之中。众人大哭一通后，李存勖旨意下：将王宗衍尸身装殓起来，赏随员亲眷千余银钱，允他们扶王宗衍灵柩回蜀国去。但没等王宗衍的灵柩出洛阳城几里，这一众人都为强人所杀，最后所有人都落得尸骨无存，一代蜀王王宗衍的尸首更是不知所终。

虽然王宗衍倒行逆施、胡作非为，在历史上却留下他的两首词，流传甚广。一首为《甘州曲》：画罗裙，能解束，称腰身。柳眉桃脸不胜春。薄媚足精神，可惜沦落在风尘。这居然是王宗衍在民间微服私会妓女的时候为妓女而作，诗意平平，却透着一股腐朽的媚气。另一首名叫《醉妆词》：这边走，那边走，只是寻花柳。那边走，这边走，莫厌金杯酒。足见他每天浑浑噩噩地都在想的，除了"寻花柳"，便是"金杯酒"，字面看似惬意，却整篇透露着这位亡国之君无序迷乱终而误国后的屈辱悲剧。

第三章
高骈遭贬意升仙　吕道误国胡乱点

　　蜀国后唐高下判，江淮英雄却难安。在残唐诸英雄中，除了起兵造反的黄巢、秦宗权，再抛去代唐的朱温，残唐五代之中，最让人钦佩的一个人，无非就是曾任淮南节度使的高骈了。之所以大家都对高骈赞扬有加，是因为高骈是唐末唯一一个可以将黄巢的队伍有效阻击的藩主。乾符五年（878），也正是因为朝廷急调高骈任浙西节度使，一举将不可一世的黄巢打败，才将黄巢军引向闽粤的南方。但高骈本有能力一举在浙江击败黄巢，他却偏偏将黄巢放跑，贻害南国，故而唐廷对高骈的做法相当不爽。高骈个人以为，为了一个黄巢，将自己多年在江淮打下的家底全拼光，不值得。乾符六年（879）秋，高骈升任淮南节度使兼盐铁转运使。既然兵权在手，盐铁税权也在手，这种情况跟一个偏居的皇帝也没有什么分别，只有皇上求老高的份儿，老高没有必要拼了老命去讨好皇上。

之后，黄巢转战南北之后又入关中，将唐僖宗逼入西川。而高骈在与黄巢的比拼中，畏敌避战，让逃跑途中的唐僖宗对高骈更为不满，他首先将高骈的节度使兵权剥去，只给了一个侍中的闲职，之后又将他的盐铁税权收回中央。一下子令高骈从神坛跌落，独霸一方的军权没了，连可以独享一方的盐铁税也没了，高骈失意寡欢了许久，然后，他得出一个结论：皇帝不给咱快乐，那咱就自己创造快乐。遂开始潜心修炼，期望得道成仙，岂不比你那个皇帝老儿强百倍？

失意中的高骈退归扬州，满眼的江南美景也几乎等于无物。他此时想的无非是得道成仙的妙义，以期永远脱开这个无情无义的世界。高骈寄情于仙道，当然得有领路人才是，他痴迷炼丹，就拜了一位名叫吕用之的方士为师，并对其极为信任。高骈对吕用之的坚信很快到了一种疯魔的程度，居然他军政之中大小要务都需要吕用之把脉定夺。

为什么高骈一个雄武之将，居然在他生涯的中后期会被这样一个道士迷惑？关键在于，吕用之在他眼前示现了一些神通，至于什么神通，高骈不说，外人也不知道。一旦被问，他便说天机不可泄漏，无问即无惑，世道纲常，道法自然。这种解释让高骈的手下每每听得一头雾水。可丹药呢，是不是终于炼成了，谁也没看到，也无从知道。但有一点所有人都是明确的，那就是，军政所有事务，即便不去问高骈也要去问吕用之，因为，吕用之此时已近乎"淮南实主"。那高骈为何对这种情况听之任之呢？其一高骈觉得吕用之前知五百年、后知五百载，让他来做最终的决断，也没有什么不放心。还有一个原因就是，高骈时不时会闭关修道，这个时候要避免闲人打扰，所以，在他修道期间，大小事务转到吕用之这里，就是很自然的事情了。

吕用之自己还不够，他还喊来了他的两个师弟：张守一和诸葛殷。三人围着高骈每天言语蛊惑，给高骈洗脑，必须要让高骈与他们的精神高度统一。他们自称与天神同体，每天等着天神下凡来拯救不如意的高先生。高先生这种称呼并不是空穴来风，三人某日在扬州高府摆下神坛，天晴万里，却突然氤氲雾气笼罩，最终一道亮光照射在高骈头顶。三人称高骈为天选之子，上三重神通，下五重降术，天神赐名"白云先生"。只经过这一回神坛点将，高骈整个人的心神都为之一振。他觉得，世间的各种争斗对他已然毫无意义，他必须利用好自己的天选之身，为修炼成仙做最后的准备。一旦飞升天外，也好让他全家老小都借着他这根天梯一同解脱。

诸葛殷一直都想在高骈手下谋一个差事，却又被拘在高位没法说话。吕用之说，我为你在他房中设一局，然后你打坐于其中，趁他闭关完毕回屋之时，你假借天神附体，再说一些谶语，还愁好事不成？于是诸葛殷依计行事，高骈一看诸葛先生居然被天神附体，还称高骈需要在他有生之年，将财物尽数供养天神，所以需要以诸葛殷为媒介，以税官委之。高骈被洗脑洗得很充分，哪敢不从，所以照单应允。于是诸葛殷即时上任为淮南盐铁转运使，这可是谁都想谋到的一个肥差。

而张守一也需要在高骈面前有一场"立威之战"。高骈一直都养着一条忠犬，从来都生性温顺，也不知怎么了，有一天疯狂攻击主人。高骈被吓怕了，就去找吕用之，吕用之装模作样一会儿之后说，我与这天狗在天界时是旧交，没想到我来到凡间它也认得我。不一会儿，那狗居然真的不再狂吠了。高骈直接向吕用之叩谢，他还向那狗叩谢。后来吕用之看着那狗就不动了，眼珠都不动一下，可把高骈又吓坏了，忙问为何。吕用之说，宰相今晚派人来拿你，今夜午时必定到达。吕说的宰相无非就是郑畋，他明明知道高骈与郑畋素有不睦，所以用这种方法吓唬高骈。结果高骈信以为真，忙问怎么破解。吕用之对他说，这个我不会，你必须去找张仙师，他有破解之法。

张守一其实此时正在房中等待高骈，高骈一进屋他就说，难道是为了宰相来抓人的事来找我的？高骈直呼神人也。张守一在屋内摆坛作法，然后用布袋装了些猪血狗血，在屋里洒出一个人形，在神坛前用剑刺穿一张符纸点燃，最后向所洒出的人形一吹，人形血就被瞬间点燃。最后烧了半炷香的工夫才灭了。接着张守一说，本来宰相来拿你这事根本没法破解的，不过还好，我刚刚入定之后在天上遇到了黄脚大仙，他说，如此这般可以破解这一灾祸，我依照大仙点化行事，化解了你这血光之灾。高骈一听这话，感动得涕泗横流，直说先生对我有再造之恩，高某无以为报，先生就委屈一下，成为我城中的巡察使吧。其实这种所谓的巡察使，无非就是捉拿一些小吏的贪渎行为，可这种神坛作法的事一出，哪个贪渎过的小吏还敢有事瞒着张仙师啊，无一不奉上金银，借以脱罪。张仙师由此，几乎控制了淮南的内政事务。

这个巡察使的位置非常了不得，张仙师非但掌握了淮南的政务大权，而且他和吕用之还建立了一个巡察组织，张守一称之为"察子"。通俗来讲，就是小密探。如果说这种巡察未经扩大还可称之为小，但当这个组织的人数达到一万的时候，这个所谓的小密探根本无法称其为"小"了。他们名义上干的是反贪的工作，但实际上做的却是监督谁对吕仙师和张仙师，还有诸葛仙师有什么不敬的言论。有谁在寻思着向高骈告发三位仙师的一些恶行，他们都会第一时间知道。除了秘密"警察"的功能之外，察子还有另外一种功用，那就是发现愿意为三位仙师卖命的文臣武将，都会从察子这个渠道告知三位仙师。

三位道人，钱财方面，控制了盐铁税；军队方面，控制了高职位的将官；精神方面，他们还广结信众，这种信众的数量比淮南军队人数的四倍还要多。而这些信众之中，但凡有会武艺的，懂谋略的，都会被吕用之网罗回来，为他所用。而高骈此时，已经被三位道人的精神控制所作用，每天想的就只有炼仙丹可升仙，每天闭关修炼，串习与天神之间的各种交集。

也不知道吕道和张道从哪里淘来一块怪石头，石头上歪歪扭扭的字好像是天然形成的：玉皇授白云先生高。高骈看到这个又惊又喜，觉得有必要把这块石头放在一个特别显眼的地方，家里厅堂都准备好了，吕用之却说，此等仙物，怎么能摆在凡人厅堂，还不速建一座迎仙楼？高骈这才意识到，吕用之要为迎请这块石头建一座七层的高楼。当然，这高楼的顶楼放这块石头，但其他屋子都应该由三位道长使用。

权有了，楼也有了，三位道长好像应该满意了。可他们还有一样更特殊的要求，那就是在民间征集更多侍女集于楼中，任由他们摆布。按理说这修道之人本不应亲近女色，但这三位却并没有这种"陈规旧习"，在他们的口中，此楼中有侍女，楼顶有奇石，本来就应该是仙人居所才对。为了把这事做得更妥帖，他们在此楼的地下为高骈做了一处专门的修行之所，那修道场四面陡壁，一扇石门封闭，外面再大的声音里面都听不见。平日高骈在地下道场中修炼，三位道长就在楼中与侍女们行乐。没有几个月时间，楼也建好了，侍女也征集到了，于是三位道长开坛施法，做了一场盛大的法会，然后让白云先生高骈顺顺当当入驻地下道场。然后他们开始了在迎仙楼里的及时行乐。

如此，三位道人已经完全掌控了淮南的政、民、财等多个方面。但他们还是不满足，他们还需要掌握军权，在他们的建议下，高骈建立了左、右莫邪都，兵力在两万余人，吕用之、张守一分别任左、右莫邪都军使。如果高骈对于整个淮南来说是皇帝的话，那左、右莫邪都就是高骈的"禁军"。掌握了禁军兵力，吕用之和张守一在淮南，基本就是一人之下，万人之上的人物。而另一位道长诸葛殷，就近乎一位淮南的"化学家"，他自称是炼丹高手，对于高骈来说，他就是要尽全力炼出升仙的良药。但其实更多的时候，诸葛殷炼的都是令人性情迷乱的药物，而这种药物他们也不会给高骈用，而是说"还是应该先让侍女试药，以防药有毒力，伤到主公"。可事实上，被他们用上"仙药"的侍女，多半服下后性情迷乱，却对这三人服服帖帖。淮南的百姓称之为"偶心丸"终而臭名远扬。

就在这个时候，突然有一位英才进入了这三人的视野。此人身体壮硕，脚大耳方，瓮声瓮气，这人名叫杨行愍，后改名杨行密。此人庐州人士，一心要拜在三位道长门下当个小吏。此人性格直爽，而且嘴甜，每每都能把三位道长哄得哈哈大笑，深得吕用之喜欢。

吕用之如此胡作非为，淮南大小官员无一不了解吕用之是个欺世盗名之徒，却又偏偏敢怒不敢言。其中最尴尬的，要数左骁雄军使俞公楚。因为他正是那个当初将吕用之介绍给高骈的人，也正因为如此，俞公楚才担心自己留下世代骂名。他已经无数次对高骈一再劝解，希望他不要对吕用之听之任之。这令高骈对他很不满意，将他介绍给我的是你，现在不让我信任他的也是你，你到底是什么意思？我现在很快就要练成升仙之术了，难道你是把吕仙师介绍给我之后后悔了不成？

高骈的这种想法俞公楚并非没有料到，却真的又无法改变。与俞公楚有相同想法的，还有右骁雄将军姚归礼，姚与俞是旧交，自从俞公楚把吕道长介绍给高骈之后，姚归礼就开始埋怨俞公楚，说他很可能成为淮南的罪人。所以，姚归礼在向俞公楚建议如何去除妖道的同时，自己也身先士卒，当众痛批吕用之妖言惑众，扰乱军心。吕用之经常与结交的朋党去名曰"绿樱春"的妓院寻欢，有一次姚归礼实在气不过，一气之下，将"绿樱春"付之一炬。火烧"绿樱春"的时候，虽然吕用之并没有被烧死，但他的党羽一干人等却葬身火海。经过察子细访，吕用之知晓火烧"绿樱春"的原来都是左右骁雄军使的手下，遂对俞公楚和姚归礼怀恨在心。吕用之想找人将此二人杀掉，却担心用察子的力量或是左右莫邪都的力量，可能留下把柄，这时吕用之猛然之间想到了杨行密。

他将杨行密召来密谈，称俞、姚二人现在想置自己于死地，必须先下手为强，将二人处死。"我本一修道中人，这么做，纯粹是为了保住高将军这么多年创下的基业，即便毁了我的修行，也在所不惜。"杨行密听了吕用之的话，哭着说："吕仙师对淮南民众有如此体恤之心，对高将军有如此忠心，实属难得。杨某一介武夫，只想报效高将军和三位仙师，仙师莫慌，此事我杨某一定办到，就请仙师听我的好消息吧！"

杨行密这边就紧锣密鼓地开始准备请俞、姚二将军的饮宴，由于俞公楚跟杨行密都是庐州人，祖上还有旧交。之前杨行密来到扬州，还仰仗了俞公楚的引荐。杨行密在饮宴这天，将俞、姚二将军引入后堂密室。将二位的酒倒满之后，杨行密一改在吕用之跟前的鲁莽之气，掀衣向俞、姚二将军跪倒。二将军连说不可，快快请起，有什么难处，咱们好说。杨行密又一次痛哭失声。最后他抹干眼泪对二位将军说："我杨行密不才，若非俞将军引荐，我杨某也没有今天的地位。但这三个妖道在我淮南兴风作浪，我假意投靠他们，实是为了有朝一日可以将他们手刃。但是……唉……"俞公楚觉得杨行密有难言之隐，便对他说："如果兄弟真的有此志向，那我跟姚将军可以尽全力助兄弟一臂之力。"杨行密酒才喝一口，就再次跪倒称："现在妖道想让我除掉二位将军，我实是不忍，却也希望由此取得三位妖道的信任，希望有一天可以手刃三妖，为淮南百姓除去大患。"闻听此言，俞公楚和姚归礼沉吟片刻，此时姚归礼端起酒杯站起来笑着说道："杨将军若真有此心，我姚某人愿以项上人头助将军完成大业！"当即抽出佩剑自刎而亡。俞公楚看罢，表情释然，称："归礼与我莫逆，他想的就是我想的，虽然这顿饭你我兄弟没有吃好，有朝一日，我与归礼重生而来，咱们再续此缘，但你一定要完成你承诺我二人的除妖大业。"说完，俞公楚也拔剑自刎身亡。

杨行密在密室之内伏尸痛哭，然后让手下假借军中司马的名义，将巨额的银钱转交给俞、姚二人的亲眷。然后他将俞、姚二人的首级割下，装入锦盒之中，于次日献于吕用之案上。吕用之打开锦盒，大惊之后又大喜。然后叫来张、诸葛二位仙师，连连称赞杨行密神武。不消一日就将咱们兄弟的大患除去，实在是不可多得的将才。三人与杨行密举杯畅饮之后，便问杨，你有如此伟略，如今窝在这扬州城当一个参军，可惜了你这人才。莫不如你提一个想去的地方，看看咱们兄弟能帮到你什么。杨行密称，自己本是庐州人士，只是想安安分分在家乡安一官职，孝敬老母，再无多求。吕用之先口头封杨行密一个"八营都知兵马使"的官称，之后就向高骈力荐杨行密出任庐州知事。杨行密由此有了在庐州招兵买马的权力，而且他还一举远离了吕道他们的权力中心，而取得扬州的外势。

高骈一心修道，不问扬州政事已久，所以淮南的军政事务已经被吕用之包揽。在用人上，他极尽其所能地党同伐异，在更多重要的位置上，都安插上自己信得过的人。但有一个职位一直都是吕用之的忧心之处，那就是左骁卫大将军的位置。当时左骁卫大将军由高骈的侄子高澪担任。但在吕用之看来，以后将高骈杀掉，自己成为淮南之首是早晚的事，但这个高澪的存在，可能是他们将来最大的一个障碍。为了将高澪彻底铲除，吕用之专门向高骈狠狠奏了高澪一本。列举高澪狐假虎威、为害淮南的二十大罪状，最后看得高骈手都发抖，气得将书写高澪的本章摔到地上。高骈听了吕用之添油加醋的汇报之后，也不调查，直接甩出一句："快，将那畜生给我拿了，打入死牢。"吕用之等的就是高骈这句话。高骈气过之后，觉得自己看东西开始眼花，实则是吃张守一"仙丹"中毒的症状，可高骈只是认为，这都是被高澞气得伤了真气，所以就又归入闭关修炼之中。

当高骈再行闭关之后，吕用之命手下，迅速将身在死牢之中的高澞杀死，还伪装了一副生病致死的假象，等着高骈出关之后再向他慢慢交代。

吕用之掌握了淮南的大权还不够，他还差唐廷的一个任命。对于风雨飘摇之中的唐廷来说，有人愿意用巨量的金银换取他们的一纸任命，这无论如何都算是一笔好生意。所以，在公元886年，属于吕用之的任命还是来了，唐僖宗任命吕用之为岭南东道节度使。这就意味着，吕用之也成了实际上的封疆大吏，再也不用看高骈的眼色。而高骈虽然后来也知道了唐廷对吕用之的任命，但对于每天沉迷于修仙法术之中，觉得世事百无一用的他来说，这些所谓的任命，无非只是他眼前飘过的一片树叶罢了。从此时开始，淮南的大小事务不再经过高骈审阅，而是由吕用之全权主理。作为一个修行的道人，他此时的私欲已经膨胀到了极点，其中就包括对美女美妾的执着。

不过吕用之的这种执着不同于之前他将美女集中于迎仙楼中作乐，而在于收罗各路的绝色美人，即便那美人已然嫁作人妇。在淮南，有一位黄巢队伍的降将，驻守高邮，名曰毕师铎。吕用之听说，最近毕师铎得了一个绝色的美人，并纳为小妾。吕用之借察子之势，把毕师铎将此美人藏于哪座私宅都打听得一清二楚。某天，吕用之假借军务，将毕师铎派往洪都。毕师铎这边刚刚离开，吕用之就到了高邮。进城之后，不及多问，径直去向毕师铎的私宅。当他一见毕师铎小妾的芳容，就将所谓的人臣之礼全都抛诸脑后，是夜，吕用之就宿于毕师铎的私宅之中。等吕用之走后，毕师铎从洪都赶回高邮，听闻吕用之居然如此无耻地霸占了他的小妾，直气得七窍生烟。

毕师铎并不是吕用之以前所接触到的唐朝的官员，他本来就是草莽出身，投靠高骈完全是为了不想再与黄巢为伍，想以草莽的身份换成官人，借以盘踞一方，以求更大的图谋。他所占据的高邮，正是他的权力核心。他最得力之人，是他的亲家张神剑，此人也是一位江湖中人，转投到了高骈的淮南。当毕师铎将他受到的这场奇耻大辱告诉自己的亲家时，张神剑都忍不了了。事实上，无论毕师铎还是张神剑，早就对这三个妖道在淮南的所作所为怒不可遏，这回，居然欺负到他们爷们儿头上了，是可忍孰不可忍。毕师铎以此在高邮起兵，直插扬州城下，讨伐妖道吕用之。虽说他的小妾是被人欺凌了，但他在起事之时也不可能拿这个为借口，他只说"替天行道，替淮南百姓除妖"。由于毕师铎的这句口号实在大得人心，所以，毕师铎一路之上根本没遇到什么抵抗，势如破竹。

别看吕用之在高骈的庇护之下胡作非为，但真到了战场之上，他积累的什么左右莫邪都，对于正规军来说，都化为无物。所以，在围困扬州城七天之后，吕用之开始渐渐失去抵抗之力。没办法，他只能将还在修炼之中的高骈请出来，站上城头向毕师铎喊话。高骈虽说弄不明白毕师铎到底为什么反他，也不知道吕用之到底对毕师铎做了什么大逆不道的事情，但他还是心心念念偏向他的吕仙师说话。在高骈将"以和为贵""扬州之富足，何拒三分"的好话都说尽了之后，毕师铎还是不依不饶。没办法了，高骈只好拿出他最后的杀手锏："毕将军，可别怪我没提醒你，吕仙师是得道之人，如若你现在还不诚心悔改，速速撤兵，那吕仙师就会将'玄女力士'唤出，到时候，你被杀得片甲不留、尸骨无存，岂不叫人唏嘘？"

毕师铎只听说过高骈沉迷修仙之术，但他没想到高骈竟糊涂到了这个份儿上，居然还能把吕妖道吹成一个无可匹敌的人物，实在是大跌眼镜，毕师铎直气得恨不能把高骈一箭射死。他搭弓放箭的一刹那，吕用之急急将高骈请下城楼歇息，高骈才算没有命丧毕师铎箭下。吕用之仿佛技穷一般，在休战之际，整个人颓唐在他的府堂内，正在这时，张守一来了。他在吕用之耳边耳语几句，一瞬间，吕用之就像是被打了鸡血，一骨碌从地上弹起。

张守一给吕用之出的主意，其实正是让吕用之向在庐州的杨行密求助。人之将死，抓住了救命稻草，此时的吕用之假借高骈意旨，急调杨行密入扬州勤王。

杨行密自从被吕用之中意，并谋得庐州知事之位，他与庐州上下都打成一片，而且，用他自己的方式坐到了庐州主官的位置。这次吕用之假借高骈意旨，调他入扬州勤王，正是他日日夜夜盼来的良机。他整军六万，从扬州出发，浩浩荡荡、趾高气扬地向着他心心念念的扬州行进。在他成为庐州知事的时候，庐州刺史郎复幼视他为眼中钉，想尽各种办法来打压杨行密。杨行密召集门客聚会，被郎复幼说成是非法聚众，虽然并没有说杨行密如何，但对他的那些门客都毫不留情，杨的门客们有几位都莫名死于非命。杨行密怀疑是郎复幼所为，却又没有什么证据。

庐州大小事务，郎复幼完全不让杨行密涉足，尤其是涉及钱粮之事。杨行密最后被郎排挤到连官饷都难以正常发放。杨行密一家，有时候居然得靠借钱度日。这种情况下，杨行密向郎请求外调，自己去歙州任军中司马。杨行密自行外放，郎复幼自然高兴，在杨行密临行前，假模假式地问杨行密还需要他为杨准备些什么。杨行密突然冲到郎复幼身前，猛然抽出袖中短刀，一刀结果了郎复幼的性命。四座皆惊，却第一时间被杨行密事先埋伏的门客控制。

杨行密并没有去往歙州，却一夜之间控制了庐州的军政大权，自封庐州刺史。此时吕用之和毕师铎正在酣战之时，谁会在意庐州到底发生了什么事情，况且，吕用之认为杨行密是自己人，夺了庐州也不见得是坏事，只要高骈对郎的死没有疑义，那吕用之便可以搪塞过去。杨行密虽然在庐州做知事和刺史时间不长，却因为性情豪爽，结交了颇多情投意合的朋友。其中，徐温跟杨行密就如亲兄弟一般。杨行密此行，徐温建议他不可与毕师铎力战。毕师铎只是因为被吕用之偷了小姜，气不过才围了扬州。他的用意无非是将吕用之处死，一解心头之恨。但咱庐州军并不是他吕用之的私兵，咱也是奉了高将军的意旨前来勤王的。所以，首先要对毕帅谦恭礼让才是。徐温自荐，自己要去一趟毕师铎的大营，与毕帅痛陈利弊。

杨行密应允，并将徐温送出大帐。庐州军驻军此时离毕师铎的大营不足三十里，徐温希望此行最好达到能不动刀兵进入扬州的目的。徐温如约来到毕师铎面前，还没说话，先鞠两躬，并说，此大礼代我家主公向毕帅所施。毕师铎一看，人家这么客气，也放下了事先所想的那些刀兵之策，上前来搀扶徐温。徐温称，我家主公对毕帅一直崇敬有加，却因为吕妖作乱，似乎成为敌对。但我家主公其实是想借此次进城之机，一则是与将军一同谋划，入城之后诛杀吕妖。二来，是希望入城之后，保护将军的眷属。徐温这一番话完全出乎毕师铎的预料，他想到杨行密有可能对吕妖是假降、假亲、假近，但他没有料到杨行密有除妖之心。更何况，徐温还说到"保护毕师铎城中眷属"，让毕师铎大为感动。"我毕某人，一介武夫，之前与黄贼为伍，承蒙杨帅不弃，居然还考虑到我的家小，实在难得。如若杨帅果然入城之后可以诛杀吕妖，这淮南由你我兄弟同坐，有何不可？"

徐温达到了预期的目的，与毕师铎约定好之后，回到庐州军大营来见杨行密。杨行密闻讯大喜，称徐温立下大功一件。然后派人去城内，与高骈的部下接头。事实上，高骈也并不是完全沉迷在升仙之事上，他做了一件别人都想不到的事，那就是事先将毕师铎的家眷接到他所在的延和阁中，派兵守护，以防吕用之对他们不利。杨行密早就知道此事，只不过通过徐温向毕师铎送了一个顺水人情，将高骈所做的好事安到了自己头上。另一边，杨行密派人找到吕用之，希望在三天以后向毕师铎发起攻击，如果顺利，做好挥师入城的准备。

就在吕用之感动得落泪的时候，杨行密与毕师铎已经达成了共识，在第二天的所谓激战中，做一场"演出"，看起来好像激战很凶，实则半推半就。没出意料，杨行密在"激战"一天半之后，顺利进入扬州城。吕用之自然欢天喜地，将杨行密请入府中与他对饮。不料席间杨行密摔杯为号，事先埋伏的众将将吕用之一举拿下，之后交由高骈及部下看管，任凭吕仙师向杨行密飞出一串痛骂之声。

杨行密控制了扬州城，他也不想杀戮过大，能饶且饶。而且他即便有夺权之意，也不想对高骈下死手，毕竟他对毕师铎的这份情谊，显示出他还算是一条汉子。对吕用之他们，杨行密就有一些自己的想法，因为毕师铎的大军就在城外，虽然之前达成了攻守同盟，但毕师铎毕竟出身于黄巢乱兵，一旦把吕用之交出，他是不是会狂攻扬州城也未可知。所以，吕用之还算是杨行密手中一颗重要的棋子。如果杨行密自行杀了吕用之，也不算是一个上佳之策。这样很可能会激怒毕师铎，那之前的努力就真的前功尽弃了。

对于将吕用之如何处置，杨行密还是找来了徐温商量对策。徐温觉得，依毕师铎的想法，要杀之而后快，但这个杀他的人不可以是杨行密，因为这样就会得罪吕用之的党羽，现在扬州城，还有多少吕用之的人，尚不清楚。而杨行密得了扬州之后，如果真的如毕师铎所说，二人平起平坐，这才是最危险的。莫不如，将扬州的各种资财打包运回庐州，然后出城迎毕师铎入城，将这个顺水人情做足。另一方面，也可以借毕师铎之手，彻底除去吕用之这个大患。

徐温的计策，与杨行密之前的打算确实有所出入。但徐温对他痛陈利弊之后，杨行密还是决定依计行事。他首先让徐温出城去请毕师铎，另一边他将吕用之封在延和阁的一个屋子之内。在毕师铎大军准备整军入城之时，杨行密已经派人将扬州府库内的大量资财偷偷运回了庐州。而杨行密迎毕师铎入城之时，便说扬州虽富，但这些年吕用之胡作非为，已然民生凋敝，府库之中，金银见底。另一边，他将延和阁里的毕氏宗亲交还给毕师铎，同时也为高骈说一些好话，高将军一直都尽其责任保护毕氏宗亲，切不可鲁莽对他。最后一项，才是将关押吕用之的房间钥匙交给毕师铎，吕妖被擒，交由将军处置。

杨行密似乎空行扬州一番，一无所获，可实际上，他已经是最大的赢家。毕师铎得了城池，也得了仇人，而且很有可能下一步就是淮南之主，毕师铎在送走杨行密的时候，还在夸赞杨行密实在是可交之人。转回头，他就到延和阁，抓到他一直都想将其碎尸万段的吕用之。这个时候的吕用之已然无力反抗，任由毕师铎发落。他只是悔恨，恨自己有眼无珠，居然没看出来杨行密的狼子野心。

之后发生的事情都是大家可以想见的了，吕用之被毕师铎押到扬州闹市，腰斩为二。吕仙师到死也没有发出什么法力，也未召来"玄女力士"救他，反倒是他的尸体，被一直受他迫害的扬州百姓分而食之，最后连尸骨都没有留下。

吕用之的两位死党张守一和诸葛殷，也都落得个人头落地的下场。扬州百姓在这一天里奔走相告，茶楼里、市井中人们无不走上街头，燃鞭放炮，庆祝欺压了他们多年的"吕仙师"就此作古，淮南百姓渴望就此回到正常的生活。但在此时，一个名叫秦彦的人从北过江而来担任扬州刺史，他随行带来了一位名叫"王奉仙"的道姑，刚刚沉浸在欢乐里的扬州城，就此又堕入另一片阴霾。

第四章
去师铎扬州且安 抗孙儒一统淮南

　　放手将扬州让给毕师铎，本来就是杨行密和徐温定好的一计。但并不是任何人都会像他们想象的那样，有个口袋就往里钻，毕师铎并不是高骈，他怎么会不知道杨行密这种"让一子、取外势"的道理，但他这时候早已被吕用之霸占他小妾的事冲昏了头，一心想的就只有报仇、报仇。吕用之遂他所愿地被碎尸万段，而这时毕师铎又和自己的亲家张神剑起了冲突，在张神剑看来，他们还是应该回去高邮，扬州此地，并不是他们应该生根发芽的地方。可毕师铎哪里能听进这种话来，一对亲家终而一拍两散。张神剑回去他的高邮，而毕师铎则从江北请来一位高人秦彦。

　　秦彦本是毕师铎的旧交，但由于残唐时不被唐廷重用，一直偏居于宣州。此时，毕师铎觉得仅凭他自己的力量无法统合扬州的势力，于是派人去宣州将秦彦请来，拜他为帅。而在秦彦此行的队伍中，带了一位名叫王奉仙的道姑，被秦奉为"活神仙"。当秦彦将王奉仙介绍给毕师铎的时候，仿佛此二人又掉进了高骈的时光黑洞，一位女版的吕用之又横空出世。

毕师铎对王奉仙的推崇，并不亚于高骈之于吕用之。每每他想在扬州推行政务，都必须有王奉仙到场，并且进行一番作法。有一次，毕师铎想将扬州城外的赋税减免一些，因为连年战事，百姓生计有亏，但王奉仙却掐指一算说，此事不妥。并要求毕师铎反其道行之，加大对百姓的赋税，然后再由扬州对他们的农具和种子进行配给。虽说这种做法让百姓对官府产生更大的依赖，却真实地伤害了百姓种地的热情，他们辛苦种地换来的，很可能是一些微不足道的农具和吃食。由此，民怨在坊间逐渐沸腾。

其次，毕师铎想对吕用之的党羽怀柔对之，对他们的过错既往不咎。但王奉仙到场之后，便风向大变，王奉仙力劝毕师铎除恶务尽，应该对吕用之的党羽赶尽杀绝。于是，扬州城内外，开始了一场清算察子和左右莫邪都的运动。因为察子本身就是一个细作组织，有时候一些边缘的察子，他们自己人都不甚清楚。那这种清查就只能以"错杀一千"的方式来进行，茶司、市井中的很多人，都仿佛在一夜之间被带走问罪。而这种"宁信其有，不信其无"的做法，反而成了一些人公报私仇的修罗场，一些平素有私怨的人，这个时候就将自己的所谓仇人揪出来，再扣上一个察子的帽子，然后推到刑场开刀问斩。由于左右莫邪都毕竟是一个半军事化的组织，那些战场上投降而来的将官、军校，此时就都成了被怀疑的对象。结果就是，很多军校未经审问和申辩便成了左右莫邪都，成为刀下之鬼。而这种"不问出处"地见人就抓的处理方式，后来还有急剧扩大的趋势，但凡有人想办另一人，便将他定为莫邪都的通风者或是察子，一杀了事。

之所以杨行密不想待在扬州，很大程度上是不想成为这种杀戮的主角。对于吕用之党羽的清算，不做不行，但一旦做起来，就很容易过犹不及。吕党的清算使得好好的扬州城血雨腥风、风声鹤唳，任何一个曾经在吕用之治下的扬州人都活得人人自危。一个人最大的悲哀，就是自己从阳光明媚走进怀疑一切的阴影里，一座城市更是如此。残唐时期，一直都有"一扬二益"的说法，二益是指益州，就是前蜀，一扬指的就是扬州。而毕师铎治下的扬州，早就没有往日的清新爽气，反而被一股暗黑之气始终笼罩。

有人统计，自从毕师铎进入扬州以来，除却兵戈之外的杀戮，直接导致了四万余人的死亡。而杀戮并不是毕师铎导致的最可怕的结果，最可怕的，其实是扬州城内外，所有人都不相信别人。任何一个人都有可能被身边的亲朋故旧出卖。这种人心不古，实是人间所不能承受。这种情况的泛滥，其结果无非是民生凋敝。毕师铎怎么可能坐视自己治下的扬州一天天沉沦下去，他必须想出一点办法，来扭转民生的颓势。而他的办法，也不过是叫王奉仙来卜上一卦。

王奉仙开坛作法，仙家上身之后，道出谶语：扬州复朝，必死一高。当王奉仙被附体之后高喊出这一声时，淮南在场的大小官员无不为之震惊。所谓必死一高，这一高无非就是高骈。虽然高骈这么多年对淮南并无大贡献，而且他还轻信妖人吕用之，把淮南上下折腾得不成人样，但高骈毕竟是所有人公认的淮南之主。唐廷大乱，皇帝高远，高骈对于扬州人来说，就是淮南现实的皇帝。这种公然鼓动"弑君"的行径，怎能不令所有人吃惊。秦彦此时对毕师铎说，这一高是谁，主公就不需多问了吧？如果现在舍去一高，能得淮南经世太平，也算这一高死得其所吧？

毕师铎对高骈虽没有太大好感，但高骈毕竟是将他从黄巢军中招降过来的主将，也算是旧时的主公，淮南人对高骈的崇敬，也没有因为他修炼升仙之术，轻信妖人而打什么折扣。但毕师铎这时候也管不了那么许多，对于稳定淮南局势来说，任何人的生死对他来说都无甚意义，虽然杨行密临行前也告知他，吕用之为难毕帅时，高骈对毕帅的家眷也多有守护，但这也根本无法改变毕师铎要重振淮南的决心。面对一个修炼得每天疯疯癫癫的高骈，莫不如让他再为淮南作最后一次贡献。

公元 887 年秋，高骈及其家眷共十五人被处以极刑，罪名居然是盗取府库，中饱私囊。这真的是笑话，你毕师铎没进扬州时，那府库无非就是高骈的私囊罢了。而此时身在庐州的杨行密，闻听高骈被杀，他瞬时嗅到了起兵灭毕的时机。

杨行密遂组织庐州人马七万余众，全军缟素，打着"感佩主公恩德，为高将军复仇"的大旗，一路之上招兵买马。最终在当年十月末到达扬州城下，杨行密并没有急着攻城，他只是绕着扬州城转了一圈，观察了一下城防工事。然后他组织全军将士，置炉焚香，向扬州城内三叩首，向高骈及其家眷致哀。之后，令人意想不到的是，杨行密令三军对扬州城围而不攻，不允许有任何物资以任何形式送进城内。

杨行密对扬州围而不攻，一晃半年有余，杨行密这边，将扬州周围大小县郡都收为己有，所有物资都向扬州附近的延陵集结。扬州城内，无食充饥，一斗米已涨到五十钱，却还是不能充足供应。城内饥民不得已将堇做成泥饼充饥。而另一边，延陵城内，物资充足，市井一片繁荣。

扬州城中，秦彦和毕师铎半年之内数次攻击都不能破杨行密之围，只能守城待援，但谁又会来支援他们呢？毕师铎此时想到了老亲家张神剑，便向亲家求援："来扬州救救亲家公吧。"张神剑给毕师铎回信说："亲家公不急，我早已在扬州城外等你多时了，只要你投降我的主公杨行密将军。"毕师铎此时才知道，他的这位亲家，早就带着高邮兵马投靠了杨行密。

在求援无果、城内粮草消耗殆尽的时候，扬州城内的宣州兵开始出现动乱的倾向。他们之中有胆子大的，就随意将百姓抓了来，到市集上去卖给城中屠户，以人肉充当粮食。人间惨剧，几次三番在扬州城内上演。而秦彦和毕师铎也并没有对手下进行约束的能力，而一旦发生兵变，他们可能连活命的机会都没有。虽说他们也五顿并作两顿地吃饭，却可以生生省出一顿宴席，请来他们的神婆王奉仙，请仙姑为他们指点迷津。王仙姑一通狂吃过后，半眯双眼，在二人热切期盼的眼神中陡然蹦出四个字：呆货，跑啊！

毕师铎和秦彦平日笃信的仙姑，关键时刻也只是一个满嘴糙话的村姑。二人连夜整齐一小队人马，夜色之中，慌然从北门逃出。也不知为何，此时杨行密对扬州北门的围困居然有了一个缺口，令毕师铎、秦彦大喜，狂奔三十余里才收住马蹄。二人一直逃到天光大亮，一抬头，才发现，整队人马居然逃进了一处谷中，此时山头猛然竖起"杨"字大旗。杨行密站在山头向毕师铎喊话："毕帅，想不到咱们以这种方式又见面了。我为了不与将军为敌，将偌大一个扬州城让给你，不承想，你将此城搞成如今这副模样。高骈将军素为淮南之主，虽说轻信妖道，却对你我不薄，你怎能轻信道姑妄话，将他杀害？今天，我杨某为了扬州的百姓，为了仙逝而去的高将军，替天行道，取你性命！"杨行密"取你性命"四个字声如洪钟，一时间在山谷中回荡。毕师铎自知必死，向天狂笑，飞矢如雨般向他袭来。不消片刻，毕师铎和秦彦都死于非命，扬州之战就此终结。

在收复扬州的途中，有人禀报说在路边见到了被乱兵杀死的"仙姑"王奉仙，杨行密说，虽说此人行祸为乱，但死去的人就不再计较了，将她好好装殓了吧。扬州城又一次被杨行密收复，这次可不比上一次，这次几乎所有扬州人都饿得皮包骨头了，杨行密一声令下，带粮入城。对于几十万扬州人来说，此时此刻的杨行密就是大救星。对于毕师铎的余党，杨行密并没有效仿毕师铎的做法，相反，他还招毕师铎的一些旧将进入营中。而原来跟随毕师铎的军校，也都被赦免，愿意留在扬州的，可以为军效力，不愿意的，杨行密还为他们发放路费，遣其归家。

杨行密一出一入扬州，就成了现实中的淮南新主。这个时候正值中原秦宗权作乱，他在蔡州已然称帝，正急着扩张地盘，他看到从前的勇猛小将杨行密居然占了江南富庶之地，怎么可能不急，他派他的弟弟秦宗衡为帅，名将孙儒为副帅，率领号称八万大军前往扬州去攻打杨行密。

谁都看得出来，这次秦宗权派出攻打杨行密的主将，明明就是孙儒。秦宗权派他亲弟弟来，无非是做监军外加顺走胜利果实。孙儒身经百战，此时已是残唐名将，他的手下还有马殷、张佶等虎将，他们一行率万余人渡过淮水，直插扬州。

孙儒早知秦宗权此中阳谋，自己早有反秦之心，却没有机会下手。这个时候，身在高邮的张神剑派人给孙儒捎来书信，称旧友一场，不忍刀兵相见，欲在高邮设下一宴，举杯豪饮之后再战不迟。张神剑此举其实颇有劝降孙儒之心，不过他这一计却没有杨行密的意思在其中。孙儒觉得这种局面，虽说他并无投降杨行密之意，却可以借高邮之行，除去秦宗衡这个累赘。孙儒应约，却在去高邮时，带上了他的主将秦宗衡。秦宗衡听了孙儒对他讲的高邮之宴，觉得这也是他们争取张神剑的好时机。

一餐夜宴，张神剑、孙儒、秦宗衡，三人抱着三个想法，各自窃喜。酒局之地处于高邮，张神剑才是地主，席间布下伏兵当是自然，不过在宴开之前，张神剑已与孙儒达成共识，此宴无论结局如何，都将是秦宗衡的死地。席间举杯正欢，孙儒称去如厕，刚出门口，就听到张神剑摔杯为号，一众伏兵悉数进入，将秦宗衡砍为数段。秦宗衡一死，孙儒与张神剑之间的话题就没有什么好避讳的了。但孙儒并不同意张神剑所说的，杨行密必是淮南明主，秦宗权时日无多，弃暗投明才是王道。孙儒的意思是，他想与张神剑联手，再设反间计，将杨行密拿下，兄弟二人共治淮南。

张神剑觉得他确定做不出来背主求荣之事，还是想请孙儒与他人合纵比较合适。高邮不留客，举杯赶路人，张神剑举杯与孙儒告别，称他日再见，你我兄弟，可能就是战场上的敌人了。二人喝下杯中酒，洒泪而别。

张神剑此后率队去扬州，将高邮发生之事和盘告知杨行密，杨显得很高兴，赏给张神剑一些金银，并说张将军果然是难得的将才，不为名利所诱，老杨当真没有看错人。不过，就在当晚，杨行密派人秘密将张神剑一众人绑到扬州郊外尽数坑杀。对于杨行密来说，与其有一个有可能背叛自己的高邮守将张神剑在，莫不如派一个自己的心腹去守高邮。张神剑虽然看似坦诚，但他与毕师铎和孙儒的这些密切关系，实在让身处扬州的杨行密夜不能寐。

孙儒从高邮出来不久，就攻取了海陵。当他得知杨行密将张神剑坑杀的时候，悲愤不已，觉得是自己害了张神剑。于是决定为兄弟报仇，起兵去攻扬州，却在天长遇到海陵的手下败将高霸的顽强阻击。不过高霸此人居功自傲，遇到孙儒再次败北，还是觉得虽然自己丢了城池，但仍旧是有功之臣，他就托扬州的亲朋故旧去向杨行密求情，希望可以令他将功补过，再给他一座城池"用以据守"。杨行密却觉得高霸有点儿得寸进尺，还没治你丢失海陵之罪，现在居然敢来再提要求？杨行密以自己将亲征天长为借口，先拖着高霸。另一边，在天长海云寺布下埋伏，等他出战天长之时，派高霸在海云寺驻防，等待大军到达。高霸奉命引兵到达海云寺，迎接他的，却是如雨一般的飞矢。高霸及所有部众，均在海云寺被杀，没留下一个活口。阵前斩了大将，而且孙儒也并不是一般碌碌之辈，杨行密的所谓除奸之举，使得扬州兵在天长一开始就处于劣势，最后落得大败，不得已退回扬州以城据守。

孙儒当然知道杨行密对张神剑、高霸的行径触动了淮南上下忠臣之心，但碍于扬州城高池深，一时难以攻取，于是便学习杨行密之前取扬州之计，围而不打，久而困之，而在扬州以外的地方，攻下高邮，再加上海陵，以此二城为中心，取得外势，对农民开仓放粮，鼓励商人恢复市集交易，大有久居淮南之地的架势。扬州这边，几次攻城，孙儒都没有付出太大的精力，核心还是困城不攻。这回，轮到杨行密这边难受了，他怎么可能不知道对扬州围而不攻是最优战法的道理呢，可现在这种情况，扬州城内几经战事，也没有多少存粮，长期驻守，恐难为计。于是杨行密向他的军师袁袭求计，连称"先生救我"。袁袭笑而不语，称，其实主公早知如何应对，只是希望这一计从我口中说出罢了。闻听此言，杨行密与袁袭相视良久，转而大笑。

袁袭这一计，无非是放弃扬州，将淮南的核心让给孙儒。然后杨行密再次退去庐州，这样外势就转到了杨行密这边。而孙儒毕竟不是淮南之人，对淮南人的诉求并不能理解如杨行密那般透彻。其实杨行密的深意更在于，退出扬州，避免围城饿困的情况再次发生。扬州人怎会不感激杨行密。这种恶战间歇，杨行密怎会不知"得人心者终得胜"的道理。杨行密这么想，也真的依计行事，一夜之间退出扬州。退出之前将扬州府库再次搬空，给孙儒留下一座空城。

杨行密的战法未必高明，却往往以退为进、收买人心。从扬州退出，放城给孙儒，能看出杨行密此人并不拘泥于战法，而更精于经营。淮南之地富甲天下，并不是任何人来了都可以占领的。他一眼看出孙儒的野心，想以淮南之地起家，然后北伐中原，成就帝业，但杨行密不是，他并不想与秦宗权、朱温一样去当什么皇帝，他只想取这样一块丰美之地，让百姓幸福生活。因为杨行密幼时到长大，看到太多战乱时百姓的疾苦，他不想再与任何人争一时短长，只想让淮南的百姓过上好日子，百姓日子好了，他老杨的日子也不会差太多。

孙儒对杨行密让出扬州的做法，百思而不解，有谋士也对孙儒建言说，杨行密这招之前对毕师铎的时候用过，不过是想取得外势罢了，但咱们不是那毕师铎，咱们想的是在扬州这里坐大。孙儒此前已经借张神剑之手杀了死敌秦宗衡，与秦宗权再无瓜葛。然而，此时秦宗权也被朱温所围，自顾不暇，也难顾及淮南之事。但秦宗权却有一原则，就是睚眦必报，孙儒设计杀了他胞弟，秦宗权必定是记了老孙的黑账的。而老孙又根本瞧不起后起之秀朱温，觉得朱温、秦宗权无非都是草寇，根本没法与孙家的家世相提并论。

孙儒托大，无意向朱、秦中任何一人低头，但身在庐州的杨行密却与孙儒恰好相反。他早早就派信使去给朱温投书，称愿为朱将军效犬马之劳，待朱将军得势之时，必面北称臣，高呼万岁。杨行密对朱温这种夸法，朱温哪里受得了，自然由信使带回诸多金银赏赐，然后与杨行密订立了攻守之盟。二人约定，一旦有人攻击任何一方，另一方都至少策应对方，有条件的时候，可以出兵解其围困。朱温这个时候正面临秦宗权的挑衅，还有河北诸侯的压制，所以，一个平定的南方边境，对于朱温来说，就是一个莫大的机遇。他将腾出手来收拾秦宗权和河北诸藩镇。

杨行密的押宝能力并不见得如何高明，而是因为他有军师袁袭为他定出此计。其结果也正应验了袁袭的判断，果然朱温在与秦宗权的争斗中获胜，转而去解决河北魏博的乱局。这时候正好有杨行密来解决孙儒。虽然杨行密与孙儒都是残唐的旧将，而且还在虎狼谷一同围剿过黄巢，但这个时候各有称霸之心，便再无同袍之义。与杨行密不同的是，孙儒更骁勇，也更急功近利。孙儒在扬州积蓄足够力量之后，又转去攻杨行密的庐州。杨行密再三考虑，还是不能跟孙儒硬刚，于是又撤出庐州。当然在撤出之时，老杨的家当也都带走，他们转去了高邮。孙儒虽然得了庐州，却并没有得到实惠，便气急败坏地开始火烧庐州。

杨行密万万没有想到孙儒居然可以丧心病狂到烧城的地步，但更让他意想不到的是孙儒居然能将庐州所俘七百多壮丁赶入河中淹死，而且将庐州所俘妇女杀死充作军粮。孙儒军队所过之处，一片焦土，草木不生。孙儒在公元892年围攻宣州，攻城正艰之时已然入夏，孙儒营中开始大片地流行霍乱，军队还没有出营便成片地倒下变成尸体，甚至连孙儒自己都染上了。孙儒军队战力全无，杨行密趁此良机，一举收复扬州。并且在阵前，由杨行密的大将田頵将孙儒斩杀。孙儒的大将多数归降杨行密，成为杨行密后来建立吴国的开国功臣。唯有一人，并不想臣服于杨行密，而选择出走湘水之地，他就是马殷，也就是后来马楚的开国之君。

杨行密再次入扬州城，受到了扬州百姓的夹道欢迎，百姓们知道，孙儒已然战败，可能以后就不会再有仗打了，眼前的这位魁梧将军，将是淮南的新主。入城之后的杨行密，不吝私财，大开粮仓，赈济流离失所的灾民。而此时杨行密眼前的扬州，早已不是那个富甲天下的"一扬二益"的扬州，而是饱受战火蹂躏的悲怆之城。

虽然淮南的百姓不愿再遭兵灾的洗礼，但世事的发展，总是事与愿违。公元897年，刚刚在中原解决了结拜兄弟朱瑾的朱温，就引着大军转而向淮南扑来。朱温还一反之前称兄道弟的亲热，而是在唐昭宗面前奏了杨行密一本，称杨行密在淮南大肆屯兵，欲步黄贼、秦贼后尘，图谋不轨。唐昭宗这个时候已经被朱温所挟，已经没有任何底气再反驳朱温的请求。所以朱温发兵去攻扬州的本章被唐昭宗一律诏准。

公元897年九月，朱温以庞师古为一路军，率中原七万之众，屯兵清口，下一步将直驱扬州。第二路军由葛从周率领，引河北部众四万人，屯兵安丰，将攻寿州，而朱温自己则进入宿州休整。

庞师古在清口扎营之后，军校发现地面总是很泥泞，说明地势比较低，泥水混合之地并不适合扎营。但禀报给庞师古之后，他却不以为然，还说，这点泥泞算个啥，以前我身经百战，什么恶劣的地方我都睡过，出门征战，你们还是多多适应才好。庞师古手下将官看他这么说，也不好再申辩。不过，他们并不知道，杨行密手下大将朱瑾早就派兵在淮河上游拦截淮水，并形成抬高的堰坝，等待积水达到一定水位，就要水淹庞师古。

庞师古难道没有察觉朱瑾之计吗？还真没有。那是因为庞师古是一个超级棋迷，在他的军中，居然还专门设有与他对弈的棋官。刚刚在清口扎营，庞师古就开始跟棋官下棋，这棋下得又特别精彩，庞师古打算连战五盘，结果战到第四盘还是打成平手，这精彩的棋局引来了全营众将的围观，谁都没有注意到淮水的水位下降得异乎寻常地快。

庞将军痴迷棋局，完全不知道自己把全营都置于危墙之下，这时候全营众将不可能一个觉醒意识的都没有，就有人向庞师古力陈，称淮水上游已有扬州兵将水坝拦起，下一步恐行水淹之计。庞师古也并不是一个浑人，但他现在满脑子都是精妙的棋局，再加上营中也有人称扬州有细作潜入搅乱军心，庞师古派人去淮水上游探察十余里，并没有发现拦坝的情况，于是就将力陈之人下狱治罪。他哪知道，朱谨的部下在远他二十里的一个叫雒兰谷的地方修建水坝，将水积蓄高出河面十几米高，水攻之策已成。

庞师古在探马回报之后还是不太放心，于是让一些熟知水文地理的将官再去探察，回报说，淮水水源素不丰沛，到秋冬季节水位下降都属正常。得到这样的回报之后，庞师古长舒一口气，然后又醉心于他的棋局之上了。这一天晚上，庞师古与营中棋师的决胜局即将展开，他还多派了一些军兵在四周警戒，以防敌军偷营。就在棋局进行正酣之时，朱谨率五千精甲果然前来偷营，但被警戒的梁军"击退"。朱谨将五千人马悉数撤出之后，庞师古误认为朱谨偷营小计不过尔尔，更加放心下棋。就在庞师古最后一招马炮绝杀之后，梁军大营隐隐觉得好像地震一样，地面的微震，加上营中尘烟四起，就在大家不知发生什么事的时候，有探马来报称，大帅不好，淮水上游的洪水正向我军袭来。庞师古这时才知中计，急急披甲上马，率大军出逃。这种人为的洪水，哪里有逃出去的道理。站在不远处高山上的朱谨，眼看着庞师古的七万大军被洪水冲得死伤无数。趁着梁军慌乱之时，朱谨派兵掩杀，斩梁军一万余人，俘获俘虏七千余人，棋迷庞师古也死在乱军之中。

而驻于寿州的葛从周，一听说庞师古大败，他的选择是转身就跑。因为庞师古的大败，已经使扬州兵对寿州形成了合围之势，葛从周即便再勇猛，也不会吃这个眼前亏。再说他才仅有四万余人，而且一半还是河北的降将，到时候真的开兵见仗，这一半降兵是否会再转投杨行密犹未可知。杨行密大将朱延寿也没放过葛从周，从南往北乘胜追击，又斩杀梁军万余人。好不容易逃过了扬州兵的追击，梁军正欲休整，又遇漫天大雪，奇寒袭来，由于没有备好足够的过冬衣物，梁军又冻死大半，最后侥幸逃回河南的梁军不过两千余人。而原本驻于宿州的朱温，原以为不久便可等来大胜的消息，但最后等来的却是庞师古全军覆没的消息，朱温不等葛从周逃跑，他自己就率三千余人率先逃回了汴梁。经此大败，朱温也不得不承认杨行密在淮南的地位，不敢再轻易招惹杨行密。再说，他收复大片中原腹地，也算物产丰沛，朱温就此开始专心他的代唐大业，淮南之事再不提及。

杨行密成为淮南之主，看似已经成了板上钉钉的事儿，但这期间却出了一个岔子。这个岔子就是田頵。占了扬州的杨行密，原来的庐州也不能放弃，他就让田頵当了庐州留守，但他偏偏对田頵不放心，还同时委任康儒当庐州刺史，而这个康儒居然与田頵有夺妻之恨。所谓的夺妻之恨，就是田頵的小妾被康儒抢去当了小妾。但这个事，杨行密是不知情的，他只知道这二人素来不太和睦，还想着他们一起到庐州共事，再找机会给他们说和。但杨行密还是低估了男人的忌妒心，就在康儒当上庐州刺史的第二天，田頵就径直带兵杀到康儒府上，二话不说便将康儒斩首，然后将康儒的头颅悬于庐州城头以泄私愤。

杀了杨行密亲封的刺史，这分明就是打杨行密的脸，杨行密正想着如何去庐州向田頵兴师问罪，不承想田頵率先反了。他联合润州团练使安仁义一起举兵反杨。其间，他还密会了奉国节度使朱延寿，希望他可以在田、安二人率军进军扬州的时候在朱所在的寿州策应他们。但朱延寿并不会贸然起兵，主要是，他还是杨行密的小舅子，他起兵的话就必须有扯破脸的勇气。而且朱延寿还得说服他的姐姐，这方面家长里短就需要时间。

但朱延寿不知道，其实杨行密对此事早已知晓。杨行密跟他这位小舅子，平素也经常开玩笑，因为朱延寿身体有缺陷，眼睛有点儿斜视，杨行密就总拿这位小舅子开涮，谁想，说者无心，听者有意，朱延寿居然很在意杨行密对他的评价，觉得自己一定有机会取代杨行密成为淮南之主。所以他一直都与田頵有往来，也经常背着杨行密密谋一些关乎政局的大事。事实上杨行密的眼线和细作还有很多，朱延寿刚有这种不臣的想法就被杨行密发现了。但杨行密并不着急把事挑开，而是秘而不宣，他想看看他这位小舅子到底能有多少能力。

田頵造反，想与朱延寿里应外合，杨行密似乎再也没可能坐视不管了。于是他心生一计，就在朱延寿派人来给姐姐送礼品的时候，杨行密开始装起病来。而且还通过杨身边的人往外传，称杨行密得了很重的眼疾，很有可能失明的那种。朱延寿听到禀报大喜，但还是不忘让他派到扬州的人去探望一下杨行密。杨行密一听朱延寿派人来探望他，瞬间戏精上身，从床上腾身而起，说他自己很有可能时日无多，真的想见小舅子朱延寿最后一面。他走在厅堂里，还把戏做得很足，一头撞到身边的殿柱之上，把头撞出一个大包，杨行密蹲在地上痛哭起来，说想不到我杨行密虽然得了淮南的江山，却被这怪病打倒，我身边孩子都尚小，将这么大一片江山撒手交给他们，我怎么可能放心啊。然后杨行密又是一顿痛哭，直把朱延寿派去探望的人也感动得落下泪来。

然后杨行密还不忘利用自己的夫人朱氏，在病榻上有气无力地对她说："我啊，日子不多啦，如果我真的有那一天，你筹划一下，看看让我哪个儿子承继大业，你务必让延寿来扬州主持大计，那几个儿子那么小，怎么可能支撑起扬州这么大一片家业呢？还是得多多仰仗我的这位妻弟啊。"杨行密一席话，把夫人朱氏也给说哭了，然后急急给寿州的朱延寿去信说："你姐夫可能真的没有几天寿禄了，他对我说的这些话，并不像是客套，你是不是也应该现身一下，好让你姐夫放心？"

事先听了探病使者的汇报，这又看到了亲姐姐的这封如泣如诉的信，由不得朱延寿不相信。最后他决定带二百亲兵，起身前去扬州。当朱延寿进入扬州，行至内宫大门之时，徐温带领一众甲士将朱延寿拿下，为防万一，当场将朱延寿杀死。与此同时，朱夫人也被杨行密休书一封，点些银两，发去高邮自生自灭。

这边将朱延寿杀死之后，杨行密严密封锁消息，杜绝对外声张。然后他派人以朱延寿的笔体和口气给远在庐州的田、安二人写信，称自己已经在扬州得手，杨行密已死，但秘不发丧，在他死之前已经托孤给自己，让自己代为监国。杨行密新立的儿子少不更事，淮南江山已经基本姓朱，希望二位兄长速来扬州共谋大计。田頵收到"朱延寿"的这封密信，并未起疑，次日就让安仁义留守庐州，他自己率二百亲兵，急急奔往扬州。

等田頵一行人进入宫门没多久，一众人马杀出，为首的正是杨行密的大将李神福，他没费多少气力就将田頵等人拿下，送去杨行密处治罪。当杨行密看到田頵的时候，自知淮南江山就此太平，对田頵嘱咐几句，田的家眷他都会好生看待，也会抚养他的幼子成年，便在次日一早，与在庐州被俘获的安仁义一起，推出宫门，开刀问斩。

淮南之事就此平息，天复二年（902），事实上的淮南之主杨行密终于自称吴王，历史上称之为五代十国之中的"吴"。几乎在朱温代唐自立的同时，淮南的杨行密也为自己打下了一块大大的疆土，由于吴国的存在，朱温开始再三掂量自己的实力，未敢侵犯吴国的边境。杨行密为偏居一隅的诸多侯国立下了威严与榜样。

第五章
杨吴新主随心剪　　徐温灭张谋国变

杨行密称王，杨吴就此立国。淮南之地有一种流行的传说，说杨行密身高九尺、力大无穷，就是上天赐给淮南的顶天力士。虽说这种传说越传越盛，但杨行密却并不以为意。民间传说，当然是想让他做好国事，让百姓安居，这才是百姓心中的期许。不过百姓并没有看错的是杨行密的人品。很多时候这种征伐都是他不得已而为之，三进扬州，也曾三退扬州，无非都是怕看到扬州百姓因为他的一个决策而遭受苦难，杨行密的心中是有善念的，这一点从他对待这些政敌及其家属的做法就可见一斑。

对于反贼田頵，虽然田頵最终被斩，但杨行密知道他还有一个老母亲在世，这白发人送黑发人，无论如何都是一桩人间悲剧。况且，田頵也不能说对杨吴没有功绩，所以，杨行密后来将田母接进扬州，专门置了一处宅子，以生母之礼事之，这件事一时成为扬州美谈。之前毕师铎被杨行密打败之时，杨行密就对毕师铎的下属网开一面，不但不加害他们，相反还封他们为官，这种做法也同样出现在孙儒的部将身上。一般这种死敌被本人杀了，那他们的部将被杀都是常见的结局。但杨行密就是这么反其道而行之，难道他真的不担心他们反叛吗？杨行密事实上是担心的，但他也横下一条心，他关心的是能否收服人心，与土地城池相比，人心才是最宝贵的。

杨行密胸怀之宽广是超越常人的。举个例子，有一任庐州刺史名叫蔡俦，因为他一时过错，被杨行密惩罚，就怀恨在心。在庐州起兵，并向朱温请降。朱温什么人？他最看不起这种背主求荣的人。蔡俦在这期间做了一件令所有人都无法承受的事，他为了泄愤，就把杨行密家的祖坟给刨了，这种事情在中国任何一个时代都是令人无法容忍的。杨行密当然愤而起兵，蔡俦无法招架，就连夜逃到了洛阳，朱温是不可能因为这种势利小人而得罪杨行密的，况且此时朱温还有求于杨行密，就将蔡俦五花大绑押还给杨行密。杨行密杀了蔡俦之后，就有人提起蔡俦掘了杨氏祖坟的事。杨行密哼了一声说，有没有想过朱温为什么将蔡俦押还给我？就是因为他倒行逆施，进而无人能容。我怎么可能效仿这种人，再挖他家的祖坟呢？心有多大，江山就有多大，我不齿于做这种事，任何人不得再提此事。

杨行密执掌下的淮南，很快就恢复了人声鼎沸、市井烟火。但歌舞升平并没有带来更多的安定，一直被百姓们传说为顶天力士的杨行密，突然之间就病了，而且病得很重，扬州乃至整个淮南的名医都被召进扬州，来给杨行密诊病。诊断结果都出奇地一致：操劳过度，气血两亏，肺经迷乱，时而呕血，恐命不久。刚刚平息下来的淮南江山，突然之间就像落下一道霹雳。扬州上下都在以各种方式给杨行密祈福，但都无济于事，才当了三年吴王的杨行密在某天突然撒手人寰。后人称杨行密乃"五代十国第一人"，其原因还是，他曾经三次击败南侵的朱温，使中原王朝打消了吞并南方诸国的念头。

在杨行密给小舅子朱延寿摆迷魂阵的时候，杨行密曾提到了幼子年少，不足以掌淮南，他心里当然不是这么想的，其中，就有一个他很中意的儿子——杨渥。在杨行密弥留之际，杨渥已经官居宣州指挥使。在淮南朝野之中，杨渥也有了一定的分量，但似乎还不足以支撑起整个淮南的军政基业。

杨行密死前有所交代，希望大家好好辅佐杨渥。还有，辅臣方面杨行密也有他的安排，这里面就包括左牙都指挥使张颢和右牙都指挥使徐温。其中，徐温自不必说，一直都是杨行密的铁杆力量，很多杨行密定的大小事务都有徐温作为高参的影子。张颢则不同，他是一名降将，最初他是秦宗权帐下的一员骁将，之后跟随孙儒来攻淮南，孙儒战败之后才投靠了杨行密。如果换作他人，是不可能对张颢这种降将加以重用的，杨行密则不然，他只是想将张颢的才干发挥到最大，并不考虑他之前的经历。张颢自从跟着杨行密，便一路升迁，最终到达左牙都指挥使，相当于淮南的两位辅相之一。

在杨渥羽翼未丰之时，是张、徐二人力主将杨渥外放宣州，让杨渥能有自己的人脉和班底。而且在杨行密病重时，张颢基本上是帮杨渥看守内阁的角色。这期间也不乏朝堂大臣对杨渥的能力颇多怀疑，说此子不像有治国理政之才的样子，二位军使可多加考察再做定夺。但张、徐二人还是力排众议，力挺杨渥，年少的杨渥一直都对张、徐二人心存感激。所以在杨行密死后，杨渥入主扬州时，杨渥还是力主将其父生前倚仗的庐州重臣，所谓的"八大金刚"都发往扬州以外任职，而京中只留张、徐二人。这种看起来投桃报李的叔侄情谊，谁会想到，后来却成为杨吴朝堂的一出反目大戏的开端。

杨渥之于杨行密，一直都是一个孩子，杨行密死去以后，杨吴朝堂都觉得这个二十出头的吴王不过是一个不经世事的孩童。但大家还是有点儿小看杨渥了，杨渥对南部毗邻的江西有了兴趣，于是在他即位之初就起兵讨伐。当时的江西观察使钟传病故，钟传的儿子钟匡时即位，但钟传的养子钟延规不服，起兵攻打钟匡时。这让新登大位的杨渥看到了一丝机会，他在宣州养兵多年，同时也关注江西多年，等的正是这样一个千载难逢的机会。杨渥连夜集结人马，从宣州、扬州两地出兵，神速攻占江西，将钟匡时和钟延规全部杀死，江西就此归入杨吴的版图。杨渥刚刚即位，占领江西四州，将杨吴领土急剧扩大了近四分之一，这无疑让杨吴朝堂为之震惊。其中，当然也有徐温和张颢的左右逢源，为新主不断查漏补缺，才终有国之大胜。大胜之后的杨渥，不出所料地开始居功自傲，有时候对张、徐二人说话语气都多少有些轻慢。

而且，张、徐二人所不知道的是，在杨渥当宣州指挥使时，宣州已经被杨渥弄成了一座活色生香的荒淫之城。在宣州，杨渥盖了一座宫殿一般的府邸，其规模一点不输杨吴王宫。他还亲自挑选了二十四位绝色美女伴他左右，对于有可能即位吴王一事，他大概心里有数，在张颢和徐温面前，他还是装出一副楚楚可怜的样子。作为长子，他当然知道那个位子在杨行密死后非他莫属。在人前装得越惨、越弱，他即位之后的路就可能越平坦。如他所愿即吴王位之后，他将之前自己私养在宣州的八万"禁军"放出，前去江西攻城拔寨。这一切都在杨渥的掌握之中。只不过在朝堂之上，他不可能将他盘算三四年的计划和盘托出，而是在实际占领江西之后，再将事实摆在所有人面前。这其中，他当然也想看一看张颢和徐温脸上的惊愕表情。

外放杨行密留下的"八大金刚"之后，杨渥终于露出他的本来面目。征伐江西，他的第一个计划也开始上马，那就是扩大杨吴宫殿的规模，要在现有的基础之上，再扩大一倍。他将宣州官邸里被人称为"二十四乔"的美女全都接进扬州，然后又在扬州广选美女，充实后宫，此后无论哪位大臣，张颢和徐温也不例外，再想见到这位杨吴新主，从此成为不可能。杨渥完全恢复了他当"自在王"之时的放浪形骸。正常情况下，老王杨行密新逝，作为儿子，要居丧守孝，禁止娱乐，最少一年时间。但才过了三个月，杨渥的性子就按捺不住了。在他看来，这三个月，园子也修成了，美女也选来了，还守这个丧，太晦气。他就在第三个月的头上，开启了他寝宫里的"七彩生活"，还美其名曰为整个淮南讨个喜气。

不仅如此，杨吴的王宫也被他修建得穷奢极侈，很多奇珍的山石、花鸟都被他集于园中。最重要的是，他还在园中设了一处蹴鞠场，这场地共设了四块，分别位于园中的不同位置，有时候他站在园中的假山怪石上，欣赏蹴鞠选手的精彩动作。有时候他也会亲自下场，成为一名球技精湛的选手，他在场上无人能阻，也无人敢阻，最后的一锤定音都由他办理。有时候他贪玩到掌灯时分，因为天色太暗，没法看清楚球了，他就想了一个办法，定制十几根巨大的蜡烛，每支蜡烛都价值数万钱。再到入夜无法踢球的时候，就将这些大烛点燃，王宫内外黑夜如昼，那光亮将整个扬州城都照得清楚可见。

杨渥想出宫的时候，就随意出宫，有时候那些小太监都跟不上皇上的仪仗。往往在仪仗走出几里之后，就寻不到这位吴王的身影，很多内臣都知道，吴王八成又是去哪个花街柳巷寻欢作乐了，然后就将仪仗停在扬州花街不远的地方等他，等几个时辰，或者干脆等到天光放亮也是有的。更离谱的是，这位吴王杨渥，有时候还会借机去民间"微访"，有时候就会选择去钻良家妇女的家，一旦人家不从还会亮出自己的腰牌，说自己是如假包换的吴王，那些良家女子怎敢不从。但这些人家的当家的回来，得知此事，都觉得奇耻大辱。有些夫妻，由于受不了这个耻辱，悬梁自尽者比比皆是。但即便如此，这位吴王也完全没有收手的意思，还是对"体察民情"乐此不疲。

杨渥在扬州折腾的同时，还不忘打起宣州的主意。他本来就是宣州指挥使出身，所以在他看来，宣州的一切就都是他杨渥的。在他把扬州的国库花得所剩无几时，他就打起了宣州府库的主意。某一日，他突然下达命令，宣布将宣州府库的银两都划归国库所有。一时间宣州上下颇有微词，时任宣歙道观察使的王茂章由于事先根本没接到任何诏书或者口头通知，彻底被激怒了。他到扬州上殿与杨渥辩理，但在杨渥那里，哪有道理可讲，王茂章居然被乱棍打出。王茂章也算是杨行密在庐州时期成就吴王霸业的老班底，哪里受得了杨渥这般侮辱，他派五千兵马将宣州包围，还对杨渥喊话说："我看谁敢从宣州拉出一个钱来，我老王就跟他拼命！"杨渥起初还真被王茂章的打法给镇住了，可转念一想，我再怎么也是吴王，这些钱无非都是我杨家的财产，我想搬到哪儿，就搬到哪儿，你王茂章这么阻挠，那就是反了。于是派出三万兵马去攻打王茂章。王茂章本来也是一时意气，根本没想反叛杨吴，但这时候他面临的却是宣州城内和扬州援兵的内外夹击，他这五千兵马根本不可能久战。

王茂章后来对着宣州城头咒骂："把我的话捎给你们的主子杨渥，我本是宣歙道观察使，防范吴越钱镠来攻是我的首要任务，宣州没有银钱来给兵卒发饷，反倒要将这些钱运去扬州供杨渥挥霍，这种昏庸的主子不保也罢！"

王茂章，一直都是杨吴最忠诚的将领，而且是杨家最可靠的"铁盘"，最终被杨渥逼得转投了吴越国的钱镠。后来，他又从吴越国出走，向北投奔了朱温，并就此改名"王景仁"，足见其内心之悲愤难平。

杨渥擅自动用宣州用以防御的银子，而且因此将杨吴栋梁之臣王茂章气得出走，张颢和徐温不可能不清楚事情的原委和对错。但杨渥是主子，他们是臣子，又能将杨渥如何。徐温与张颢几经商议，最后还是觉得，受杨行密托孤，不能再任由杨渥胡作非为下去。那么从哪里开始剪除杨渥的党羽呢？从外埠开始。首先，杨渥握有重兵的地方，无非宣州和庐州两地，张颢和徐温二人，分别到两地，以探访为名，将杨吴的老臣集结起来，将与杨渥共进退的将领依名造册，然后再分别在宣、庐两地，将他们秘密监控起来。等到两地部署时机成熟以后，张、徐二人进宫面见杨渥。

杨渥见张、徐二人一同来见，就大概知道二人要跟他说什么了。还没等二人开口，他先说开了："我知道二位伯父来找我是想说什么，王茂章此人骄横跋扈惯了，最后连我他都不尊重，居然还带兵围城！眼里还有没有我这个吴王？我没伤他性命，放他自行离去，已经是法外开恩，您二位就别再提此事了吧。"徐温早知杨渥不可能承认自己有错，所以就说起别的："一则，宫廷开支这几年居高不下，希望君上可以多多自省。二则，坊间屡有百姓传言，说君上对他们家中女子有不轨行径，虽然此谣言不可轻信，但也侧面提醒君上，人言可畏，无风不起浪，还希望君上可以检点自己的言行。"杨渥一听徐温这么说，自然相当不爽。虽然你们俩是扶我上位的托孤重臣，但也不至于权力大到对我的后宫生活指指点点。杨渥笑着说："您二位年纪也越来越大了，就别操这些心了吧。那些百姓看不得他们君主过得比他们好，有些不好的传言是自然的。再优秀的人，也肯定有人不喜欢。所以，我觉得无论是我，还是您二位，都应该淡然处之，在我给您二位建的宅子里，种种花、养养鱼，怡然自得，多好，就别把什么都放在心上了吧。"

杨渥这几句虽然听起来轻描淡写，但言外之意却是，你俩老糊涂了，老百姓说什么你们信什么，居然都不信我？年纪大了，我养你们，别跟我找什么不自在！徐温和张颢都是老江湖，当然听出了杨渥此话的弦外之音。可他们今天进宫，其实就是来逼宫的，杨渥这几句话，不可能动摇他们规整杨渥的决心。徐温又说，我们是先主托孤之臣，君上有错在先，必须为吴国上下做出表率。如若君上今天不答应，那我们二位老臣今天就不走了。杨渥一听这话，眉头挑了挑："难道您二位今天是来逼宫的吗？我今天就不按你们说的办，又能怎样？难道你们还想杀了我不成？"杨渥原来看起来和气的眼神，一瞬间泛起了凶光。

既然话说到这个份儿上，似乎已没有什么再谈的必要，张、徐二位稍稍对视了一下，然后徐温拍了三下手，之后，殿外便有了动静。杨渥突觉一阵寒意袭来，仿佛自己的后背，从腰向上直跑冷风。没用半个时辰，殿外军使就向内禀报：人犯都已带到，等候二位指挥使发落。这时徐温开始说话："君上说，我们俩来逼宫，不假。但我们并不敢伤及君上，却有一样，我们今天必须在此殿上将祸乱朝纲的乱臣贼子在君上面前清算。"这话说得杨渥一惊，难道说……杨渥还在迟疑之时，徐温已经开始大声宣读手中的诉状："人犯吕中诚，年方二十，平素负责从宫内将物什变卖，然后再从民间选女子送进宫中，祸乱宫中，依吴法处以极刑！"杨渥此时发现，吴国王宫已经被张、徐二人带来的军队包围，逼宫已成事实，他只是担心和害怕，这两个老家伙今天会不会有弑君之心。这时，听徐温再念："人犯赵陈楚，素好赌博，因与君上关系，居然将赌场开到宫内，扰乱宫中，依吴法处以极刑……"杨渥觉得徐温这么念，难道还真的就这么宣判了不成？正在他狐疑之时，他平时所谓倚重的吕中诚、赵陈楚二人，已经被带到大殿中央，然后从殿外上来金瓜武士二人，不由分说，直接将吕、赵二人按倒在地，头侧贴地，然后用金瓜击之，瞬间脑浆迸裂，溅得满堂是血，杨渥也被溅了一身。杨渥被吓得惊叫一声，整个人瘫倒在王座上。

这还没完，徐温再念："余守常，性情顽劣，好惹是生非，平素在君上微服之时，多行探访良家女子，然后院外望风把门，其行恶劣，依吴法处以极刑……"徐温一个接一个地念，然后将杨渥的这些所谓狗腿帮凶，一个个地锤死在杨渥眼前。吓得杨渥魂不附体，整个大殿之上都回荡着他的尖叫声。

张颢和徐温的这一招杀鸡儆猴，效果果然明显。杨渥平日那般趾高气扬的劲头再也不见，一个劲儿地给张颢和徐温作揖："二位叔叔，我再也不敢了！再也不敢了！我改，我一定改……"张颢和徐温得偿所愿，严重警告了吴王杨渥，也算尽到了托孤之臣的本分。不仅如此，张、徐二人还专告洪州、宣州和庐州守将，分别从当地启运一些"礼物"给杨渥。等杨渥看到二十几个锦盒整整齐齐地码在自己的龙案上，就隐隐觉得有些不妙。打开其中一个，他看到的竟然是他所安排的宣州留守张存忠血淋淋的人头，接着是宋思勍、范师从、陈潘……此外二十几个锦盒里，无不盛着宣州、洪州、庐州等地与杨渥亲近将官的首级。杨渥被吓得连半夜睡觉都惊坐而起，冷汗都能将被子浸湿。最后，他再也受不了了，就召张颢和徐温入见，直接就说："我服了，我真的服了。这个吴王我不当了，您二位谁想当谁来当吧，我只求能饶我一命！"听着杨渥的哭诉和乞求，徐温隐隐觉得，可能确实是有点儿过了，但张颢似乎还不依不饶。徐温走到张颢身边，拉了拉他的袖子，二人交换了一下眼色，就向杨渥告退而出。

退进张府之内，徐温对张颢说："君上知道错了，咱们见好就收吧，要不然，朝中内外还以为你我真的想夺君上大权呢。"张颢听徐温说这种话，跟徐温眼神对视了一下，徐温只消这一眼，就看出张颢果然有夺权之心，然后果断把话题岔开："宣州、洪州、庐州这些守将被处决，总要有人顶上，你看哪些人更合适呢？"张颢低头思考片刻，然后从袖中抽出一张名单，递给徐温，徐温迟疑一下，然后接了过来。他知道，张颢这无疑是有意将吴国窃为己有。徐温看透一切，却并不声张，起身告辞。

张颢有杀杨渥之心，徐温又何尝不是？但徐温不想落这种弑君的口实，即便张颢几经试探，他都未做表态。此时有军中眼线来报，说杨渥正在考虑联合吴越钱镠，将张、徐二人处死。徐温和张颢几经确认之后，发现这消息确实是真的。徐温此刻态度不再暧昧，同意了张颢将杨渥刺死，再立新朝，然后向北边朱温称臣的想法。最后由谁进宫弑君，张颢觉得这事还是左、右牙军都应该参与，这样谁头上都担着弑君之罪，也好同进同退。但徐温说，要不然这样吧，这个弑君之罪还是由我来担，进宫杀掉杨渥，还是由左牙军来做，这样一旦有一天有人反攻倒算，也好保全张将军可以继续支撑吴国江山不倒。徐温这么说，还真是让张颢心头一惊。一方面张颢很感动徐温都到这个时候了还真的能为他着想。另一方面，他转念一想，万一徐温入宫之后与杨渥达成和解，再放杨渥逃走，然后放火烧宫，那以后杨渥有一天再返回来，我张颢必死无葬身之地。徐温与杨行密的关系，众所周知，唯有张颢才是孙儒时期的降将，这种情况，不得不防。张颢打定主意，便说："将军如此安排，颢感佩之至，但这个坏人，还是由我来做吧，老张是一个粗人，吴国的江山还需要你运筹帷幄。"徐温一听张颢这么讲，于是躬身施礼，服从便是。

其实，这是徐温的一计，如若张颢同意徐温单独去杀杨渥，那徐必放杨渥一条生路，期待日后对张颢有所清算；如若张颢执意自己领右牙军前去弑君，那这个弑君的罪名就算是坐实了，日后一旦对张颢有所不满，必以此为口实，集结杨吴旧臣，合而灭之。

有了搭档徐温的支持，张颢再也没有什么好顾忌的。某日入夜，他派人带兵二百余，皆举长刀直入宫室，将吓得面如土色、跪地求饶的杨渥一刀结果。然后对外宣称，吴王杨渥突然在宫中患急病身亡，等徐温引更多大臣入宫之时，吴王尸体已经凉透。但凡思维正常的人，都会认为有人弑君，但所有人都会认为凶手是张颢，这也正是徐温的高明之处。他并没有独自入宫，而是带着一众大臣蜂拥而来，进而几乎坐实了张颢的弑君之罪。此后，吴王内宫被张、徐以控制事态为由封锁，而张颢借此时机，将宫城内外的将领都换成了自己的亲信。张颢此举，防备群臣乱议的同时，也防备了徐温有什么异动。但徐温并没有任何异常的举止，而且还帮助张颢处理诸多善后事宜，这让张颢有一种徐温还是站在他这一边的错觉。

吴王国丧办理完毕，就是来议定国之新主的时候。张颢在廷议时，居然选择提高音量："请问各位，谁为我吴新主更为合适啊？"不过让张颢没有想到的是，他说完以后居然鸦雀无声。这让张颢心里多少有些光火，于是他又加大声音再问一遍，可堂内依然没有人应声。这多少有点儿让张颢下不来台，因为杨渥新逝，这个时候朝堂中人本应该站在他这一边，至少应该由他来监国才是。不过，吴国朝堂的悄然无声，似乎也正代表了张颢未来的命运。

正在张颢有点儿下不来台的时候，一个声音终于响起。那声音不是徐温，而是严可求。这是一位吴宫的内臣，也就是不站在朝堂之中进行朝议的宫臣。一般情况下，严可求是少有机会见到张颢和徐温的，但也恰在张颢没有顺坡的台阶时，严可求应声了："张将军，可否听我一言？"张颢这个时候好像也没有什么选择，便点头应允。严可求说："依大将军的地位和声望，在这个时候本应由您监国的，但是有一个问题。当年吴王先主在庐州之时，有'四大金刚'之称的刘威、陶雅、李遇、李简现在可都是外驻状态，他们还并不知道扬州宫中发生何事，如果没听取他们意见，就立大将军为监国，恐有不妥。吴王新逝，谁都不想再生什么事端。莫不如先立吴王亲弟隆演为帝，稳住外驻四将，以后再由将军监国的时候，依将军的威望和气度，怎会有人不服？这也恰恰彰显了将军您一心为吴的丹心！"几句话把张颢给架得更高，更下不来台了，好像不同意立杨隆演为帝，今天就过不去了。张颢也没办法，只能先这样安顿下来，然后从长计议。

就这样，此次廷议，在张颢下不来台的情况下，王弟杨隆演有了即位之机。事实上，这根本就是徐温的又一计，张颢漏算了一条，徐温应该算是杨行密的至亲之人，有时候比他的结拜兄弟还要亲，但这一点后来投降过来的张颢怎会知道。徐温对太夫人史氏一直以嫂嫂相称，杨渥之前的行径他也都告知给嫂嫂听，连后来他跟张颢商议弑君之事的结果，他也没瞒着嫂嫂。史夫人是一个明理之人，当他听说张颢要弑君的时候，便知道儿子杨渥的命运已定，她只想为以后杨吴的江山多做准备。徐温就把严可求推荐给史夫人，称，一旦杨渥被杀，那张颢势必想要监国，我徐温可以串联好各位大臣，不应他这个话茬儿，然后严可求借机将隆演推为新主。所以，这一切都在徐温的算计之中，只是张颢还没想明白到底怎么回事。

不过张颢也不是傻子，没几天就想明白了这一定是徐温在坑他。于是他开始对老徐下手，他打算去宫中威胁幼主杨隆演写下一份诏书，派徐温去当浙西观察使。浙西是面对吴越国的前线。这分明就是想把老徐往刀口上送，到时候在浙西再来一出借刀杀人，无论是不是吴越钱镠杀的徐温，张颢都会将这个罪名安到钱镠头上。然后再堂而皇之地借征讨吴越之机把自己这个监国之位落实，到时候，小吴王杨隆演还不是任由自己摆布？

张颢如意算盘打得响，但他漏算一人，那就是严可求。严可求先去见了一个人——李承嗣。这是杨吴之中军政的二号人物，严可求问李承嗣，你对张颢将军监国，徐温将军外派浙西有何看法？这无疑就是在审问李承嗣，李承嗣素来都是杨行密的密友，当然是站在杨吴立场说话。严可求说，那好，你跟我去见张颢。一进张府，在李承嗣的见证下，严可求哭诉说："张将军哪，现在新吴王要派徐将军去浙西，外边都在传，说是张将军您设下的毒计，想害死徐将军，他们想联合庐州'四大金刚'起兵来征扬州，国家兴衰只在旦夕之间，张将军可不能落下这么一个口实啊，是吧？"张颢一看李承嗣在场，稀里糊涂地点头称是。然后严可求再带李、张二人去到徐温府上，徐温此时已经打包好了行李，仿佛马上就要启程去往浙西了。严可求一进府，见到徐温就跪地痛哭，说："徐将军，你可千万不能去浙西啊。现在四大将军要联合起来讨伐张将军，你这一走，必然陷张将军于不义啊。而且社稷尚需要徐将军在扬州坐镇，无论如何你不能去浙西。"李承嗣也跟着劝，张颢一看事已至此，就也顺水推舟劝老徐留下，也算送了个顺水人情。小吴王传诏天下，转由他人去浙西上任，徐温留守扬州。

徐温留守达成之后，他才真正展开召集令，向杨吴"四大金刚"书信通报，当初国主杨渥被杀，实是张颢引领右牙军所为，有多人为证，现请各位各带一万人马，速往扬州。在征集到四路人马之后，徐温便在府中设宴款待李承嗣，称李承嗣是国之重臣，在杨吴关键时刻力挽狂澜。然后话锋一转问李承嗣：张颢忤逆弑君，人人得而诛之。兄愿否带兵参与呢？李承嗣听罢热血沸腾，称必亲手杀掉张颢，以告杨氏二位国主在天之灵。

未出三日，"四大金刚"四路人马集结于扬州城外，此后，李承嗣带精甲武士二百余人直入张颢府内，亲手斩杀张颢。然后张榜告众：张颢，国之逆贼，受先王托孤，却罔顾人臣之道，弑杀吴王杨渥于宫中，置杨吴百姓于腥风血雨而不顾。今，徐温将军引杨吴"四大金刚"匡正典刑，诛杀逆贼于府内。吾王隆演，封徐温为监国，大小事务皆由其定夺。

徐温上任监国之后，第一件事就是将张颢灭族，斩除后患。而此次扬州之乱的大功臣严可求，几番推辞再度为官，想退归家乡，居于山水之中。由于严可求家乡距扬州不远，徐温加封其一个扬州司马的闲职，严可求便不再推辞。

由于张颢在扬州盘踞多年，党羽颇多，徐温此后倾力拔除张党，力求务尽。在近一年的时间里，扬州肃清张党四百余人，张党的一些核心人物都被徐温灭族了之。一年之后，徐温派人去严可求家乡请他出山。其实当初严可求说是退隐，实是害怕张党的报复，现在张党已除，严可求似乎没有什么理由再不入朝。

而徐温在杨吴的治理上也一改张颢的以暴制暴的方式，而是温和待之。他委任严可求来主办军务，又委任政绩卓著的支计官骆知祥来主办赋税。没出一年，本来就山清水美的杨吴被治理得国泰民安，被杨吴百姓称为"严骆之治"。杨吴国力得到了极大的提升，而之前商定的向梁称臣之事，也被无限搁浅。而就在这一片祥和之中，杨吴"四大金刚"之一的宣州指挥使李遇突然之间又发起了事端。

第六章
徐温金陵退偏安　知诰转李唐在南

　　徐温刚刚监国，廷内事务多而凌乱，恰在此时，"四大金刚"之一的李遇开始对徐温发难。李遇是个粗汉，之前杨行密在世的时候都很难管束，现在杨行密不在了，杨渥也不在了，对于他一个从庐州时期就对杨氏忠心耿耿的人来说，这简直就是变了一番天地。徐温执政，他从骨子里透着不尊敬。有人提议，他上任宣州观察使也这么久了，是不是需要去扬州拜见一下新的执政，也好以后熟络一些。他满不在乎："徐温是个什么东西！老子在庐州跟先主起事的时候，还没他这一号呢。现在怎么就成了执政了，还得老子入朝去拜他，不拜，看你能奈我何。"

　　对李遇说的这些，徐温是有心理准备的，所以就派人去"请"，请李大人入朝"聊天"。其实这已经算是徐温的最后通牒了。到底是不是承认徐执政的合法地位，这一次入朝"聊天"至关重要。可李遇听说徐温来请他，他居然更不在乎了，还说："你派人来请我，我就得去吗？我偏不去。"有人对李遇进言说，您这样做，徐执政一定会治您的罪。他反讥道："治罪？好啊。有人联合张颢一起杀了先王杨渥，那个人什么时候治罪，然后再治我的罪不迟。"徐温听说李遇提到刺杀杨渥之事，当然反感，不听召唤还只能算是"不服管束"，但将刺杀杨渥摆出来，这就肯定算"污我名节"了。徐温便以此为借口兵发宣州，谁料李遇对此早有准备，几天时间还未拿下宣州城。徐温心生一计，将李遇在当牙将的小儿子拉了来，让武将把刀架在李遇小儿子的脖子上，然后逼问李遇降是不降。李遇为人刚猛，但面对他最爱的小儿子的失声痛哭，最终心还是软了下来。

李遇带着印信出城投降，得来的却不是徐温的网开一面，而是灭全族。对这种庐州时期的老将，徐温的出手就是如此狠辣，四大金刚，一个覆没，其他三个就都开始乖乖听话。徐温谋得吴国的治国执政，这是他一生最大的理想，他不可能忍受有人对他的权力有任何质疑。即便全国上下所有人都对他与张颢弑君之罪心知肚明，但在李遇的前车之鉴下，谁还敢对徐某有半点儿不尊。

徐温此后开始了他大刀阔斧的国家治理，之前杨吴时期，府库资财都是皇帝一个人说了算，所以才会有杨渥调动宣州的防御资金用于大兴土木的情况。徐温正式监国之后，即便是皇帝的吃穿用度，也必须由宫内掌事向徐温汇报细则，徐温准许之后，所有款项才可使用。这种监国，无疑就是另一个曹操。当然，新皇杨隆演年纪尚轻，也根本没有实力对徐温有丁点儿质疑。不过徐温想做的却并不是曹操，而是司马懿。徐温在他的儿子中选中他的长子徐知训，此后他们父子做了一番大动作。

首先，徐温以自我外放的方式，将自己定义为金陵主事，然后自己走出扬州而去往金陵。而他将他的儿子徐知训引进扬州，接手他的所有权力，成为吴国的新执政。这样从徐知训的角度来说，他一方面可以挟持吴王杨隆演，更可以接手徐温在扬州的所有兵力和人脉。而徐温自己，则转往金陵，在金陵开始大兴土木，美其名曰：部署城防，联合宣州，警惕吴越。实则徐温是在为有朝一日篡位成功之后迁都金陵做准备。

如果徐温学的是曹魏时期的司马懿，那徐知训俨然就是司马师，父子二人统合杨吴最重要的两个城池，并将杨吴的政权玩于股掌之间。徐温的计谋当然好，但他漏算一样，那就是他这个儿子徐知训的人品。徐温只知道，对杨行密的不孝子杨渥，他当年可以联合张颢进殿逼宫，但对他自己这位大公子却尽可能地忍让和包容。对于徐温来说，金陵就是他的养老之地，自从命徐知训进入扬州的那一天，徐温就下定了退隐的决心。

但徐知训的德行，可说跟之前的杨渥不分伯仲。无论杨行密还是徐温，不管自己多么英明神武，却唯独没法改变自己接班人的德行与操守。徐知训之前在做马步都军使兼昌化节度使的时候，徐温为他做了很好的设想，让他在昌化做一些利于百姓的事，好在日后入主吴廷的时候，头上可以有一些功劳。但徐知训对父亲的这番苦心并不买账，在昌化，他早就开始了他吃喝嫖赌的人生。在残唐时期，一方主官就像这个地方的皇帝，他想什么，手下人就必须最大程度地满足他的愿望。在昌化，徐知训的想法就是，即便现在自己不是皇上，那也一定要先过上皇帝的生活。

徐知训在昌化最大的一件事就是为自己修建一个豪华的府邸，但这个府邸偏偏建在勾栏妓院的旁边。其用意无非就是，一些妓女可以通过他事先修好的暗道，夜晚时分来到他的府中，供他寻欢作乐，等到天明时分再让她们回去。徐知训的聪明就在于，他虽然建了一个大宅子，但他并不在其中包养美女，否则被徐温知道了，一定饶不了他，所以他就用了这么一个掩人耳目的招儿。另一方面，他还兴建了超大的赌场，这个赌场居然就在昌化钱江的上游，在一个河川交界的溶洞之中建设一方赌场，然后他便可以在其中抽头取利，高兴的时候他也亲自上阵去耍一耍。由于他一直都刻意地去做一个"阴阳人"，徐温平素并不在昌化，所以对他的这些恶行不甚知晓。

要说徐知训最大的爱好，也算是比肩曹操，那就是强霸人妻。但凡他眼睛所见的别人的漂亮媳妇，他都有兴趣。之前在昌化，徐知训说一不二，自从进了扬州，他佯装了一阵子，好不容易把徐温盼去了金陵。这下，算是打开了徐大少想象的闸门，在扬州城里纵情声色，这次丝毫都不用掩饰了，因为他唯一害怕的人已是半退隐状态，偌大的一个扬州，再也没有能对他说不的人。

徐大少的恶行虽说无法计数，但有一件事还是令整个扬州沸腾。威武节度使李德诚新得了一个歌伎，坊间传说那歌伎姿色可比西施，也不知什么时候，这话传到了徐大少耳朵里。徐大少居然对一个从未谋面的人得了相思病，最后从床上跳起，对手下说："不行，今天必须得去一趟李德诚家，他家这个小妾我今天必须要得到手！"一国的徐执政光临李府，李德诚当然诚惶诚恐，但徐知训坐下没几句话就提到被李德诚纳为小妾的歌伎，并说，还请李大人让小夫人出来舞上一段儿，让咱家也开开眼界。

李德诚极力掩饰着心里的不悦，身为一国执政，那么多国家大事你不做，居然到大臣家里来要求看看新纳的小妾？李德诚赔着笑说，我这一个外放的小官，娶了一个乡下姑娘作妾，本来就是个挺见不得人的事，家里后堂里这些婆娘也长得粗鄙，上不得台面，还是不出来了吧，实在是怕吓到执政大人哪！这种客套，明显是话里有话，按理说，徐知训应该顾及些朝廷的脸面，知难而退最好，但他偏不。"怎么？我一国的执政，还没有这个面子看一眼你新纳的小妾吗？"徐知训摆出一副泼皮无赖的嘴脸，李德诚实在无法不从，如果真的让他下不来台，那后果也不敢想象。

李德诚委委屈屈，李家小妾扭扭捏捏，最后还是让徐大少看了个大概。看过之后，徐知训大喜。"好好好，李大人，我园子里呢正好请了一个戏班子，明日后花园里要办一个赏月会，到时候还希望李大人跟小夫人一起赏光啊。"李德诚虽然非常不爽，但这种人，居然无赖到这种无下限的地步，也算让人无话可说。没办法，只能暂时答应下来。第二天，李德诚带着小妾进到徐府，然后被下人告知说，这次赏月会男宾和女宾要分开来坐，李德诚和小妾莫名其妙地被分开。然后李德诚在一处园子里，一个人等了一个多时辰，也没见第二位客人来，就觉得肯定是中计了，便起身说家中有事要离开，还请徐府管家把李夫人请出来吧。徐府管家说，实在抱歉，李夫人因不胜酒力，已经在我们徐夫人房里睡下了，大人还是明日一早再来接人吧。小妾到底去了哪里，已经不言自明了，李德诚虽性子火暴，却又碍于徐知训执政的地位，不好发作出来，当天夜里回到府中就一病不起，任何人来探望都说不见。最后李德诚病得就吊着一口气，郎中说他气息郁结，并非不治之症，但无论用什么药就是不好，差一点点就死掉了，还好此时徐家另一位公子徐知诰将他调往洪州养病，才算捡回一条命。

徐知训这种恶少行径并不仅仅是百姓和官员们受害，就算是吴王杨隆演最终也成为他的玩物。按理说作为一方之主，一定是对淮南所有事务有生杀大权才对，但杨隆演这个吴王只是徐温扶上台的傀儡。只要是徐家的人在杨隆演面前大声咳嗽一下，都有可能把吴王殿下吓得浑身大汗。徐知训看到杨隆演已成惊弓之鸟，这位吴王就成了徐大少平日取乐的工具。

徐知训喜欢听戏，也宠幸伶人，但有时候他也会给自己扮上，然后上台去唱一段儿，唱得好听不好听并不重要，台下的喝彩声却是山呼海啸一般。有一日，徐知训来了戏瘾，就想拉上杨隆演一起上台唱一段儿，杨隆演再三推辞都无效，最后勉为其难地去后台也扮上了。可一出台口，徐知训扮的是参军，威风八面，一亮相就赢得满堂叫好。轮到吴王杨隆演亮相，居然扮的是一个军中仆役，而且那身戏服还皱皱巴巴地披在身上，帽子也是斜着的，看起来有些猥琐，引得满堂哄笑。一出戏下来，杨隆演都跟在徐知训的后边，唯唯诺诺，哆哆嗦嗦，台下很多杨吴旧臣都不禁摇头叹息，有些人实在看不下去，起身离开。

不仅如此，徐知训经常去宫中找杨隆演玩，杨隆演看到徐大少就像看到了活瘟神一样避之不及。很多时候徐知训吃得喝得高兴了，就忍不住唱上一段行板，然后他还非拉上杨隆演来跟他一起唱，杨隆演不通音律，所以唱起来特别可笑，连宫女都忍不住笑出声来。杨隆演爱吃一种淮南的浆果，每到夏秋交替的时候就找人去浙西寻来，徐知训知道了，就专门去宫中向杨隆演要一些来吃。杨隆演不敢不给，谁知徐知训吃了几个之后，觉得并不好吃，便拿此浆果打闹一番，最后把那浆果打得杨隆演满脸汁水。那浆果的汁水是紫色的，打在杨隆演脸上成了花脸，可徐知训却硬拉住他，不让他去洗脸，在宫中拉杨隆演给宫人们一个一个地看，徐知训每问一句"好不好笑"，宫人也不好驳他，就勉强挤出一笑，接着就能听到徐知训停不下来的狂笑。这种情况不胜枚举，杨隆演在徐知训面前，可说是颜面扫地，根本没有一点儿国君威严。杨吴臣子每每听说，都很无奈，有时候还会遥想当年杨行密时候，难免生出不少唏嘘。

周围人有所议论，徐大少并非不知道，相反，他却觉得这恰是他提高威严和声望的好方法。有一次他又约杨隆演去禅智寺赏花，徐知训非要跟杨隆演一同吃酒，杨隆演一再推托也推辞不掉。借着酒劲儿，徐知训开始大骂杨隆演无能，也指责杨家祖上没有一个有能力的人。谁也没料到徐知训居然这么明目张胆地羞辱吴王。杨隆演此时也喝多了，瘫坐在地上失声痛哭。四下宫人一看这顿酒局不能再持续下去，于是迅速让吴王登船回宫。徐知训酒劲正盛，当他发现杨隆演居然没跟他打声招呼就回宫，当即命人跟他一起登船去追，结果最后也没追上。回到禅智寺的徐知训，居然恼羞成怒、兽性大发，将杨隆演带来禅智寺的所有随从全部斩杀。此事一出整个扬州城都为之震动，并不仅仅因为禅智古刹浮尸十余具，而是说吴王杨隆演险些被徐执政击杀于大运河之上。徐知训胡闹至此，全扬州城都对之极为愤恨，唯独身在金陵的徐温居然毫不知晓。

徐知训对外人胡作非为，对自己的亲兄弟也是处处提防。但徐知训的那些亲兄弟，多半才无半点，庸若路人，除了一个人，那就是徐温的一个养子，名叫徐知诰。之前李德诚被徐知训欺凌得奄奄一息，最后因徐知诰出手才保住一命。那这位徐知诰从何而来呢？之前说到杨行密去中原帮助朱温围剿黄巢，最终在奇门阵中将黄巢杀死，后来朱温在上源驿设下"鸿门宴"，好在宴上击杀杨行密等人。杨行密当时唤来有"淮南卧龙"之称的翟知亦，终而在翟先生的运筹之下才逃出生天，这位徐知诰就与翟知亦有关。因翟知亦出身寒微，有很长一段时间是在乞丐中混事，在这期间他认识了被人称作"李瓜儿"的一个小乞丐。后来翟知亦受到杨行密的赏识，就将李瓜儿引荐给杨行密。

李瓜儿天资聪颖，每到杨府必在杨府书房待上一天，杨行密觉得这孩子日后必成大事，就想收其为义子。但当时杨渥已经成年，而自己也任淮南节度使多年，杨渥对父亲收这样一个义子非常反感，而且杨行密知晓杨渥已经在筹划接班之事。杨行密为免是非，就将李瓜儿推荐给徐温。徐温当然明白杨行密的意思，就将李瓜儿收为义子，改名徐知诰。徐温在大事完毕后去驻金陵，同时也将徐知诰派往润州任刺史。徐知诰在徐家的处境很尴尬，除了徐温对他非常爱护之外，徐家多数兄弟都看徐知诰不顺眼，私下称他"小叫花"。

徐知训自知早晚会承继杨吴天下，兄弟之中对他有所威胁的，无非就是这个"小叫花"。但徐知诰为人隐忍，徐知训还真找不出徐知诰的什么毛病来治他的罪。如果不能治罪，那就设计杀他。一日，徐知训以"到了扬州主事之后，徐家兄弟还未尝聚会"为名，将徐知诰引入扬州。徐家兄弟虽然无才，但上下还算齐心，所有人都对徐知训的计划心知肚明。其中，唯有三公子徐知谏与徐知诰儿时便非常要好，当徐知诰入府聚会时，徐知谏借为徐知诰倒酒之机，给徐知诰一个眼色，手上还比划了一个"刀切"的动作，徐知诰瞬间明白了。席间在所有人推杯换盏之时，徐知诰突然说自己肚子痛，要去茅厕，便惶然退席。然后径直穿过徐知训府中后花园，在角门处看到一匹马，便翻身上马，一口气逃回润州。夜席还未散去，徐知训突觉不对，命人出府去追，最终没追到徐知诰，一时大为光火，直将一席酒菜踢翻，并扬言：必将徐知诰这小叫花碎尸万段！

徐知训之所以在扬州城内胡乱折腾，无非是觉得，在淮南地界里，除了他亲爹徐温，就再没有能约束得了他的人了。但事实上并非如此，有很多杨吴的旧臣，已经对徐知训出离愤怒。朱谨就是其中的一个。朱谨是杨吴时期的旧臣，对杨氏的感情自不必说。他最重要的好友，就是之前在吴廷大杀四方，一手导演了张颢覆没的严可求。严可求跟朱谨是结拜的异姓兄弟，严可求善文，而朱谨能武，性格上二人也很互补。严可求是一心退隐，被徐温硬生生拉到中枢来任职的。虽说严可求一心军务，没有心思管什么宫廷事务，但他在此期间对徐知训的诸多恶行也多有耳闻。兄弟二人平时吃酒时，朱谨就说，你我兄弟一心兴盛杨吴，没想到最后居然是这么一个结果。难道徐温就不知道他儿子这般逆行的后果吗？严可求说，兄弟但可等待时机，我们会有机会拿捏徐知训的，现在还需要隐忍。

虽然自己说隐忍，但在吴王廷议时，严可求还是当面指出徐知训的一些无端做法，而且对徐知训的错误毫不避讳。这样就惹怒了一心称霸的徐执政，此后徐知训先后三次对严可求贬官，最后居然将严可求贬为江北小县的一个县令。其间朱谨也曾多次去县上拜见兄长，朱谨对严可求的遭遇怒不可遏。严可求只有一再劝解朱谨，切不可妄动，否则杨吴的根基很可能毁于一旦。

朱谨表面压制，内心却波涛汹涌。本来朱谨这心就似油烹了，徐知训这时候还不忘往里添柴。朱谨当时在扬州名望很高，因为确实诸多战功集于一身。但这却碍了徐大少的眼，徐知训假借吴王意旨，调朱谨任静淮节度使。这种出京的官，一般都是那种不受重用的边缘官员，以朱谨在杨吴的名望，这种指派明显就是一种羞辱。朱谨看起来面不改色，命家中一个家伎带着自己给徐执政的书信，送一些江东的时令水果过去。不承想，两个多时辰不见那个家伎回来，最后那位家伎衣服凌乱，哭着跑回了朱府。朱谨一问才知，原来是徐知训硬生生拉住朱府的家伎，说是要到后堂"解决他的一个紧要的问题"。朱谨当时未动声色，心里却已经七窍生烟。

隔日，朱谨给徐知训带话说，最近我在北方得了一匹绝世好马，请徐执政过府一同观赏。徐知训本来就是一个好玩之人，之前又对朱府的家伎心有邪念，这时候朱谨请他过府，他自然一口答应。徐知训过府之日，朱谨在府中大摆酒宴，然后找来家中最绝色的家伎前来陪酒，席间还少不了歌舞一番。就在徐知训喝到酒酣之际，朱谨将那匹宝马牵了出来。这匹宝马浑身雪白，没有一根杂毛，而且毛色如绸缎一般，让人看上一眼就挪不开视线。朱谨趁热打铁，席间就将此马送与徐执政，这让徐知训一阵阵地狂喜。酒席散去，陪同的宾客也开始相互告辞，这时候朱谨对徐知训说，后堂还有好戏等着执政您呢。徐知训想到之前并未得手的丑事，自然浮想联翩。等到四下仆人散去，二人来到朱府后堂院中，朱谨冷不防从袖中抽出准备好的笏板，直接冲着徐知训后脑就是一下。朱谨是武将出身，虽然笏板不是武器，但对着后脑勺冷然一拍，任何人都难承受。徐知训事先没有任何防备，后脑勺被狠狠击中，瞬时倒在地上四肢抽搐。这时候，预先埋伏在庭院中的十几位刀客，一齐冲出来将徐知训人头砍下。

前庭的人们还未全部散去，朱谨事先还令手下将三匹同样的宝马牵到前庭回廊处，等后院动手之时，手下对着三匹马都悄悄刺上一针。三匹马便开始高声嘶鸣，在令所有人都吓了一跳之后，大家又都哈哈大笑，连连称赞朱将军果然府中藏了不少宝马。正在此时，朱谨拎着徐知训血淋淋的人头出现在朱府大门前，大声质问："这是你们谁落下的东西啊？"众人循声望去，全都大吃一惊，有好几个胆小的，吓得一屁股坐到了地上。

朱谨做了惊天之事，也不逃走，居然还骑着高头大马去向王宫。朱谨求见吴王，身上也没带兵器，宫门守官却不敢阻拦。当朱谨见到吴王杨隆演，将所提锦盒之中徐知训的人头提出，杨隆演吓得几乎从王座上滚落下来。朱谨提着人头迈上几个台阶，将人头摆在杨隆演眼前问："主公，这就是成天欺负你的那个徐知训，今天我把他的脑袋搬了家。我做成这样一件大事，您应该怎么赏我？"杨隆演此时已经被吓得眼泪鼻涕抹了一脸，哆哆嗦嗦用袍袖挡着那颗人头，嘴里连说："阿舅阿舅，此事你一人做事一人当，可跟我没有关系啊！"朱谨气得直接将徐知训的人头甩到宫柱上摔下，然后高声斥责杨隆演说："可怜了我那兄长，打下这么一片江山，最后居然落在你这般唯唯诺诺的竖子手上，可恨天不遂我杨吴！"

朱谨转身离开土宫，宫门却已经被徐温的旧将翟虔封住，朱谨转身去往宫后的角门，却也被翟虔事先封堵。一见自己无法全身而退，朱谨拔出剑来向着围来的杨吴内卫大喝一声，内卫军卒均被他一声喝住。朱谨面对赶来的翟虔哈哈大笑："我朱谨，杨吴忠臣，今日为吴王和百姓除去这一害，我不后悔。一人做事一人当，绝不连累其他人，翟将军，希望你可以放过我的族人，淮南的父老乡亲，咱们来生再见！"朱谨话毕便自刎而亡，一腔忠血尽洒杨吴宫廷。

扬州发生如此惊天大案，徐温和徐知诰在得知消息之后，分别从金陵和润州带兵前往扬州。进入扬州之后，翟虔把事情的原委禀告给徐温听，由于翟虔不可能对其中有任何隐瞒，否则可能黑白曲直颠倒过来，翟虔虽是徐温的随将，但他也必须在其中为朱谨争取一些事情发展至此的因由。按说"知子莫若父"，在徐温听过翟虔的汇报之后，自知是徐知训随性而为闯下大祸。但徐温又不得不严厉处置朱谨一家，因为一旦开了这个先河，先行后效，扬州将永无宁日。虽然朱谨在自刎前请求翟虔饶他全族不死，但徐温还是无法不处置朱谨一家，最后朱谨被处以尸首沉塘，全族处死。

由于朱谨在扬州多年，而且还是杨吴的旧将，与他交好的人遍布在杨吴的朝中各处。徐温起初有心将这些所谓的"朱党"全部起出治罪，但这时候由于严可求和徐知诰的极力请求，徐温才放下了清除"朱党"的想法。此后徐温在扬州居住半年之久，在此期间又听说了更多徐知训生前的所作所为，觉得朱谨也无非是为旧主争取脸面，也是忠臣之心，细纠无过。于是徐温将沉在塘中的朱谨尸身取出，给予礼葬。这其实已经算是表明"我徐温知错"。就在所有人都认为徐温将重新执掌吴国执政之位时，徐温突然起身转回金陵，而代他成为吴国执政的，却是从润州入扬州的徐知诰。

徐知诰从沿街行乞的"李瓜儿"一跃成为吴国的执政，可以说是一步登天。但他跟徐知训完全不是一类人，自从他成为执政，他对吴王杨隆演的态度就一直恭敬有加。徐知诰执政之后的第一件事就是，将一直处于拖欠状态的大唐赋税免除。也就是说，公元916年以前应向唐昭宗上缴的赋税不再生效，这个被人认为本来也不必再缴的税，压了吴国百姓很多年，因为吴国多年以来一直以大唐为正朔，所以欠缴的这笔税款必须缴上来。但朱温后来已称帝多时，后梁代替大唐多年，再去缴这笔名义上的赋税，已没有了实际意义。但有一点是不变的，那就是吴国并不向朱温的后梁称臣，还是大唐的子民。

然后，由于朱温已经代唐建梁，那吴国就也应该马上称帝，才能将所有倾向于大唐的力量集结起来。徐温和徐知诰都认为吴王称帝是此刻必须做的事情，可吴王杨隆演迟迟不肯将此事付诸实施，理由很简单，杨隆演怕死，他担心一旦称帝，朱温很可能大兵压境前来攻吴国。从另一方面考虑，徐温父子也是杨隆演不得不防的人物，他一旦称帝，就打开了徐氏父子篡位杨吴的通道。虽然杨隆演看似优柔寡断，但此刻不急于称帝，却是他能想到的最趋利避害的决定。

公元 919 年，徐温与杨吴众臣一同劝杨隆演称帝，但杨隆演最终还是婉拒，即吴王位，却改元建国，上朝以天子礼，拜徐温为大丞相，统领全国军政要务。以徐知诰为左仆射，严可求为门下侍郎。吴王建国之后，徐温和徐知诰监国执政之位日益强大，吴国改姓徐近乎瞬息之间。吴王杨隆演每天除了上朝之外，其他政事均不参与，每天在后宫吃酒买醉，弄得身体也不行了。

与吴王的精神一起颓唐的，还有大丞相徐温的身体，自从吴王建国、徐知诰执政以后，徐温的身体就每况愈下。如果之前还可以勉强批阅文件，到后来就已经没法下床了。扬州和金陵两地，同时两个病人，气若游丝，杨吴的江山虽然表面还算光鲜，实际上却到了摇摇欲坠的境地。

两位病人最后的结果，还是徐温先走一步。对于这个残唐的强人来说，吴国的强盛他是重要的见证人，而吴国在被徐氏把持以来，特别是徐知训被杀之后，这种颓势不可避免。在徐温的几个亲生儿子之中，他也找不出一个可以与徐知诰分庭抗礼之人。徐温的次子徐知询还算有些才干，在徐温病死之后，徐知询不在金陵，正欲迅速赶回，却在中途发现，徐知诰已经先他一步，将徐温的尸体转运到了扬州，并在扬州搭起灵棚，为徐温大办丧事。

这种异地发丧，在任何一朝都应算是咄咄怪事。此后徐知诰借吴王向诸弟发意旨，希望他们迅速赶到扬州，来为父亲发丧。徐家兄弟无一例外，都觉得徐知诰这是一招绝户计，必然是想将徐家兄弟都诓进扬州，然后将他们一网打尽。众兄弟最后都听从徐知询的意见，如若二哥不去，则所有人都不会去到扬州。但徐知询却说，父亲戎马半生，此番新逝，儿子们没有理由不去守灵发丧。话虽如此，若徐知诰果然对其他徐氏兄弟下手又当如何？徐知询说，大家每人都带两千兵马，屯于城外，两千虽少，但咱们兄弟的兵马都加起来也有三万余众，谅他徐知诰也不能把我们如何。

徐氏兄弟就此动身前往扬州，依计行事，将所带军队屯于城外。发丧过程中，徐知诰称，我们兄弟聚到一起不易，何不到我府中饮酒，也多少叙叙旧情。徐家兄弟们开始还是不愿前往，觉得徐知诰很有可能就此将徐家兄弟全部拿下。但徐知询说，我们不去，就好像我们怕他，我们徐氏的气势不能输。当夜饮宴之时，徐知诰端着杯来向徐知询敬酒，他说："吾弟一表人才，以后淮南之地我都仰仗兄弟你啦。这杯酒，哥哥祝你寿及千岁！"一句话出口，所有人都把酒杯放下了，徐氏兄弟深知，这杯酒里，很可能藏着剧毒之物，但徐知询又不能指出这杯中有毒，不能不喝。此时，一句话体现出了徐知询的才情："兄弟不敢，我愿与兄长分饮此杯，让我们同寿五百！"说话间，就将自己的那杯酒用一空杯折了一半递给徐知诰。刚才还在说说笑笑的徐知诰，听闻此话，面如死灰，大家就确定了这酒中有毒。徐知询这一句话让徐知诰下不来台，这杯酒，丢了也不是，饮也更不行。就在徐知诰为难之际，他身后一个名叫申渐高的门客突然走上前来，哈哈大笑着将徐知询和徐知诰的酒杯全都抢过去，然后好像发酒疯一样说："这千寿之酒，还是我申渐高来饮，谁也不许跟我抢！"说话间，就将两杯酒全都喝下，然后扬长而去。

事后徐知诰赶忙派人去追，却被回报说，申渐高已死在府外廊下多时。徐知诰深知，申渐高是为他而死，于是将他厚葬，并送大笔的金银给申渐高的家人，在远离扬州的洪州，为他们买下一处宅院，用以保证他们的生活。

虽然徐知诰毒酒之计并未得逞，但徐氏兄弟被扣在扬州却成为既定事实。徐知询被封为统军，实际上却是被软禁在了扬州。而徐氏其他兄弟，也都被分封官职，前提是，不能放他们离开扬州半步。而诸位公子所带的屯于城外的兵马，也都被徐知诰转而派往江都，由亲信将兵权掌控起来。

将一切安排停当以后，此时已身为中书令的徐知诰向吴王请命，请求退隐金陵。他也学习徐温，令他的儿子徐景通为兵部尚书、同平章事，入中枢辅政。公元931年十二月，当徐知诰转身来到金陵的时候，他的"兴唐代吴"大计也正式提上了日程。

吴王杨隆演在徐温死后不久也驾鹤而去，然后再由杨隆演的弟弟杨溥继位。因为徐景通之前驻于江都，徐知诰居然迁吴王于江都，再行辅政。这种安排，所有人都明白到底是什么意思。不过杨溥这个吴王，还不如杨隆演，他只能听命于徐景通。此后徐知诰又摆平了徐温的诸多义子，对杨吴再无顾忌。杨溥为了保存他的吴王之位，还将徐知诰封为齐王，加九锡，并封大丞相，称其为相父，而徐景通任左仆射辅政，之后又换徐氏的另一个儿子徐景迁辅政，不过都是为谋国做一些铺垫。

公元 937 年，徐知诰终于在百官的劝进之下，接受吴王杨溥的禅让，终而称帝，自己恢复"李"姓，改国号为"唐"。而他的依据是，他自称是大唐宪宗之子李恪的四世孙，算是"承袭旧国，恢复大统"，被人称为"东海鲤鱼飞上天"。由于史书上要区别于之前的唐朝，又要区别于李存勖建立的后唐，又因为这个唐国定都于金陵，国家总体位于中原以南的南方，所以史书上称之为"南唐"。而徐知诰最后也改名为李昪，被后人称为南唐烈祖，是南唐的开国之君。

第七章
征杨吴乱军无主　弃孙儒马殷立国

　　南唐立国前后，在南唐以南，有三个国家分别建立，他们是楚国、吴越和闽国，而这三个国家之中，又有两个跟南唐的交集甚多。而其中，尤其以占据湖南之地的楚国最复杂、最突出。

　　当初孙儒去攻杨行密的时候，阵形被杨行密的军队冲乱，而其中的一支部队是由孙儒的部将刘建锋和马殷率领的。孙儒的军队被杨吴的军队切断了粮道，所以行军困顿。而刘建锋和马殷的部队此时正在闹疟疾，部队根本无法打仗，于是他们就在附近州府休整，顺便在附近征粮。而正在这个时候，突然传来一个消息，孙儒已经被杨行密彻底打败，而且孙儒也在乱军中战死。刘建锋和马殷一商量，这种情况是无论如何不可能跟杨行密再打下去了，否则下场就跟孙儒一样。而北方也没法再回，因为他们跟随孙儒来攻淮南的时候，是将主公秦宗权的弟弟杀死之后才来到江南的，算是破釜沉舟的一战，孙儒一方最终战败。北方回不去，东面南面的杨行密又气势正盛，那最好的办法，无非是向西南去打下一方天地，才有可能是生路。

刘建锋和马殷的主攻方向就是防守相对空虚的湖南，这里的守将是武安节度使邓处讷，刘建锋和马殷的部队首选的进攻方向就是湖南的醴陵。邓处讷手下有一员猛将名叫蒋勋，带领三千精兵去龙回关迎敌。马殷在到达龙回关之前对蒋勋做足了功课，在阵前叫阵一番之后退回大营，晚上由弓弩手将自己写的一封书信射向龙回关城头。信是马殷写给蒋勋的，大概说的是，久仰蒋将军，知道蒋将军原是淮南人士，而将军统领的兵士也以淮南人居多，想必思乡久矣。你们久居湖南，而无缘归乡。小弟不才，跟随刘建锋将军，统领三万大军来此，你们这两三千人，根本不可能抵挡得了我们。一旦开战，后果是你我都不想看到的。莫不如，咱们兵合一处，你们有想归乡的士兵，我给发放路费，将军到我们这来，也可以当个三当家的。以后大碗喝酒、大口吃肉岂不快哉？

信中"思乡"二字，一下子击中了蒋勋的要害，驻守湖南多年，从来没有可能回去家乡，而这次出征，邓处讷只给了他三千兵马，就这些人，都不够抵挡刘、马悍将一次冲锋的，我莫不如……蒋勋虽然表面不动声色，但私下里早就派人从后方绕到马殷营中，表达了归降之意。马殷一看机会正好，最好的战法就是不战而屈人之兵。于是马殷兵不血刃就占领了龙回关。马殷说话算话，让蒋勋部队里想回乡的人就地脱下军衣盔甲，马上发放路费。于是蒋勋手下两千人就这样踏上归乡之路。而随后赶到的刘建锋的大部队，一看满地的武安兵的盔甲，就知马殷定有妙计。马殷让两千自己人穿上武安兵的盔甲，然后径直去潭州叫城，称他们是从龙回关退下来的败兵。守城的将官也没细察，等城门一开，刘建锋、马殷率队直扑州府，等邓处讷终于弄明白到底是怎么回事的时候，他已经成了刘、马二人的阶下之囚。

邓处讷久居潭州，却对百姓盘剥极重，百姓一直困苦度日。刘建锋和马殷在潭州城内公开处斩了邓处讷，然后将府库敞开，向百姓放粮，刘、马二人结结实实攒了一拨人品。潭州城内无人不夸刘建锋、马殷是明主，百姓总算盼来了救星。刘建锋于是自称潭州留后，不久，朝廷封刘建锋为武安节度使，算是承认了刘建锋的势力范围。而马殷被封为内外马部军都指挥使。此时蒋勋去攻邵州，久攻不克，正在战事胶着的时候，突然传来了刘建锋的死讯。

刘建锋死了？这支从北一直打到南的部队，一夜之间有些军心动摇。而此时的蒋勋听说刘建锋已死，在奋力攻下邵州之后宣布自立。马殷听说邵州有变，还没来得及给刘建锋发丧，就带兵去攻邵州。马殷给部下的口号是：三天攻下邵州，为刘将军发丧！这种气势之下，没到两天，邵州就被攻克，因为蒋勋所带的兵多半也都是刘建锋的部下，所以里应外合，邵州城破，蒋勋被杀，全军回师潭州为刘建锋发丧，但在发丧之时，只说刘将军的旧伤复发，突然去世。实际上马殷比谁都清楚刘建锋的死因，但他严令手下对此事只字不提。事实上，就在马殷和蒋勋在外征战的时候，刘建锋在潭州看上了自己的旧将陈赡的老婆，二人勾搭成奸。因为陈赡那时还在外征战，所以奸情并未败露。后来陈赡阵前有功，马殷给陈赡放了一天的假，让他回潭州家里探望。哪承想，好好的一天假期却成了风波的起点，陈赡在潭州家中撞破了刘建锋和他老婆的奸情，陈赡是使锤的将官，他拎着大锤满城追杀刘建锋，刘建锋最终被陈赡锤死在潭州街头。陈赡在杀死自己的老婆之后，自知犯下死罪，在街头自刎身亡。马殷闻讯回到潭州，打听清楚事情原委，然后严密封锁消息。

在平定了邵州之乱后，马殷已经基本控制了局面。而此时全军群龙无首，这时候有人推举刘建锋的行军司马张佶为帅，张佶其实只不过是刘建锋的谋士，而他当然知道马殷的手段，非常有自知之明的张佶就想让位给马殷，但由于此时马殷在军中的威望不及张佶，张佶居然演了一出苦肉计。他"不慎"从马上跌落下来，摔伤了腿骨，然后便称自己有伤在身，众兄弟还需要摧城拔寨，被一个伤了腿的人统领，不成体统，于是他推荐马殷为全军主帅。此时这支军队虽然已经占了一点地盘，却在湖南立足未稳，马殷又一直是全军的副将，所以马殷上位大家没有异议。第二年，朝廷封马殷为潭州刺史，而这一年，居于潭州的张佶写信给马殷说，潭州有重要军务需要马将军亲自处理。马殷不知有何要事，便急急赶到潭州。马殷刚进潭州留后府，只见张佶与各级官员跪地迎贺马殷，并称我将潭州留守之职授予马将军，希望你能带领众兄弟成就一番伟业。潭州众将、官员一同跪地，称马殷为"主公"。这一年是公元896年，马殷就此确立了他在湖南的军事强人地位。

马殷初步稳定了地盘，但地盘也只不过是潭、邵两州，马殷感觉到，仅指望他们这一帮兵勇出身的人来盘算国家大计是不可能的，他必须得去请能人出山。在邵州的深山，传说有一位邵州远近闻名的贤人高先生。

马殷虽然听起来半信半疑，但他还是决定亲自去请一下。在邵州的皮东县，有一处叫春劳的村子。村子不过二十几户居民，但后来一下子又凭空生出二十几户来，打听之后才知道，这二十几户的主人都是冲着向高先生拜师来的。而高先生一般很少收徒，所以这二十几户决定在这里苦等高先生，但等的同时，为了生计，也就开始在村里务农。高先生所在的地方，是在春劳以西方邌山上的村舍。虽然高先生并不算隐士，却一直都被道观收留，他每天舞剑论道，据很多人传说，高先生实有高才，得之可定鼎天下。马殷听到了不少关于高先生的传闻，觉得此人就是他想请之人。于是备了一个马队，其中一辆马车还有一个很大的篷屋，而其他马车上都是一些吃穿用度，一看就是想在春劳常住下去的架势。马殷当然听说过刘备三顾茅庐的故事，所以他也下了很大的决心。就在第二天的下午，马车的车队前出现了一个村夫，支着个锄头便问马殷的随从："你们想在这里待多久啊？这都耽误我种地了。"然后指了指车队脚下，意思是那就是他所说的地。随从们一听就急了，一个村夫居然这么无礼，纷纷上前想殴打这个村夫。

马殷听说了，连忙从车队后面跑过来，喝退随从，然后向村夫深施一礼："这位兄台，我们是想请高郁先生的，如果这里耽误了兄台种地，我们可以照价赔你。"那村夫说："不知你赔得起不？"马殷笑笑说："那你得说出一个数来听听。"他的意思是，一块地，买下来又能有多少钱呢？村夫说："农为民之本，这块地一年可打几十石稻米，然后我再把其中十五石当作种子，再下一年，我再用十五石作种子，那样的话，不出五年，我就可以把这里全都种上稻子了，那时候，我一年的产量，有可能是七千多石了。不知道你可否把我这七千石的粮食钱全都给我呢？"
马殷一听，好一个农为民之本！有这种见识的人，必定就是那高郁先生。
马殷退后三步，向那村夫深施一礼，然后单膝跪地，高声喊话："在下马
殷，想请高郁先生出山，希望先生为湖南百姓，顾及天下苍生，请助我
马殷一臂之力！"马殷突然之举，一下子把众随从都吓住了。只有那村
夫，捋着胡须哈哈大笑，然后将马殷扶起："将军过谦啦，高郁随你出山
便是！"

高郁一出山就面临一个抉择性的问题，到底应不应该与杨吴修好？
按马殷的想法，是想给吴国送些金银，然后向吴国示好，以求吴国在他
们向南征伐的时候别抄了他们的后路。高郁摇摇头说，主公，和平并不
是花金银就能买来的，杨行密此人有大志，并不是一点金银可以打消的。
残唐时代，唯有强者立国，强者恒强的道理。我们不如就做好自己，现
在我们只有潭、邵二州，我们何不对百姓减低赋税，然后多征集一些青
壮之士来加入我们，只要我们做好自己，兵强马壮，就算杨吴对我们再
有野心，我们又惧他何来？

马殷按高郁所言，先在潭、邵二州推行严格的士兵遴选和训练制度，
并且给所有人成为军中将领的公平机会，如此，马殷部队的战力得到大
大提升。经过两年的厉兵秣马，马殷的军队扩大到六万多人，他们的战
力也有极大提升。没出两年时间，马殷就把只有潭、邵二州的地盘扩大
到七州，接连拿下郴州、衡州、永州、道州和连州，马殷的势力已经占
据多半湖南地界，其势力也达到一个峰值。又过两年，马殷向湘桂地区
进军，接连拿下桂州、宜州、岩州、柳州和象州，地盘扩大到云贵地区。

至此，高郁之前所说的，自己兵强之后便不必考虑北方的强敌的愿景已然达成，此时已经是公元 900 年。

马殷总觉得自己还有一个心愿未了，那就是他的亲弟弟马賨。当年马賨跟马殷一起为孙儒效力，但在与淮南的战斗中走散，马殷选择跟随刘建锋去湖南，而马賨则选择向杨行密投降，成为杨吴的将领，开始官拜百胜指挥使，后来因作战英勇，被升任为黑云指挥使。不过，马賨从来没告诉过杨行密自己是马殷亲弟弟这回事，杨行密也从来不把他当外人，杨行密对降将一直都是比自己人还熟络。后来有一次，杨行密有机会跟马賨谈起他的家庭，才得知马賨居然是马殷的亲弟弟，杨行密当时吓得站了起来。他根本没想到，马殷的亲弟弟居然会在自己的军队里效力。杨行密当时就跟马賨说，其实按将军你的战力和气度，可以选择去湖南与你兄长团聚，一起创下一番事业。但马賨却是一个很仗义的人，一直受杨行密的恩惠，所以就表示不愿意去往湖南，杨行密一再劝解才最后成行。

在杨行密的心里，马殷永远都是他心头的大患，马賨一直在他军队里，他有阵子非常怀疑是马殷设下的一计，但查访之后才知道马賨确实是在乱军之中与兄长走散才投到杨吴门下。不过马賨这种仗义，杨行密却不大可能消受得了，他怎么可能留下马殷的弟弟在自己的营中当将军呢？人家骨肉至亲，到时候一旦杨吴与马殷开战，那马賨几乎不可能站在杨吴一方。所以，为了不在那个时候产生这些纠结，还是借机送马殷一个顺水人情，多送马賨一些金银，让他去往湖南，之后便江湖再见了。

杨行密把马賨送出老远，一再叮嘱说一旦遇到什么难处，大可到扬州找我。马賨对杨行密对他这个降将的态度感佩之至，所以，在他到达潭州之后，就成了促成吴楚联合的最主要力量。马殷自然对他这个亲弟弟总向着杨行密说话十分不爽，因为他一直觉得他与杨行密必有一战。不过马賨一直觉得吴楚两国一水之隔，联合起来总比对抗要好。杨吴起初也遣使来楚，想借马賨这个机会，跟马楚再进一步。但马殷的回复也很绝：因为我们楚国视大唐为正朔，你们吴国自立之后，跟我们的立场不同，所以不便同处一堂。

被拒的杨行密恼羞成怒，觉得以杨吴的势力灭掉马楚也不算什么难事，就命杨吴大将刘存率三万水军去攻马楚。马殷这边派出秦彦晖同样率三万大军前去迎敌。六月初，豪雨倾江，秦彦晖借着雨势偷袭刘存得手，刘存大败，之后向秦彦晖说愿意归降。马殷一眼就识破了刘存是诈降，之后就跟秦彦晖将计就计，沿江摆下口袋阵，只等刘存来投。刘存不知马殷已识破诈降之计，于是率人马分乘小船，逆江而上，却钻进了马殷、秦彦晖的"口袋"。杨吴三万大军在马楚军队的掩杀之下，只有小部分逃回。秦彦晖进而收复被刘存占据的岳州。马殷听说杨吴被俘将士个个宁死不降，就亲自带人去给将士们解开绑绳，最后说了几句攻心的话："我马殷是个武夫，但我知道谁都不想打仗，你们被卷进这场乱战也是情非得已。所以，我放你们回去，你们选择回去再为杨吴效力也罢，直接回乡种田也可，我都会发放路费。不过，请各位壮士，如不嫌弃，可以在我们这里吃顿饱饭再走，聊表我马殷的一片心意。"这些久经战阵的杨吴将士，没想到传说中的马殷居然是这么一个人情人理之人，很多人被感动得掩面而泣。最后决定留下来为马楚效命的人，占了绝大多数。

秦彦晖经此一役，不但巩固了马楚的局势，还借军队士气大振之机，一连又收复了朗州和澧州。转过年，马殷又借挫败杨吴之机，向南与清海节度使刘隐交战，大战小战十余次，最终取胜，争得两广地界的昭州、贺州、梧州、蒙州、龚州和富州，共六州的地盘，马楚势力日渐强大。公元927年，中原政权已经发展到后唐明宗李嗣源时期，这个时候马殷决定向后唐称臣，最终被封为"楚王"。马楚政权就此达到极盛时期，无论地盘还是国力都可与南吴媲美。

马楚能有这种空前的发展，高郁必然功不可没。可高郁抱负不仅于此，他希望马楚至少可以统一南方各国，成为南国霸主。如果想达到这种军事实力，国家经济实力就必须先行。湖南地区，自古就是产茶之乡，茶税一直都是马楚立国以来的一项重要收入。为了将茶税做大，高郁立足本地种茶的农民，将种茶之地扩大，种植面积在三年间果然扩大一倍。而且对于马楚而言，周边各地区的茶路都经过马楚地界，他们本可以设卡收税，但这却会限制茶商的通行。高郁将策略从"劫税"改为"养税"，以所有茶路都经过楚国的机会，在楚国境内，增设很多交易场所，有的地方干脆就将茶市开在州府门口，这样一旦有人闹事就可以立即处理。这样，马楚境内的茶路和市场都极其发达，令马楚的经济不断向上攀升。

除了茶业之外，高郁还从淮南引来蚕种，在马楚境内做大养蚕业。而且还由州府带领，率先去收购蚕丝，然后由官办丝庄来经营丝房行业，这样每年又为马楚增加不少赋税。与此同时，高郁还指导一些临近北部的州府开矿冶炼，最后再进行铸币。虽然这种开石的人工消耗极大，却利润丰厚。不过开展这种开矿的产业，却开罪了北方占据荆南的南平王高季兴。由于高季兴实是朱梁的旧臣，而马楚向后唐称臣，事实上后唐和马楚已经将南平夹在中间。而马楚的冶铁作坊，每年又将南平的壮丁引去数千人，最后导致高季兴对马楚的戒备升级。

以高季兴的军力，去灭掉马楚是不可能完成的任务，可他却不现实地想去除掉马楚对他的威胁，当高季兴想到高郁便心生一计。马殷在打下这一片江山之后，年岁已高，想让自己的儿子早早接班，自己去当太上皇。他选中的太子，是他的次子马希声。马殷放手让太子监国，自己却沉迷于后宫，不再理会前朝政事。因为有高郁在，他并不会对国家的安危有所担心，他也不担心马希声对高郁的恭敬之心，毕竟这么大一片疆土，大多是高郁出谋划策的功劳。但就是他认为的这种牢不可破的友谊，也有被人离间的时候。

高季兴在南平突然搞了一个"高氏宗族大会"，他也给身在马楚的高郁发了请柬，在他"一笔写不出两个高字"的煽动下，很多高氏族人从各地赶来。高郁对这种所谓的宗族会并不感兴趣，况且他与高季兴分属不同的国家，一旦赴会难免引起他人的猜忌。

如果高季兴跟马殷知会此事，马殷一定会觉得高季兴别有用心，问题是，高季兴反间计的对象是马家大少爷马希声。马希声有一个妻弟，这位舅爷一直都对高郁非常不满。因为高郁从来都是一副"一人之下，万人之上"的架势，连太子的小舅子的面子都不给。马希声不知道，他的这位舅爷已经被高季兴收买了，所有的负面信息就是奔着高郁来的。马希声听说高季兴一直在邀请高郁去南平，去参加一个什么高氏宗族会，马希声起初只是觉得，这种不着调的聚会，高郁不见得会去，所以也就没在意。但后来，小舅子不断跟马希声说，高郁好像并不是你想的那样，高郁虽然不去高季兴那里，但不代表高郁不会派人去啊，一旦高郁跟高季兴串通，那对马楚的安危必然是一大隐患。小舅子一遍两遍地说，马希声嗯嗯啊啊地应，三遍四遍地说，马希声就有点儿不安了，如果高郁真的没有事，小舅子这边怎么会收到这么多消息呢？当小舅子五遍六遍说的时候，马希声就已经把这件事当真了。更何况，高季兴一定会把这个戏份做足，他还请人模仿高郁的笔迹写了一封信给自己，信中对高季兴极尽赞美之辞，而且还说，马殷此人粗放，并没有大志，这一点跟高氏族人不同，我高郁，一定要做更大的事，不会窝在湖南这种弹丸之地。经过这么多次的反间轰击，马希声最终果然中计，不过也可能是，马希声借着这种风言风语，给高郁安一个莫须有的罪名，将他从宰相位子拽下来，犹未可知。虽然马希声有心处置高郁，但如果马殷每天上朝议事，马希声也是没有这个机会的，问题是，马殷自从成为楚王之后，他就沉迷在后宫佳丽之中，每天根本不考虑政事，只是将朝政甩给马希声。他觉得，反正我也老了，马希声早晚都要接班，莫不如趁着身体尚可，多享受些齐人之福。更重要的是，他对他选的这位太子马希声是一万个放心，觉得他老成持重，所以就由着马希声放手去干了。

马希声虽然表面看起来隐忍、内敛，其实心里早有盘算。他先是向马殷报告说，最近不断有人上告高郁行事奢侈、僭越，而且与南平高季兴有所勾结，图谋不轨，似乎有不臣之心。马希声向马殷痛陈高郁的几大罪状，希望父亲一定要关注高郁的这种动向。马殷听了，眼皮都没抬，就对马希声说："你呀，不要总想着参你高叔叔一本，他的能力肯定是在你我父子之上，你一定要多跟他学习，以后咱马家用得着人家的地方还多着呢，别老成天疑神疑鬼的。"马希声对马殷的这种反应相当吃惊，没想到高郁在父亲心目中的地位居然如此之高。而且马殷说话间自比刘备，居然把高郁比为诸葛亮，更要命的是，把马希声比喻成蜀汉后主刘禅。"难道父亲百年之后，我也得像刘禅一样要尊那个高郁为相父不成？"马希声的这种小心眼儿，马殷肯定没想到，高郁虽然是看着他长大的，但对他的这种心思也没有防备。

马希声铁了心要将高郁置于死地，就凭着自己监国的权力突然将高郁贬为行军司马。以高郁的智慧，他一下子就看出马希声的意图，所以就向马希声请求"告老还乡"，但他还是想跟楚王马殷正式道别，然后高郁就回去家中收拾行囊了。马希声开始还觉得，高郁告老还乡也不失为一个好的结果，但他居然还想跟马殷道别，这不明摆着要奏马希声一本吗？马希声觉得，这个时候必须当机立断，不杀了高郁的话，他的这个太子之位恐将不保。于是命手下人，很快将高郁的府邸重重围困，由于时值深夜，就在所有人都在沉睡的时候，马希声派人进入高府，直接将高郁砍死，然后将高郁人头盛于锦盒，并假装在高府中搜到龙袍、玉玺等物，对外便说，高郁叛逆已然坐实，由于高郁极力反抗，所以当即将他处死。高郁的死讯传到马楚宫中，马殷失声痛哭，他怎么也没想到马希声这个逆子竟如此混账，但面对高郁被杀的事实却无计可施。

高郁对马楚贡献卓著，却惨遭马希声毒手，朝堂一片哗然。其他皇子见马希声不得人心，都在暗暗培育自己的势力，只等老爷子宾天之时，谋划一番大动作。这种局势，不但马殷知道，马希声知道，就连很多马楚的臣子也都心知肚明，只不过，在马楚大权没有最终归属前，任何一个人都不好做出表态。

马希声虽说心眼儿不大，但也并非一无是处。在他的任上，他极力主张缓和与杨吴的关系，而此时南吴朝堂也经历了几番变故，吴王已经换作杨溥，而马希声亲自给杨溥去信，希望吴楚两家言归于好。杨溥当时只能听命于徐知诰，徐知诰此时已经确定了要夺取杨吴江山，所以，他也不想在南面树立马楚这样一个劲敌，既然马楚有意和好，那不如顺水推舟。于是杨溥回信说，可以派使者去潭州送楚王礼物，顺便也谈一谈双方换囚事宜。

双方签了盟约，互换了战俘，相言甚欢，而杨吴派来的使者正是马楚重臣许德勋的旧交，所以一切接待事宜皆由许德勋办理。办妥盟约事宜，许德勋将老友送至吴楚边境，吴使其实想探听一下马楚的情况，便说，素闻马楚诸公子多达六十余位，而且多有帅才，不知以后许公会辅保哪一位？这话是一个钩子，其实无非是问许德勋，马楚以后的局势到底会如何。许德勋也不掩饰，直说马楚国家虽弱，但战力仍在，并不怕外敌来攻，但这些公子会不会有一天"众驹争皂栈"真的不好说，也可能到时候我会选择退隐或是远投别处吧。吴国使者将许德勋的话记得字字清晰，回到吴国一个字一个字地学给徐知诰听。徐知诰觉得，马楚灭国就在眼前，吴国不必去攻它，只等它内乱生起，待到内乱结束之时，再去坐收渔利即可。

公元930年，每日沉迷声色的马殷终于人到寿终。马楚全境披素行丧，同时还传来马殷的遗诏：众皇子需将佩剑置于祠堂，放下兵权，违者可群起戮之。五六十位皇子，一夜之间被责令放下兵权，很多皇子颇有微词，很多人认为这根本就是马希声假诏而为，所以，虽然大家看起来都规规矩矩交出兵权，但实际上有多少保留就不好说了。就在所有人都认为马希声接下来会面南称帝的时候，马希声却表演起了隐忍之术，只是自称静江节度使。

马希声这一招纯粹是学习了他的偶像——朱温，扮猪吃老虎，但他忘了，朱温面对的是已历近三百年的大唐帝国，而他只不过是偏居一方的地方政权，他这种隐忍似乎没有必要，只不过他这种看起来的低调会令周边的国家对他的敌意降低。但是，他最大的敌人并不是周边的杨吴、吴越和闽国，而是他的那些兄弟手足。

虽说朱温已经死去多年，但朱温一直都是马希声的绝对偶像。马希声对朱温的崇拜，甚至到了学习朱温生活习惯的程度。朱温有一个小癖好，那就是喜欢吃鸡子。马希声为此还专门设了一个部门，叫食研司。这个部门就一个任务，那就是各处去寻鸡子，还让一些地方官员专门供应鸡子。一时间马楚全境的公鸡都成了稀罕物，大肆地捕杀，几乎到了千里无鸡鸣的地步。很多官员都以此为契机，频频向马希声示好，这种对公鸡的需要甚至扩大到马楚以外，南汉、闽国、南吴都曾经有大量向马楚售卖公鸡的情况。马希声独爱这种"美食"几乎到了无理由的地步，就算是在马殷出殡的当天，他的午饭也要手下弄来一大碗鸡子来吃。

这种特殊的癖好，使得整个马楚境内出现了一种奇特的景观，那就是专门有卖公鸡的鸡市，而且每个城市都有，潭州鸡市是最大最热闹的，既然楚王都爱这种东西，那市井商人不可能不爱，最后竟然达到管制售卖的地步。需求没变，却要限制供应，就必然产生了地下黑市。黑市的生意还异常火爆，周边其他国家都搞不明白，为什么马楚这个国家被几只公鸡闹得乱七八糟。马楚自高郁死后，就再无上进可言，再到全国上下以捕公鸡为业，一片败象渐渐浮出。

说也奇怪，马希声食用鸡子补养身体，健康状况却日衰一日，到最后连床都爬不起来。公元933年，刚做了一国之主不到三年的马希声，居然一命呜呼。这让马楚整个政局萌生巨大的变数，虽然他死前将江山托付给自己的胞弟马希范，但马殷在世时就有言：兄弟之间，切莫争位，兄终弟及，概莫能外。马希范是当年马殷放在洛阳当人质的，他从洛阳被放归之后，马殷曾经对马希范的生母陈夫人承诺说，马希声之后，一定让马希范成为掌国之人，而且在谁也不知情的情况下，马殷还给陈夫人留了字据。所以，在陈夫人看来，马希范继位是再自然不过的事情，可是他们不知道，此番马希范继位，令一直都对马楚王权蠢蠢欲动的诸位皇子开始以马希范为标靶，剑锋所指，马希范必须退位，否则将身首异处。这种情况马希范无疑是相当清楚的，他必须运用他能调度的所有权力，将他的这些兄弟的篡国阳谋扼杀于无形。不过，接下来的事态，并未像他想象的那样进行，兄弟反目、群马争槽的大戏才刚刚开始。

第八章
马楚众驹争皂栈　南唐边镐定湖南

由于马希范一直都在洛阳当人质，所以，在湖南境域内并没有什么势力可言。此次他能当楚王，完全是由他的母亲陈氏一手操作。由于马希声去世很突然，而且宫中大小事务多由陈氏妻弟掌控，再则陈氏手中的所谓马殷留下的字据也没有人去查验，所以，几乎所有不在潭州的马氏皇子都认为马希范继位楚王就是一场赤裸裸的宫廷政变。马希范在湖南没有势力，所以他心里怕，怕的结果就只能是先下手为强。

马希声有一个一奶同胞的弟弟叫马希旺。如果按兄终弟及的说法来看，马希声当初很有可能在病危的时候是想把王位传给马希旺的。马希声当时在宫中死得突然，所以当时到底有没有什么遗诏或是口谕都不得而知。这对于马希范来说，无疑是最大的威胁。在找不到遗诏的情况下，就只有让马希旺从人间消失最为妥帖。所以，马希范有意将马希旺暗暗地处置了，可事情还没办就走漏了风声，马希旺的生母袁德妃事先来见马希范说，当初你在洛阳时我家希声也算对你不薄，我现在只有希旺这一个儿子了，能不能留他一条性命，让他进山去当个道士呢？马希范沉吟良久，最终没有答应。最后马希旺被夺去兵权，与袁德妃一同被囚于草庐之中，缺衣少药，没有一年的时间，马希旺便撒手人寰。

这么多蠢蠢欲动的兄弟之中，马希范还有一个需要防范的兄弟，那就是身在桂州的马希杲。马希范集结大量人马马上就要兵发桂州的时候，王宫外面有人求见。原来是马希杲的生母华夫人。华夫人上殿之后向马希范深施大礼，马希范连称不可，说华夫人是长辈不必大礼。华夫人说："我儿希杲戍于桂州，不期功劳，唯有善待乡民，为楚王效命。不想，有奸人污我儿有不臣之心，实在冤枉，我今只有一死，来证我儿清白。"话毕，华夫人欲撞柱自尽，却并未撞死，马希范被华夫人此举搞得十分窘迫，便说："哪里来的谣言，我只是对希杲治理桂州的方法感兴趣，想去观摩一番，怎就出了如此误会？"华夫人经包扎头部之后，颤抖着说："我愿余生留在潭州清扫大街、整理宗庙，我儿从今以后辞去官职，隐居乡野，就请大王饶过我儿一命吧！"马希范听华夫人这么说，便说："这又何必。"最后在潭州附近乡野之间为马希杲和华夫人置下一座草庐，早出晚归皆需报马希范知晓。

解决了这些隐患，马希范就开始放飞自我。他在楚王宫殿之外建了一座"天策府"，这座府邸可以说极尽奢华，所有的庭院中石头都必须是玉石，所有目光所及的栏杆扶手都必须是金漆涂饰。所有的地面都不许裸露，厅堂都必须用地毯覆盖，夏天时用角簟，冬天时用木棉。而且其中所有的屋子都必须以最精美的木器家具装置。所有的餐具，必须是玉盘玉碗；所有的木制家具，必须用檀木。这座宅子的最中心还建了一座九龙殿，有八条龙用沉香雕刻，盘柱于内，最中心放一把龙椅，马希范坐于椅上，他就是那第九条龙。天策府中的各种器物，更是精美绝伦，各地的珍馐美味也尽数奉上。此外，马希范还精挑细选了三十四位美人在侧，就此沉迷其中。天策府成了马希范的私人宫所，而从此以后，马希范就基本没有处理过政事，每天荒淫无度。

马希范穷奢极侈，他哪里来的这么多钱？最主要的就是加重赋税。在马希范当楚王之后，马楚每一亩地的赋税，比之前增加了两倍左右。这种情况下，很多农民都难以为继，所以，马楚地界就产生了诸多逃田的农民，他们之中有很多都逃进了城市，去打一些零工或是做苦力。而更多的人选择逃离马楚，有相当数量的农民都逃往吴越和吴国，使得马楚境内很多田地荒芜，无人打理。这种逃田的田地出现，让马希范又发现了"生意"。他居然将这种田地在市井挂牌出售，价高者得。这种做法让马楚的很多土地都向一些地主手中集中，这也为马楚后来的大乱埋下祸患。对于马楚的犯人来说，他们犯了再重的罪也不一定会被判死刑，因为，可以拿钱来赎人。这种情况在马楚越来越多，而且成为常态，又产生了一些酷吏，即便你犯再小的罪也会被定为死罪。因为靠钱就可以逃避死罪，所以在马楚上下，为富不仁者大行其道、为所欲为。底层百姓，不仅要逃田，还有可能无故被抢被杀，马希范的治理令整个楚国民怨沸腾。公元 947 年，在位十年的马希范在民众对暴政的一片骂声中突然离世，被许德勋早早言中的"众驹争皂栈"的局面果然如期而至。

马希范去了，但马楚不能一天没有大王。各位大臣就想拥立马希范的弟弟马希广为王，说他温文谨顺、本性纯良。而因为马殷当年风流债不是一般的多，光在潭州一地，后宫就有三十多个生有皇子的妃嫔。在马希声、马希范在位十几年之后，很多未成年的皇子也都成年了，仅潭州城内就有十几位之多，更不用说当年马殷为了平息各种势力，而发往各地的母子。在潭州城内的还好说，因为马希范当初对他们有所防备，所以对同在潭州城内的马希广继承楚王之位，应该不会有人站出来反对，但对于那些藩外的皇子，就没有那么容易控制局面了。其中，势力最大的要数三十郎马希萼，他一直坐镇永州，手下战将七十余，手握雄兵十余万。更重要的是，马殷当初"兄终弟及"的说话，是按长幼年纪排次序的。如果按年纪，马希萼正好比马希范小一点。所以，从马殷当初的遗命来看，马希萼才应该是正统的楚王继任者。况且马希萼性情暴烈，这种将他王位夺走的事，他是注定不会就这么善罢甘休的。

在潭州城内，有一位皇子马希崇，官居天策左司马。他为人狡黠，深知这个楚王再怎么也轮不到他头上，可他却想运筹一番，进而得到最大的利益。他派人去永州，为兄长马希萼送去一封书信。信中说，马希广虽然被立为楚王，却是实打实的废长立幼，违反先王遗命。兄长应该在吊唁马希范的时候，带兵进入潭州，与马希广对峙才是。马希萼正愁无计可施，马希崇居然为他献上这样一计，顿觉甚好。但当他带着兵马进入潭州地界，还未进城，就被马希广的部队缴了械。马希萼一下子觉得心凉了一半，觉得这下肯定要死在马希广手里了。但他想错了，等到他走到潭州城城门的时候，马希广居然领着满朝文武官员在这里静候马希萼。而且没等马希萼下马，马希广就向他深施一礼。马希广一口一个"兄长"地叫着，欢欢喜喜地把马希萼迎进潭州，并在马希范的天策府摆下酒宴，给兄长接风洗尘。起初马希萼还觉得马希广是摆了鸿门宴，可没多一会儿，马希广先把自己喝多了。马希广被灌了两碗醒酒汤之后，抱着马希萼放声大哭，一边哭还一边对马希萼说："我是眼看着先兄长去了的。他到最后都在叮嘱我，要跟你多亲近，咱们兄弟可不能起什么争执，不然，一来让外人笑话，二来也容易让南唐、吴越之流有趁我之危的机会。我马希广何德何能啊，怎么能比得了兄长你武功了得？只是在朝议之时，众位大臣力推我来主政，我不想进入这朝堂之争，但我也是没有办法呀。我肯定是孤立无援的，那就只有哥哥你，你得支持我，咱们马楚才能真的不被人欺负……"

马希广抱着马希萼一晚上说了许多，马希萼也没发现一丁点儿鸿门宴的迹象，仔细一想，如果马希广摆鸿门宴，也不可能把自己先喝多了吧？而且马希广抱着自己痛哭的样子也确实不像是装的，倒像是动了真情，那我这个当哥哥的，难道真的要为难这个无奈上位的弟弟吗？马希萼思量再三，觉得这些纷争没什么意思，湖南之地莫非马楚，只要咱们兄弟把这方天地经营好就行，至于谁来当王并不重要了。于是第二天马希萼祭拜过马希范之后就被马希广派人送回了永州。回到永州的马希萼斗志全无，也没心思去讨什么潭州了，这么一个入情入理的弟弟在位，他这个当哥哥的还有什么不满的？

事态归于平静之后，似乎马楚局势朝着一片祥和的方向发展，有一个人无论如何无法接受这种宁静，他就是马希崇。他眼看着马希萼被马希广送出潭州，而且对外界显示出一副兄友弟恭的架势，马希崇气得七窍生烟。于是他亲自去了一趟永州，面见马希萼。马希萼正要分享他这几日的感触，碰巧马希崇就来了。"兄弟啊，我前几日在潭州，你也看到了，希广这人也算实在，这种局面也并不是他造成的，所以咱们兄弟还是多亲近比较好，就别再对那个王位耿耿于怀啦。"马希崇笑笑说："兄长此言谬矣。帝王者，历来文武英才者得。你与希广相比，不管怎样那楚王位也都应该是你的。如果说我们算同父异母的兄弟还可说多亲近这种话，但兄长可曾想过，几十年以后，我们的后代，还会像你我这样亲近吗？他们只会埋怨你这位祖宗，当初为什么不当机立断，进而断送了本应属于他们的江山。不坐王位就算了，你还可能在永州做一个自在王，你的后代不见得有这种机会。到时你的后代当真能像刘备那样织席贩履聊以饱腹就算不错了。可是，本应属于你的王位你不争，进而令你的后代错失为王为贵的机会，你怎么还能说出为王不易、多亲多近这种话来呢？"

本来已经决定以和为贵的马希萼，十几天来的思量结果，被马希崇的几句话化为乌有。"哦？还真是的！"马希萼觉得他可能被表面上看起来人畜无害的马希广给骗了。"他装出一副可怜相，其实无非是想把咱们兄弟安抚下来，然后再找机会对付咱们。"马希崇涨红了脸，使劲冲马希萼点了点头，然后说，"你以为你争的只是你的王位吗？你也是为咱们的父亲在争，明明放在那里的'兄终弟及'的遗命，他们敢公然违抗。这到底是谁打下的江山，到底维护谁才算是马楚的正统呢？"马希崇几句搬弄是非的话，令马希萼深以为然。次日，马希萼就开始校军场点兵，准备杀向潭州，开兵见仗。

马希萼集结战船七百余艘，士兵三万余人，沿江直扑潭州。潭州城中的马希广异常惊讶，他不相信原本还跟自己吃酒说笑的马希萼又来攻自己了。正当武将们群情激愤，想请缨出战的时候，马希广却说："希萼是我的兄长，我真的不想跟他打仗，要不然，我就把王位让给他吧。"这种还没打仗就说丧气话的主公，令众将十分泄气。但很多武将都是马殷的旧部，他们可看不惯马希萼这种誓与兄弟为敌的气焰。他们集结了四万人，五百多条战船前去迎敌。虽然从兵力上看潭州兵并不占绝对优势，但永州兵劳师远征，况且，双方很多人也不认为马希萼去攻打潭州是仁义之举，无非是看自己兄弟不爽。所以，开战没多久，永州兵即被击溃。马希萼不想接受战败的结局，他根本输不起，于是他去朗州集结了许多"山大王"，对他们许以高官厚禄，令他的兵力直接增加了万余人。另一方面，他还向南唐乞求他们同他一起出兵，得胜之后将向南唐称臣。

马希萼增加了兵力之后，向潭州反扑。马希广派大将刘彦瑫迎敌，他筹措了一百五十多条战船、水军万余人，借着风势，开始向敌军方向纵火，但怎料风向突变，自己的部队居然受了火攻，死伤千人。战局瞬间扭转，潭州兵被杀得惨败。其间，马希广还派使者给马希萼带口信说："你说，我们兄弟相残，到底谁会有最大的利益呢？肯定不是你，更不会是我。无非便宜了南唐，让他们不费半点力气就收了我们马楚，到时候，你我兄弟去到天宫地府见到咱们的父亲，怎么说我们这档子事儿呢？兄长还是快快停手吧，别做这种亲者痛、仇者快的事情了吧。"这话说得入情入理，但此时的马希萼已然"开弓没有回头箭"，就算再难，也必须再战。

此时，潭州兵的攻势稍有起色，于是有人向马希广禀报说天策左司马希崇正在城中大肆散播谣言，劝马希广此时将马希崇捉了杀掉。马希广说，本是同根生，相煎何太急呀，他们可以不义，但我却不行。你们在战场上也都要注意了，见到我兄希萼，定要手下留情，千万不要伤了我的兄弟！战事若此，马希广还在恋念手足情深。

马希广一再退让，但马希萼却觉得胜利就在眼前。永州兵分兵拿下益阳后，又围了岳阳，然后不等休整，直扑潭州城。此时潭州城几乎无将可派，但马希广还是想到了一个人，虽然他对此人说不上信任，但这个时候，也只能由他担起保卫潭州的重任。此人就是彭师暠，一个以蛮族首领身份投降马楚的将领，受命于危难之时，彭师暠的蛮族本性似已觉醒，他向马希广承诺，将誓死保卫潭州城。正在他们主公与大将上演"将相和"的时候，潭州的水军统帅许可琼收到了马希萼的密信，称只要他临阵倒戈，日后必报以高官厚禄。许可琼实已投敌，却偏偏要在马希广面前自夸，说对待城外那些蛮夷，只消一天，就让他们知道什么才是马楚的铮铮铁汉。马希广听了许可琼的话颇为感动，之后还专门调集了充足的粮草配给许可琼的部队。

只是许可琼在这边演戏，转身就去马希萼那里领赏。许可琼这种两面通吃的把戏，没有骗过彭师暠。他径直去见马希广说："许可琼恐已投敌，为免祸患，现在就应该把许可琼杀掉。"但马希广却说："许将军为人如此正义，怎么可能投敌呢？况且他许家两代公卿，这个时候投敌？是根本不可能的啊。"彭师暠一听马希广这么说，也不好再多说什么便退出去了。但他已经做好了应对许可琼临阵变节的一切准备。但恰在此时，平素不怎么下雪的潭州却下起鹅毛大雪，潭州兵和永州兵一样，都没有御寒的衣物，这就逼得永州兵必须速战速决。

一边永州兵在想着如何跟潭州兵决一死战，而潭州城内的楚王马希广想的却是如何向上苍乞些天兵天将来帮他。马希广不顾大臣们的反对，在潭州城内设台作法，让一些道士在台上行呼风唤雨之事。然而，正经的战报他却一眼不看，只说"这些可以都给彭将军过目"了事，楚王这般行事，让潭州兵不知如何是好。

另一边，永州方面马希萼派出他的大将何敬真带着三千精兵进攻杨柳桥，而潭州方面对阵的是大将韩礼。但何敬真只是正面佯攻，他派了手下一个名叫雷晖的兵卒，据说是身怀武功的义士，在佯攻之时，身穿潭州兵的衣服，悄悄潜入韩礼的大营。当永州三千精兵发起进攻的时候，雷晖就已经摸到韩礼的战马旁边了。雷晖冷不防手挥长剑急刺韩礼，韩礼注意力全在前方战事，没注意到下面有人偷袭，一剑刺中他的大腿，立时血流如注。虽然潭州兵列队整齐，阵型未乱，但主将受伤，不得已只能败退。何敬真便趁势掩杀，在路上，将受伤的韩礼斩于马下。潭州兵退入潭州，而同时朗州水兵也从水路开始进攻潭州。

马希广的步军指挥使吴宏身先士卒，在清泰门立誓，以死报国，死守潭州大门而不破。就在战况如此胶着的时刻，吴宏向许可琼、刘彦瑫求救，二人却按兵不动，既不派兵支援，也不供给给养。而在城东北力战的彭师暠也遭遇了强攻，最后永州兵居然以火烧城。彭师暠派人急召许可琼来援，得来的回信却是许可琼已经正式投降了马希萼，恨得彭师暠直拍大腿。他命将士们奋力迎敌，即便战至最后一人也决不投敌。

大火借着风势扑进城内，将潭州百姓的民房烧毁无数，最后连楚王宫都被熊熊大火点燃。永州兵借势入城，而永州兵中夹杂很多的朗州蛮兵，他们杀人奸淫、借机抢掠，马殷几十年经营的潭州城顷刻被摧毁。马希萼事前有命，入城兵士必须保护好宫室内的金玉细软、国库银仓，却唯独没有秋毫无犯这一条。潭州大火一直持续了三天三夜，潭州城被烧成一堆瓦砾。

马希广在城破之前，率一队亲兵，带着亲眷逃往袁州暂避，同时还想求助于南唐，期望南唐发兵救他。而事实上，马希萼就是在南唐的纵容之下才最终攻破潭州城，朗州兵的背后就是南唐的支援，马希广怎么可能等来南唐的救兵呢？这个时候，马希崇终于出现在马希萼的马前，他在拜见马希萼之后，直接劝进。

马希萼也不多言，直接宣称自己已成楚王，并向南唐、吴越等国派去使者，交上国书，表示新的楚王将重视与贵国的交往，最大程度地保护贵国在楚国的利益。转过头来，马希萼开始疯狂抓捕马希广等人，他首先抓到了大将吴宏和彭师暠，而此时的二位将军，如若马希萼不命手下对他们清水洗面，根本都认不出来是哪一位了，二人血染征袍，满身满脸的泥水和血水。马希萼有爱将之意，希望二人可以向他投降，但二人不降之意异常坚决："你们借蛮人之力乱我马楚，我今战至力竭，就算现在死了，也可以安心去见先王了！"马希萼对吴、彭二人的忠心颇为感动，于是决定饶他们一命，暂时收押起来。

而另一边，马希崇方面也传来消息，马希广一行人并未跑远，还未到袁州就被捉住，并押回了潭州。当马希广成为马希萼阶下囚的时候，马希萼问马希广："父王去世时说要兄终弟及，但你不知道我比你大着许多吗？哪里轮得到你来做楚王呢？"马希广说："我那日已与兄长说明，做这个楚王并非我本意，而是群臣和百姓推举。上次兄长被我抓住，我并未杀你，还送你回了永州。今天你抓住了我，又想怎么处置我呢？"一句话问得马希萼有点儿迟疑，但过了片刻，马希萼说："这个楚王本来就应该是我的。什么群臣，什么百姓，只有用真刀真枪拼出来的江山，才是货真价实的江山！"

虽然马希萼抓住了马希广，但他还有犹豫，是不是要自己动手杀了马希广这个祸患。最后马希萼决定一不做，二不休，与其留着马希广以后借机报仇，莫不如现在就给他一个痛快。潭州的百姓虽然经历了不少次楚王更迭，但新楚王将前楚王杀掉还是头一回见到，更何况此刻的潭州早没了马楚都城的繁荣景象，在一片萧瑟中，前楚王马希广被押往刑场。而就在此时，一年之中不怎么下雪的潭州城又下起了纷飞的大雪，在北风中，监斩官朱进忠问马希广还有什么话要讲。马希广摇了摇头说："请允我念完最后一遍经文咒语再杀我不迟。"朱进忠准了。于是潭州的百姓看到的是这样的一幕：漫天的大雪，将盘坐在断头台上的马希广吹成一个雪人，而从雪人心间传出的是一串串经文，现场的潭州百姓无不为之动容，有些人不忍再看转过脸去，有些人已经掩面，泣不成声。最后，在一片雪野之中，一条血迹喷溅而出，整个潭州城的天色，也由黑转红。

马希萼成了楚王，但王宫已经被破坏了，不要紧，他直接就住进了穷奢极侈的天策府，接续了马希范的"天策妙音"。然后再找手下去搜罗更多的美女充实天策府，之前天策府的功用全都不浪费，他照单全收。而那些恼人的政务呢？马希萼完全没有从政经验，他又不想学习，那就只有一个"好办法"了：直接全都甩给马希崇！马希崇虽然并没有当上楚王，却决定着马楚的生杀大权，也算一位"影子楚王"，看起来各方都志得意满，可依然存在着诸多的不确定。

马希萼虽然玩得开心，但马楚都城总得有个都城的样子。之前的潭州大火，已经将王宫烧成一片焦土了，总得有人去收拾一下才好。马希萼就命静江节度使王逵和副使周行逢去清扫王宫瓦砾。这活儿干得王、周二人特别窝火，虽然之前并未抵住马希萼的朗州兵，但降将也是有尊严的，不能说朗州兵战胜了就可以在城中胡作非为。马希萼对这些降将降兵不管不问，但他们面临的，不仅仅是一片黑灰的王宫，还有潭州人的白眼和责骂："就是这帮没用的东西，仗打不赢，现在居然到宫中做了杂役。这跟阉人做的事也别无二致了。"每天做工辛苦倒在其次，这种无穷尽的羞辱是这些"王宫杂役"们不能承受的。于是他们之间有一种说法流传开来，要想这一世翻过身，就必须去朗州跟那些蛮人干一仗，要不然就得背这一世的骂名。王逵和周行逢何尝不是这么想的呢？在各位军曹的不断裹挟之下，二人决定就地起事！王宫的活儿咱不干了，直接拉了部队去攻朗州。

朗州的主力部队都已移驻潭州，结果朗州被王、周二人打了个措手不及，最后王逵和周行逢占了朗州，扯起大旗，替天行道，自立为王。而此时的马希萼每天只会醉倒在温柔乡里，哪里还管什么外边的破事？他将出兵讨伐的事三言两语地委给了马步都指挥使徐威，转头就又扎进了天策府的女人堆。

马希萼不知，其实徐威是马希崇的心腹大将，而此次马希萼将兵权大印交给徐威，正是马希崇心心念念要等的那个千载难逢的良机。徐威领了兵权之后，并未动身去朗州平乱，却直接带了三十匹战马及三千精兵来到天策府大门外。午夜时分，就在马希萼醉入梦乡之时，徐威将三十匹战马纵入天策府，他以战马惊槽为由，带兵趁乱进入天策府。他没去管什么疯马乱蹄之事，而是带兵径直冲入马希萼的寝宫，将迎面抵抗的来人全部斩杀。最后将马希萼擒住，转头向马希崇去复命。马希崇盘算多年的时刻终于被他等到，他在众将的推举之下自命"武安留后"，然后命人将马希萼囚禁在衡山县。

在派谁去押送马希萼的问题上，马希崇很是费了一番心思，他派彭师暠押马希萼去衡山县。因为彭师暠一直都是马希广的爱将，所以，他想借彭师暠复仇之心，令马希萼在半路绝命。此计虽然毒辣，马希崇却未料到彭师暠根本不上他这个当。不仅没上当，彭师暠还在到了衡山之后，联合衡山指挥使廖偃，一起拥立马希萼为衡山王。这样一来，马楚境内就分别有衡山和朗州两路兵马反对马希崇了，马希崇虽然嘴上说不怕，但暗地里却将他的所有手下都调查一遍。最后调查的结果却让他倒吸一口凉气，推他上位的大将军徐威居然串通了朗州的周行逢，欲将他置于死地。

由于徐威已经统辖潭州周边的所有兵力，所以要想在潭州将徐威拿下恐难实现，更可怕的是，此时的徐威已经对马希崇生疑，这一层窗户纸不破，最后谁先动手都未可知，谁是最后的幸存者就更难说。马希崇百般无奈，他只有祭出最后一招：向南唐求援。南唐主人已经换成了中主李璟，马希崇的求救信令李璟喜出望外，他连忙封营屯都虞候边镐为信州刺史，然后命他带兵三万去往潭州。

对于马楚来说，南唐起兵来伐注定是灭顶之灾。徐威还想力战之时，潭州已经被南唐兵团团围困，而此时的马希崇才露出他的真面目，命宫中近卫直接在潭州北门之上将徐威拿下。然后马希崇就开始举行投降仪式。当马希崇举着玉玺、引着妻儿走到潭州城外，拜于边镐马前之时，马楚近六十年的尊严和辉煌荡然无存。

边镐进入潭州城之后，非但没有为难潭州百姓，相反还将马楚府库中的粮食分发给城中百姓，潭州城一片欢腾。相比之下，根本没有人为马楚的崩坏流什么眼泪，这么多年来，经历了"众驹争皂栈"的马楚百姓终于盼来了战事结束，谁又会在意潭州城头挂的旗子上到底是一个"马"字还是一个"李"字呢？

马希崇对进城来的边镐极近谄媚之相，他只想跟边镐谈一个条件，那就是不要让他去往金陵，最好让他留在潭州城内，所有资具都能保留下来。边镐听了马希崇的请求，根本没答话，只是哼了一声，然后马希崇一众人吓得全体下跪。"这个道理要这样讲，你们马楚之前跟杨吴旧时有交，也有相恶之时，但这都与我们唐国无关哪。我们并不是想吞并你们马楚，而是因为你们自己这一帮姓马的亲兄弟争来斗去，搞得民不聊生。而你马希崇呢，是求着我们国主来收拾你们马楚这个烂摊子的，所以，收降之后的事情，就由不得你们了，而是由我奏明我主圣上，由他来定夺。"马希崇听罢苦笑，只能应允。

公元 951 年，南唐之主是中主李璟，而中原之主已经换成了后周的郭威，就在这一年的十一月，马希崇以亡国之君的名义，坐上顺江而下的宝船，载着马楚四十余年积攒下的所有金银财物，去往金陵拜见南唐中主李璟。由此，偌大的马楚江山全部并入南唐版图，楚国由此灭亡。此后湖南地界有童谣传唱："羊（指杨行密）驱马，马（马殷）南走；累崩了个，潭州叟（指马殷）；众驹夺，楚宫斗；鞭（指边镐）打马来，马成狗。"

南唐李璟并没有将马氏兄弟杀掉，而是以仁治国，封马希萼为江南西道观察使，仍赐爵为楚王；封马希崇为永奉节度使，镇守舒州；对于廖偃和彭师暠的忠勇之举，李璟非常赞许，觉得二人也是不可多得的人才，于是封廖偃为左殿直军使，封彭师暠为殿直都虞候。

而对于据守朗州的王逵和周行逢二人，由于边镐接收了马楚的金银之物，必须将这些财物押往金陵，所以，守备空虚的益阳和潭州最后被王逵和周行逢攻下，而且打败了各方势力，实际控制了原来马楚的疆界。最后王逵成了马楚天下的新主人。由于南唐疆域广阔，王逵和周行逢也不想与南唐为敌，于是向南唐称臣，终而成为南唐在湖南地区的代理人。

第九章
董昌借力后楼军　钱镠剿灭罗平国

　　唐末时期，淮南节度使高骈代朱温，邀请各路豪强，共同去剿灭黄巢。经过虎狼谷一役，江浙两位豪强战力突出，同时引起了朱温和高骈的注意，那就是董昌和钱镠二将。董昌，在参与剿灭黄巢之前，不过是浙西的一个团练使，而且这个团练使还是自封的，在唐廷那边不作数。在他的团练兵里，有一个盐贩出身的人，以勇猛著称，这人叫钱镠，董昌为了结交这样的朋友，早早就跟钱镠结拜为异姓兄弟。董昌年长，为兄，钱镠年少，为弟。杨行密邀请江浙豪强的时候，江浙并不是没有武装力量，但镇海节度使周宝并不相信高骈此举真的是为了剿灭黄巢，他担心一旦他领兵去围剿黄巢，要么江浙之地会被杨行密抄了老营，要么没命再回到江浙。事实上，周宝所担心的高骈并没有做出对众豪强不利的事情，而一脸和气的朱温却在上源驿摆上了一局标准的鸿门宴，好在高骈手下的杨行密利用自己的细作力量，将此局化解，但没能将李克用解救出重围，最后火烧上源驿，李克用与朱温结下世仇。

董昌和钱镠回到临安石镜镇，董昌自封石镜镇将，同时也封钱镠为石镜都知兵马使，这一年是公元 881 年。高骈回到扬州之后，一直对董昌和钱镠之勇猛念念不忘，想将董昌和钱镠收服，为自己所用。在他看来，风平浪静的扬州，下面却是风起云涌，如果不能将董、钱二人收服，扬州终将有一天会腹背受敌，同时面临朱温和董昌的夹击。高骈的担心后来也确实成真，朱温最先将兵锋指向淮南，不过好在有杨行密在，朱温还不敢特别造次。通过一场看似剿贼的虎狼谷之战，朱温看到淮南有杨行密这样的猛将，而高骈看起来也很有可能事后与董、钱两位江浙小将达成共识。但是高骈在收服董、钱二人的时候，遇到了很大的困难。董昌以自己身份粗鄙、无法登堂入室为由，婉拒了高骈的"好意"。高骈一计不成又生二计，他向当时的唐廷进谏称，杭州之地在经历黄巢之乱后一直守备空虚，杭州刺史一职一直空缺，他举荐徐州刺史路审中转任杭州刺史。高骈此举，一方面想拉拢路审中，一方面想利用路审中来打压董昌兄弟。

董昌听到杭州来了新刺史，非常生气，因为当初他听从高骈之命去虎狼谷卖命的时候，高骈是有承诺的，一旦剿贼成功，必报以高官厚禄。董昌一直都觉得，这个空缺已久的杭州刺史非他莫属，他甚至都已经做好了一旦升任杭州刺史，便宴请乡邻的准备。高骈这一招借刀杀人，让董昌在石镜四邻之间丢了脸面。正在董昌气愤难当的时候，钱镠来了，他问董昌，大哥何必如此心烦呢？他唐廷委任的刺史是刺史，如果咱兄弟先得了杭州，到时候朝廷到底承认谁是杭州刺史才好呢？是坚持那个只有印信的路审中，还是兵强马壮的董大哥你呢？董昌一听，喜上眉梢，连称兄弟好计！于是董昌开始张罗集结部队，向着杭州进发。在残唐时期，唐廷对各地的管理已经鞭长莫及，更多的时候都是尽量委任各地的豪强一个刺史之类的官职，承认他们势力的存在，唐廷只需要这些人的一些贡奉即可。所以，谁手里有兵权，谁的话就是真理，在这个时期表现得格外突出。

早年被战乱洗礼过的杭州，本来就是守备空虚的状态，怎么可能挡得住董昌的石镜军呢？董昌和钱镠不费气力便占领了杭州。这个时候，路审中才到达杭州城外，当他想进城上任的时候，被城门官挡在城门外。路审中极力申辩，称自己是奉朝廷旨意前来上任的，这时候董昌出现，称完全是一场误会，便请路审中进城。董昌挽着路审中的手进入杭州刺史府衙，府衙内的石镜兵森严站立两旁，而且在府衙大堂，石镜军刀斧手向路审中怒目而视。路审中颤抖着拿出刺史的印信，算是完成了接收。不过在刺史府内，路审中如坐针毡。因为刺史府上下，包括杭州城中都是无处不在的石镜兵。某一天晚上，路审中起夜去茅房，路过府内的厨房，听到厨房里的两个杂役聊天。一个说："哎，咱们老爷是不是脑子不太灵光啊，这都死在眼前了，咋还不知道跑呢？"另一个说："嘘，你小点儿声，董将军都说了，谁把这事儿漏出去，谁脑袋就搬家了，你不想活啦？"当时在门外偷听的路审中被吓得睡意全无，回去火速收拾行李，拉了一辆马车连夜逃出了杭州城。

路审中从杭州逃走，连自己杭州刺史的印信都没带走，于是董昌很自然地成为杭州刺史，并且很应景地向唐廷上表，向唐廷讨封。唐廷一看董昌实际占领了杭州，唐廷又完全没有力量去讨伐董昌，所以，就顺坡下驴，封董昌为杭州刺史。董昌如愿以偿地占了杭州，但浙东观察使刘汉宏不服董昌，他也想占据杭州这地块方，于是跟董昌在钱塘江两岸展开激战。钱镠作战异常勇猛，在钱塘一战中大败刘汉宏，导致刘汉宏乔装而逃。董昌对他这位兄弟钱镠非常喜爱，觉得自己做了杭州刺史，自己的兄弟也应该做一个相应的官职。于是他就跟钱镠说："哎，你要是能把越州拿下，咱哥儿俩就换换，我去越州，你来杭州，这个杭州刺史你来当！"钱镠知道董昌的想法，也没多说，就把诸暨拿下，完成了对越州的合围。眼看越州就要拿下了，董昌却急了，他担心钱镠真的占了越州之后，他便再没能力约束他了，于是他也带兵前来"助阵"，不过城破之时，董昌带领部队率先冲入越州，然后就在越州待着不走了，当时由于杭州遭受战乱破坏，越州的税收要比杭州好得多，所以董昌还是希望待在越州。钱镠一看大哥喜欢越州，也就成人之美，自己带兵回杭州了。

这一战结束，董昌也杀了刘汉宏，向唐廷上表，请求封自己为浙东观察使。没多久，唐廷的封文就来了，董昌如愿成了浙东观察使，但同时，封文还封钱镠为杭州刺史。这令董昌一下子醋意大发，给钱镠去信祝贺的同时，也自夸了一通，意思就是，没有我，你怎么可能当上杭州刺史？钱镠明白大哥的意思，但董昌之前虽然胡说，也算有约在先，钱镠对此也没太在意，毕竟杭州刺史的官职还是在浙东观察使之下的。

但此时镇海节度使周宝那边起了乱子，因为周宝私养牙兵"后楼军"，在他的治下，有官方的镇海军，但镇海军的薪水居然只有牙军的一半还不到，这还不算，很多时候，牙军将领都不太约束手下，在酒楼吃酒打架的比比皆是。由于镇海军还负责维护一方治安，所以总会碰到后楼军，但当他们每次想把后楼军拿去查问的时候，后楼军就会非常激烈地反抗，有些时候还会造成伤亡。官司最后打到周宝这里，周宝回护偏袒后楼军，打人者、杀人者仅仅是赔钱了事。

后楼军事后吃酒，肯定要找周宝一起来吃吃喝喝。有后楼军手下说，镇海军现在受气很深，怕是哪天绷不住了，直接就反了，咱们可怎么好？周宝酒往上撞，站起来就说，他们敢？谁敢对后楼军不利，我姓周的先宰了他，然后灭了他全族！这话被度支催勒使薛朗听去了，觉得周宝此话出口，很有可能随时向镇海军下手。

薛朗有一个好友，叫刘浩，正是镇海军的将军。薛朗借吃酒之机，将周宝这话说给刘浩听，刘浩气得直接就掀了桌子大骂道："他周宝不给咱生路，那就只有造反这一条路了！"刘浩一日趁着周宝喝醉之机，带领三千士兵直接冲进周宝的府衙，放火烧屋。周宝酒还没全醒，有人报说，镇海军反了，后楼军不顶事，没抵抗几个回合，就全都败了。周宝顿觉大势已去，于是领十几名亲兵向常州潜逃。

刘浩和薛朗带镇海军占领了整个润州，他们拥立薛朗为润州留后，然后将周宝的后楼军亲信全部斩首。周宝被夺了地盘，自然不满，便向唐廷讨要说法，唐廷看这种情况不可能向浙西派兵，于是下令命杭州刺史钱镠带兵去润州讨逆。钱镠讨逆为虚，实际却是要占润州那块地盘，他没费多少工夫就打败了镇海军，将薛朗和刘浩斩首，然后去找人迎周宝回润州。但到杭州去请周宝的人回报说，周宝已在家中猝亡。事实上，是钱镠派人将周宝秘密处决，以绝后患，避免他回到润州。这样，钱镠就实际占领了润州、常州、杭州，这几乎就是整个浙西地区，钱镠也成为现实意义上的浙西观察使。公元893年，钱镠升任镇海节度使，同平章事，如此，钱镠的势力实际已经超过他的结拜兄弟董昌，这引起董昌的强烈不满。

董昌自认从来都是钱镠的大哥，从来都只有他带着钱镠的份儿，怎么可能让钱镠超过他呢？当初他去往越州的时候，朝廷委任钱镠为杭州刺史，他就已经对钱镠心生不满了，更何况现在钱镠是一方节度使了。依董昌的想法，只有一件事能让他的光芒盖过钱镠，那就是改元称帝。

从唐朝的官制来看，节度使基本上就是地方最大的主官了，不可能有人再比节度使高，董昌觉得，按自己的功绩称帝建国顺理成章，然后让钱镠归附于他，这才合情合理。当时，在越州人看来，无论是关帝庙还是城隍爷，每年都要去拜一拜，因为在那个年代，每年都要向神灵祈求风调雨顺、无病无灾。所以，在越州，关帝和城隍对百姓最有号召力。董昌便向他的谋士说："不行，我若想称帝，在百姓心里的地位必须高过关帝和城隍爷。"那谋士就出主意，让董昌手下乔装成百姓在外散布，董昌实是关帝转世，有时候还会显灵，董将军升堂之时，总在其背后升起紫色烟气，然后在空中形成一个大鹏的形状。接着再找一些江湖术士，将紫色烟气做得逼真一些，再组织更多的人对紫气"不期而遇"。再有，就是董昌每年都会去越州西边的会稽山上"清修"，只要董昌一到那里，就有人发现，总有十多只猛虎死于山间。还有，在日落时分，总有百姓看到，董昌所在的清生观，在夕阳之下闪出道道银光。这种事情，在越州一传十、十传百，越传越邪乎，最后传成董昌就是玉皇大帝转世而来，在越州度劫，一旦惹怒于他，必将降下灾祸。

另外在越州还有一个尽人皆知的传说，说会稽山上有一神鸟，四眼三脚，它的鸣声就是"罗平天册"，一旦有人对玉皇大帝不敬，或是攻击神鸟，神鸟都将禀明玉帝，降下各种灾祸。因而，在越州本地，都有各种画匠将想象中的神鸟形象画下来，然后供在家中，每年希望神鸟保佑他们平安顺遂、五谷丰登。董昌就利用了这个传说，在会稽山上做了一只巨大的木头神鸟，平日拆散，各种零件置于多个山洞中，只在午夜时分让神鸟"飞起"，然后降落到山脚之下，这一"盛事"不知耗费了多少人力物力。每一个参与神鸟工程的工匠都被要求对打造神鸟之事守口如瓶。此后，有关董昌是玉帝转世的传说在越州就更加盛行。

董昌看火候也算差不多了，便抛出一个为乡邻祈福，修建"董氏生祠"的号令。全越州的人，每人都必须出钱，否则将开罪玉皇，降下灾祸。整个越州，收上三百多万钱来造董氏生祠，没出三个月，董氏生祠就建成了。对于越州人来说，关帝和城隍是必须拜的，这回弄这么一个董氏生祠，刚开始人影稀疏，但后来董昌看不下去了，下了一道命令说："但凡去拜过关帝和城隍的人，都必须来拜董祠，如若不然，不是未来降下灾祸，而是灾祸转眼就到。"董祠从此果然拜者如云，但百姓来此的脸色并不那么爽气，远不及百姓们去拜关帝和拜城隍时那般欣喜。董昌看到这种场面，颇为光火："这些人拜我的生祠怎么都拉着个脸？我得罪他们了吗？"手下一听，便知如何处理了。从此，所有人来到董祠全都笑脸盈面，但出了董祠之后，脸色又都恢复如初。除此之外，民间的一切迎神仪式、各色庙会，悉数转到董祠奉行。如果转去其他庙宇举办也可，只是主办者回头便会有牢狱之灾。

为了让董祠人气永不消减，董昌还命手下写了不少揭帖，上面还写了不少符咒。董昌要求手下让百姓们必须将董祠的揭帖贴于自家门上，如若谁家门上不见董祠揭帖，那这家人很快就会莫名地消失，董昌用这种几近恐怖的方式，令越州人拜他为仙。越州百姓家门，除了门神之外，又多了一样符咒，那就是董祠揭帖。

经过翻天覆地的一番折腾之后，董昌的称帝活动正式迈上台面。董昌向唐廷上表，由于在越州等地崇敬他的百姓甚众，因"百姓不断上书请愿"，现"代表百姓"请求封董昌为"越王"。此时唐廷中枢一片混乱，没心思搭理董昌。请求很快被驳回。可董昌却气愤难当，还质问传书人，为什么无视董某人在越州的众望所归？董昌索性将唐廷传书人杀死，然后很快便在越州张罗称帝事宜。就在董昌意欲称帝之际，越州文武中有些清醒之人向他死谏不可以称帝，否则一定会招来祸患。其中就包括节度副使黄碣、会稽令吴镣，还有山阴令张逊。此三人异口同声：我们越州存活于高骈、杨行密的南吴的庇护之下，否则，我们这种偏居的政权，是注定要受到中原王朝讨伐的，我们众少国微，躲灾还躲不过来，现在称帝会犯了诸侯的众怒。那个蔡州称帝的秦宗权哪一点也不比你差，但有没有那个实力，自己心里应该有点斤两才是。

三位志士的言辞将董昌气得暴跳如雷、羞愤难当，董昌声称必须铲除阻止他称帝的这些胡言乱语者，还包括他们的家人和眷属。三人加上其宗族的人数达到二百余人，董昌命令手下，挖一个长宽各二十米的大坑，然后将二百余人推入，老弱妇孺概莫能外，全部坑杀。此后，再无人敢跟董昌直谏称帝之患，全是一片和谐欢呼之声。似乎再也没有人能阻止这位董姓皇帝的加冕，可这时候，有一队人马叩响了越州的大门，为首之人正是钱镠。

钱镠一见到董昌，直接跪倒在地，久久不起。董昌非常诧异，难道钱镠知道我要称帝，到我这里来讨官了不成？董昌只想对了一半，钱镠确实知道了他要称帝的事，却是来劝他不要称帝的。董昌上前将钱镠强行扶起，而且一再称，咱兄弟还有什么话不好讲的。待钱镠说明来意，董昌脸上的笑容也渐渐收敛："钱婆留，你我是石镜县里从小玩到大的弟兄，咱俩还跟钟杰、钟勇两位兄弟一起有盟誓之亲，现在哥哥要当皇帝，你不来给我带些贺礼，却对我横加阻拦，这是为何？"钱镠说："哎呀兄长有所不知，小弟我现在在临安，每天都有洛阳和扬州的人来我府上，无非是要我警告你，万万不能称帝，否则便会对你不利。哥哥，你我都是石镜从小玩到大的兄弟，如果称帝真是一条明路，这么长一段时间，我为何不来拜你，而偏偏此时前来？杨行密不希望你称帝，因为他并不想看到浙东有不服从他的势力，更要命的是，朱温更不想让你称帝，因为朱温自己一心要代唐自立，世人皆知，哥哥你又何必冒此天下之大不韪呢？你若如此行事，必将置越州百姓于水深火热的境地呀！"

董昌并不傻，他听明白了钱镠的意思，但在这种情况之下，开弓已经没有回头箭，称帝之事不办也得办了，不过他还在对钱镠嘴硬："婆留啊，你说的这些，我怎么可能不知道呢？但还有更重要的问题是，现在从越州上下生出的各色祥瑞来看，我董昌是天命之子，我不称帝，恐有违天意啊，你不会让哥哥逆天而行吧？"钱镠真的没想到，董昌居然用这种浑话来打发他，觉得董昌是不大可能回心转意的，于是在他离开之时眼含热泪留下一句话："看来哥哥称帝之意已决，有朝一日，中原上国必派兵来讨，到时我尽力争取，小弟我定能保你家眷平安！"钱镠挥泪而别，董昌现在的膨胀大大出乎他的意料。而此时的董昌却被钱镠最后一句至诚的话气得怒火中烧，在他的厅堂里狂吼："等我当了皇帝，把你们这帮看我笑话的人全杀光。钱婆留，你根本不配当我兄弟！"

公元 895 年二月，董昌终于如愿在越州称帝，自称"大越罗平国"，改元"顺天"，而且将起建皇宫内的一座楼宇定名为"天册楼"，罗平国上下都必须称他为"圣人"。

钱镠这边在董昌称帝后第一时间集结三万兵马，杀到越州城下。这次并不仅仅是钱镠自己的想法，更是朱温后来派遣使者到杭州捎来的口信，朱温不可能容忍在大唐境内平空出一个什么"罗平国"。而与此同时，杨行密却一反常态，暗地派出使者来支持董昌。敌人的敌人便是朋友，杨行密与朱温之间必有一战，那立于杨行密背后的钱镠就是朱温的一颗重要棋子，杨行密如果不想有一天腹背受敌，那就必须也在钱镠的身后再结交一个分量相同的"好朋友"，那董昌必然是杨行密的好选择。不过此时的朱温和杨行密还都是唐臣，而且朱温和杨行密也分别掌握了中原和淮南，所以，这种博弈之下，钱镠前来讨伐董昌就是必须上演的"剧本"。只不过当初的结拜兄弟，现在一个代表朱温，另一个代表杨行密，而且还必须尽快决出雌雄。

此时唐廷已经削去了董昌所有官爵，并任命钱镠为招讨使。钱镠讨伐董昌虽然是有唐廷意旨的，但谁都知道那根本就是朱温的意思。董昌为了避祸，听从杨行密的建议，将一些大臣献出城来，说称帝之事是这几人所为，董昌只是被裹挟。之后杨行密还修书给钱镠说，董昌神志异常，而且现在主张称帝的乱臣都已被押出城外，董昌已经被削去所有官爵，所以就不要太苛责董昌了。如果真的是钱镠决定此事那便简单了，大事化小，小事化无。可偏偏这事被朱温知晓，朱温就再三写书信催促钱镠前去平叛。钱镠无奈，只能给杨行密专门修书说，董昌此事算"逆罪"，不可轻饶，朝廷专命我为招讨使，如果我自行决定不去平乱，那我就成为乱臣贼子中的一员了。杨行密一看，软的无效，那就干脆来硬的，他来了一出"围魏救赵"，开始进攻钱镠的弟弟钱铢驻守的苏州。钱镠的大将顾全武正在强攻越州，听说苏州被围，就请示钱镠，是不是先回师去解苏州之围？钱镠说，钱铢自有办法退敌，若他不能退敌，那便是他的命。我们就应该先拿下越州才行，半路退兵，兵家大忌。

于是在越州城破之时，苏州也被杨行密攻破。钱镠为了不至于双线作战，无奈将苏州舍弃。苏州的钱铢在乱战之中逃出，钱镠命他暂回杭州待命，钱镠先着手处理越州之事。当钱镠领兵进入越州时，董昌一看大事不妙，早早就乔装逃到城外清道坊，并向钱镠写出降书。意思便是，我战败了，大越罗平国不存在了，我一个亡国之君现在想隐居于山野之间，总不至于置我于死地吧？钱镠看罢董昌的书信，眼泪掉下来了，直说："兄长好生幼稚，这个时候居然还说这种话，你不拿出性命来抵，怎么可能过得去这一关？"

一日，钱镠一身便装，携一琴师、一仆人出现在清道坊门外，说是要求见董昌。董昌以为钱镠此时前来，定是事情有所转机。不过钱镠进门来，向他深深一躬，董昌就觉得事情不妙。"哥哥，我今天来，是想跟哥哥叙叙旧情的。"清道坊之中，有小道士来给二人倒茶，钱镠说，他还带了琴师，可以借景抚琴。二人倒上清茶，看着青青山色，钱镠说："想当年，我们四人结拜已经过去二十多年了吧？"董昌点头称是，还说，当初钱镠就是一个泼皮无赖，当初二人认识，还是因为钱镠欠了赌场的债，然后董昌出面帮他还了，之后才认识的钟家兄弟。当时为了更亲近一步，钟家老丈钟起还将他的两个女儿嫁给了董昌和钱镠。这样一来，四人便是亲上加亲，都不是外人了。钱镠说，当初你我兄弟从石镜出来打江山，一同灭了刘汉宏，打败了周宝，气走了路审中，然后才有了杭州和越州的这些地盘。"哥哥还让着我，让我去驻杭州，而你居于越州。你我兄弟，可从来没有想过有一天会刀兵相见，可是，圣意难违啊，当初我来到越州苦苦劝你，让你不要称帝，但你偏偏不听。朱温现在挟天子以令诸侯，找口实还找不到，你偏偏去给他送。现在，你想全身而退是不太可能了，作为兄弟，我只能说保你全尸！还是延续之前我承诺的那话，我保你家眷平安！"几句话之后董昌眼泪掉落下来，说："我董昌一人做事一人当，我不后悔我做过的事，只是，很多事情不合时机，所以，我的错我认。"钱镠慢慢转过去，对那仆人使了一个眼色，然后仆人拿来一瓶"好酒"。钱镠掏出一个盅子，给董昌满上一盅。董昌一看就明白了，这就是他的断魂酒，董昌对着青色的山景还不忘作诗一首："石镜草莽董钱钟，杭城钱弟越城兄。人说神鸟宣上典，一朝城溃梦成空。"然后便将那盅"好酒"一饮而尽。

此后，当朱温问及钱镠为何不将董昌首级运往洛阳时，钱镠说："在手下人运送董昌尸体过海塘河的时候，董昌尸体不慎落水，经过几天打捞方才上岸，但尸体已被水泡过，而且多处腐烂，不好再将过度腐败的首级运往洛都，还望上卿海涵。"但实际上，钱镠是将董昌的尸体悄悄运回石镜安葬，只是在运送尸体的船上放置了一个"替身"罢了。而董昌的家眷一百多口都被钱镠保护起来，未受到任何责难。由于钱镠此事做得无比仁义，而且不失忠义，百姓一致爱戴，所以此后，流经杭州和越州的这条河，便由"海塘河"更名为"钱塘江"。

虽然董昌已灭，可北方的杨行密士气正盛。况且，在围董昌之时，杨行密趁机取了钱镠的苏州。钱镠正考虑是不是自己亲征去讨回苏州，此时大帅顾全武站出来称："主公，我可代你去征苏州。"由于钱镠在败退苏州之时，将苏州大小河口画了一张地图，而且还将河口渠井之处都做了标记，所以，苏州虽然败退，却相当于一座门户洞开的城池。顾全武按图索骥，将大军开到苏州城外。起先顾全武还在装模作样地观察地形，派人去城内散布说，杭州兵驻在城外计划休整一阵，因为这支部队正是剿灭董昌的部队，当时灭掉董昌之后，钱镠就未让他们做休整，所以，在苏州城外，正好休整一段时间。待苏州守城的淮南兵完全放下警惕时，某天入夜，顾全武派五十支小队，暗暗摸到苏州水系的井眼之位，然后突然燃起火把，外围佯攻，五十支小队偷偷潜入城内，待到次日天明佯攻结束，就在下午城内守军刚刚放松下来起锅造饭时，五十支小队神兵天将一般将四个城门全部打开，顾全武的部队突然出现在苏州城的各个角落，淮南兵稀里糊涂地就成了俘虏。

然而，苏州城破，昆山却一直被淮将秦裴所踞。顾全武攻城三天三夜都无任何进展，恰在此时，城内居然送来秦裴的一份"降书"，顾全武打开一看，居然是一部装帧精美的经书。原来，顾全武在投军之前，实是一个出家的和尚。秦裴此举，恰是羞辱顾全武以修行人自居的假慈假悲。顾全武恼羞成怒，居然水攻昆山，秦裴一时无法抵挡，被顾全武抓获。钱镠听说生擒了秦裴，赶紧从杭州赶了过来，而且亲手解开秦裴的绑绳，然后说："秦将军受委屈啦，我钱镠不才，委居浙西，却偏偏有惜将之意，希望将军可以为我所用，切莫推辞！"秦裴一时间被钱镠感动，却说："吴越王虽有德，秦某却难从命。我主行密对我有知遇之恩，天高水长，还是请吴越王收回成命吧。"钱镠被拒，虽然觉得没有面子，却执意要与秦裴一起去杭州小聚，至于杨行密那里，自会修书一封，将事情原委讲清楚。秦裴也不好再推辞，便随钱镠去往杭州，算是给钱镠一个足够的台阶。

不过杨行密听说钱镠生擒了秦裴，也一心想把秦将军抢回来，于是派出大将李神福发兵杭州前去抢人。顾全武迎战李神福，李神福果然不是顾的对手。然后顾全武认为李神福一定会就这样算了，撤回扬州。但李神福却借着所有人的这份期待定下了一计。由于两军交战时淮南兵捉了一些杭州兵的战俘，突然一天，这些俘虏就都被放回来了。而且言之凿凿地说，淮南兵打算三天后就全都退往扬州，所以才将他们全都放归。顾全武起初不信，但经过探马多次探察，淮南兵果然每天都没有习武练兵，而是在打包行囊。顾全武大喜，告诉钱镠说，三天之内，杭州城外，必将李神福生擒。三天时间到，夜里子时，淮南兵大营开始悄悄地有些动静，然后夜哨来报，说淮南兵装行李的马车已经启程，居然有五十车之多。顾全武一看时机成熟，此时正是偷营的好时机，于是引兵杀出杭州，掩杀得淮南兵丢下四十多车行李，望风而逃，但在半路杀得正起兴的时候，突然遭到李神福的伏击，以四十多车行李封住顾全武的退路，然后放箭如雨，顾全武的部队死伤大半，顾全武也被抓住。

听说顾全武被抓，钱镠急了，急令吴越全境之兵合围李神福。李神福被围，向扬州的杨行密求救。杨行密并未派一兵一卒，只发给李神福和钱镠各一封信。两封信的大意是一致的，那就是：以囚换囚，拿秦裴来换顾全武，然后放李神福退归。钱镠看信后大喜，于是宴请秦裴于王宫。临行时紧紧握住秦裴的手说："事出无奈，用将军去换顾将军，若无此事，定让将军在杭州多待些时日。"秦裴道谢、拜别。苏州、杭州一番争斗之后，南吴与吴越算表面归于和好。

公元 902 年，唐昭宗正式封钱镠为"越王"。而此时孙儒恰好在与杨行密争斗中完败，马殷逃往湖南，而孙儒的另两个部将徐绾、许再思逃往吴越。钱镠一向有爱将的习惯，一听说是孙儒的部将，当即收留，而且委以重任。徐绾和许再思分别被封为武勇都左指挥使和武勇都右指挥使。但这个时候顾全武等人力劝钱镠"防人之心不可无"，孙儒的部将多半奸狡，虽然现在看起来和和气气，可一旦翻脸，后果不可想见。钱镠不听顾全武之言，称其多虑了，吴越现在正是用人之际，被杨行密打败的人，除了效忠于我，他们还有什么别的选择吗？顾全武虽然没有劝动钱镠，但防范之心已然生起。

钱镠没有想到的是，徐绾虽然与杨行密有了仇怨，但他的另一条路并不是效忠钱镠，而是除掉钱镠。在杭州之外的牙城，徐绾等一众将领被钱镠邀来饮宴，钱镠喝至酒酣，便对众人说不胜酒力，出了牙城回去杭州。由于牙城离杭州不远，所以钱镠并没带太多亲兵。宴会上，徐绾称自己拉肚子，然后径直引着精兵五千去追钱镠。行至半路的钱镠得报说徐绾正带兵追来，知道不妙，但如果按原计划回杭州必然会被徐绾半路追到。所以，钱镠掉转马头，自己换上一身便装，只带几名亲兵、保镖从小路返回牙城，原来的车队继续往前，去往杭州。钱镠走的小路，到牙城的最后一段是水路，于是钱镠又借到一条小船，头戴斗笠，跟船夫一起划船，与徐绾的追兵擦身而过。

等钱镠到达牙城大门外的时候，钱镠叫城，城头的守兵根本不相信这人就是他们的越王。但巧的是，牙城的守将是钱镠的儿子钱传瑛，当他借着灯火看清钱镠脸庞的时候，真的被吓了一跳，赶紧请钱镠入城。另一边，徐绾一直追到杭州才追到钱镠的车队，但这时候他也发现钱镠居然跑了，正在此时，杭州城内的武勇都左使许再思也起兵反叛，他与徐绾合兵一处，然后掉头回到牙城之外。就在徐绾和许再思围住牙城之时，顾全武也从越州带一万兵马赶到牙城之外，徐、许的部队腹背受敌。而正在此时，谁也没想到的是，淮南的宁国节度使田頵也带两万余众赶到牙城外。此时的牙城之外，受到了三重围困，而徐、许部队和顾全武的越州军都陷于腹背受敌的境地。这种情况下，如果杨行密再派兵来援，吴越国可能被灭国，此时，钱镠做出了一个重大决定，派人去给杭州城内的人捎口信，称现在想与杨行密讲和，带足金银的同时，必须寻一世子前去和亲，因为此前杨行密与钱镠曾经议及此事，现在恰是时机。

口信捎到杭城之内，钱镠的夫人可犯了难，金银倒还是小事，可这和亲的事，到底派哪个世子去才合适呢？由于杨行密的女儿年方十八，所以钱镠的意思是让自己最小的儿子钱传球去和亲。但钱传球觉得，此去扬州生死难卜，所以非常抗拒，由于钱镠还被困在牙城内，夫人又拿自己的小儿子没有办法。正在这个时候，钱镠的五儿子钱传瓘说，要不然，母亲也别为难弟弟了，不如我去一趟扬州。

钱镠听说钱传瓘主动提出去和亲，非常感动，于是在牙城给杨行密写了一封亲笔信，然后由快马送出牙城，交给钱传瓘。那信中也没有什么计谋，更没有什么打动人的辞藻，而只是跟杨行密挑明了一件事：徐许之流，皆为叛将，无论事谁，久而必反。其二，田頵也并非忠臣，据钱某所知，他早有谋反之心，今两股浊流合于一处，且占据吴越之地，南吴想必也难安稳。吾今遣吾子传瓘前去和亲，亦为质子于扬州，以钱某为人，吴越之地从此再无乱流之危，和战与否，请大王定夺！杨行密看完钱传瓘带来的钱镠亲笔信哈哈大笑，直呼："钱镠，妙人也！"于是他强令田頵即刻撤兵，不得有误。

在田頵撤兵之后，钱镠、顾全武在牙城一战之中生擒并处死了徐绾、许再思二人。让人没想到的是，杨行密最后也并未将钱传瓘留在扬州作为人质，而是将他的女儿送到杭州，同时也给钱镠写了一封书信："越王见启。杨某虽为武夫，但懂礼节，知进退。吴越有越王在，吾无后顾之忧矣。杨、钱两家，理应多亲多近，今送小女入杭，以结盟好！"钱镠读罢同样哈哈大笑，此后便为钱传璙小夫妻二人在杭州完婚。此后，吴越之地尽归钱氏，而钱镠也定下一个钱氏的规矩：其一，无论中原之主为谁，钱氏吴越都将其奉为正朔，永不称帝；其二，钱氏族人，先习文、后从武，兄弟族人间，必友爱礼让，如有违者，全族击鼓而攻之！

第十章
钱镠举手定千川　越王撒手袭传璀

　　吴越与南吴，终于在钱传璀的开明之下，定下了亲家。问题是，杨行密命不够长，等到吴王杨渥的时候，吴国上下事务已被徐温掌握。徐温不可能容忍，在自己的背后还有这样一个自然条件比他还优渥的吴越存在，北面的朱温、李存勖已经很难对付了。但南吴跟吴越之间存在亲眷关系，那就必须有一个进攻吴越的借口。

　　两国的疆土之间，有条自然形成的小岭名叫"千秋岭"，也有人称之为秋岭。南吴此地守将李涛一直都对吴越政权心存鄙夷。在他看来，钱镠根本没法跟杨行密相提并论，杨行密是乱世英雄，而钱镠只是杭州附近的一个泼皮小民，只不过以投机取巧之术，获取了一些利益，最后鬼使神差地成了越王。依德行来看，钱氏根本配不起这么大的一片疆土。

更为重要的是，李涛是徐温的旧将，他对徐温的忠诚也胜于旁人，他觉得以徐将军此等韬略都没做得吴王，钱镠这个泼皮怎么配得起越王的角色？不过李涛碍于杨氏的面子，钱传瓘毕竟娶了杨家小姐，吴越成了南吴的亲眷，再想动一动钱氏，那都得想一想吴王。按理说，杨渥应该称钱传瓘为妻弟，钱传瓘应该称杨渥为妻兄，但杨渥跟钱氏极少交流，自徐温监国以来，这种交流就更加鲜见。吴越之间似乎只需要一个翻脸的所谓嫌隙。某日，驻在千秋岭的李涛终于等来了徐温的一封密信，信中说："汝可寻一适当口实，以此攻越。"李涛看罢狂笑不止，把下属都看得愣在当场。因为他等待已久的攻越时机，终于在此刻到来。

某日，李涛刚得了一匹好马，周身雪白，只有头顶和马鬃中段，各有一块红色胎记，被命名为"赤髻兽"。李涛是爱马之人，就命人去请吴越千秋岭守将陈朝会过府赏马。由于都是长期驻守千秋岭，又同是爱马之人，所以李涛和陈朝会平素也是非常要好的朋友。李涛遣人来请，陈朝会自然不会推辞。李涛在府中设下一宴，李、陈二人推杯换盏。席间，李涛将赤髻兽牵出来给陈朝会看，陈朝会直惊得目瞪口呆，直呼："天下果真有此尤物！"李涛看陈朝会爱马如是，便说，可以借陈兄把玩几天，但有一样，千万要原样奉还。因为李涛的公子李鲲极爱此马，小小少年，几天不见此马，居然能到茶饭不思的地步。最后李、陈约定，只借赏三天，然后原物奉还。这三天里，陈朝会用尽了他身边的资源，用最好的草料来喂养这匹绝世好马，第一天第二天都还好，可到了第三天傍晚，赤髻兽突然一声长鸣，卧地不起，口吐鲜血而死。

消息传到李府，李涛骑快马，领最好的兽医过陈府来看，赤髻兽断然没有生还的希望了。李涛在陈府对陈朝会破口大骂，说陈朝会居心不良，居然害死他的好马。陈朝会百口莫辩，于是拿出数千银两赔给李涛，可李涛根本不要陈的银两，最后拂袖而走。又过了七日，噩耗传来，李涛的儿子李鲲，听说赤髯兽死了，便开始不吃不喝，悲伤过度，最后也吐血而亡。李涛府衙上下尽披素甲，并向陈朝会撰写檄文，要陈朝会血债血偿。未过几日，李涛挟一支素甲大军，围困陈朝会大营，陈朝会再三解释也都无济于事，最后双方开战。也可能是因为吴越军本来就感觉理亏，所以战端开启，吴越军完全不在状态，被李涛的部队杀得大败。杨吴军队突破了千秋岭，就相当于吴越腹地被撕开了一道口子，虽然李涛暂无进兵之意，可钱镠根本不可能坐视不管。

公元 913 年，钱镠派钱传瓘来救千秋岭，钱传瓘未进千秋岭，先用树木将李涛的退路封死，然后命其弟钱传璙领水军进攻吴国东洲，以分散李涛的兵力。钱传瓘不急于用兵，而是全军徐徐而行，白天龟速，夜晚改为狂奔，就在李涛还以为钱传瓘最少三天才能到达的时候，钱传瓘已经断了李涛的后路，并且前队与后队合围了李涛的部队。在经过一昼夜的激战之后，李涛大败逃走，吴军被俘三千余人，吴越军收复千秋岭。这个时候，中原的皇帝是后梁的朱友贞，他见钱氏形势大好，便想借此机会重创杨吴，遂传书给钱镠，命吴越军趁势深入吴国。钱传瓘大战过后还未及休整，便又急急奔往东洲。东洲集结了绝大部分的吴越水军，他们逆水而上，与吴军对峙于浪山江。

这个时候钱传瓘发现，他们其实是顶风，于是命所有船只，在第二天总攻之前，都装上足量的石灰、豆子和沙子。等到第二天开战时，吴越船只在避风处静候吴军，吴军顺风，所以船只行进很快，等看到躲避中的吴越军的时候为时已晚。这个时候，钱传瓘命所有军兵将大船风帆扬起，借风势追击敌船，同时，他们还将石灰和沙子顺风扬起，导致吴军的船都被石灰和沙子覆盖，吴军将士绝大多数眼睛被石灰和沙子眯住，根本辨不清方向。然后，吴越军借着船只渐近的机会，将所有豆子全都撒到吴军战船上。豆子在甲板上滚动，吴军将士根本无法站稳，摔倒大半，完全失去战斗能力。此时，吴越军开始射出火箭，令吴船燃起大火。吴军大败，主将自杀。吴越军大获全胜。

同年夏天，吴越军三万大军又被朱友贞指派去攻吴国的常州，吴国由徐温迎敌，而吴越军依然是由钱传瓘统领。吴越军连续大胜，气势正旺，但恰巧遇上徐温发起高烧，难以统领军队。吴军军师请示徐温："大帅，如果您身体不支，那我们就原路撤回，放弃常州吧。"徐温虽在病中，却将军师痛骂一顿。然后让手下在军中找一个与自己长相和身材都差不多的军卒，穿上自己的衣服，升帐议事、调兵遣将。吴越的探子早就已经探到徐温重病的消息，而且分析很可能吴国很快就会撤军，钱传瓘就此消息还专门定了一个借势偷营的计策。就在吴越军马上快潜到吴军大营的时候，却听说"徐温"端坐在营中调兵遣将，以为中计，于是迅速掉头向后撤离。此时病中的徐温听说钱传瓘前来偷营，便命手下所有大将，领全军掩杀，而且命其中一路去烧毁吴越军的大营。一边面临追兵，另一边大营被烧，吴越军阵脚大乱，最终落得大败，吴越军两将被杀，钱传瓘在死士保护下逃走。

这时候军师又挟众将力劝徐温，趁吴越式微，莫不如南吴大军压境，一举灭了吴越。大病刚刚痊愈的徐温本来说话有气无力，但当众人建议应去灭了吴越的时候，徐温坐直了身子说："快快打消灭吴越的想法！你们懂什么？这次我们所谓的大胜，不过是借我在病中摆了一出'空城计'，如若我正常指挥大军，也未必有十足的把握取胜。更何况，在钱镠的治理之下，吴越军民合和，粮食丰收，税收连年增长，之前的两次大战，我们都输了，这并不偶然。在这种国力对比之下，怎么可能有把握说我们一定能灭了吴越呢？就算我们拼了举国之力把吴越灭掉了，那我们吴国也会国力耗尽。这种结果，最终谁会高兴？不是我们，而是中原的梁国，或者唐国，这种亲者痛、仇者快的事，我们吴国为什么要做呢？如果不是钱镠来统治吴越之地，那又有谁会比他治理得更合适呢？所以，我看还是算啦，以后谁也不要再提征伐吴越之事。"

徐温内心里是钦佩钱镠的，而且他也不想得罪钱镠这样一位独霸一方的枭雄。所以，此后很多年，徐温都主张南吴与吴越和睦相处，互不犯境，这种状态是有利于南吴的，因为南吴一直都以大唐为正朔，而吴越却永远以中原王朝为正朔。所以，吴国理论上是面临前后夹击的国家，徐温选择与吴越修好，完全是没有办法的办法。而钱镠，虽说奉中原为正朔，但他也不想失去南吴这样一个屏障，一旦吴国被中原之主灭掉，那吴越马上就会是下一个被迫献玺之国。所以钱镠在南吴和吴越的边境上大肆开办集市，多做贸易，以有利于两国的交流，另外双方多年的战俘也进行了多次交换，南吴与吴越一片其乐融融的景象。徐温还与钱镠正式立下了一直和平下去的字据，所以在接下来的二十多年里，两国和平相处，刀枪入库。这在五代各国乱斗的主流之中，是异常难得的一股清流。

公元 926 年，钱镠突然抱病，就命钱传瓘监国。徐温听说钱镠病了，赶紧派人前来探病，钱镠一听徐温派人来看他，马上就提起精神，把腰板坐直。等徐温的使者走了之后，钱镠的精气神又暗淡下去。钱镠叫来钱氏的几位宗亲说："徐温派人来看我，无非是看我是不是快死了。我病成什么样子，我自己最知道，大限不远矣。"钱镠此话一出，钱氏宗亲跪倒一大片。钱镠在病榻上接着说："那么接下来到底立谁为储，就是关系到我们钱氏和吴越国的头等大事，大家也都是我钱氏的至亲，人选方面，就都畅所欲言吧。"由于此前钱传瓘亲自导演了几场大胜，所以众望所归，几乎所有人都推举任镇海、镇东两镇节度使的钱传瓘为越王。钱镠就将钱传瓘唤到病榻前，嘱咐道："大家都一致看重你，这是你的荣幸啊。我还是那几句话：第一，一定要奉中原之主为正朔，无论中原之主是谁；第二，钱氏兄弟之间必须和睦友爱，如若有人做兄弟阋墙之事，即便是你，也必须击鼓集众而击之；第三，钱氏永远不称帝，而且一定要善待百姓，不可胡作非为。"钱传瓘眼含热泪一一应下。

公元 932 年，钱镠以八十一岁高龄寿尽而终，这对五代的所有帝和王来说，无疑是极长寿的一个。钱传瓘正式继任，成为新一代越王，并正式改名钱元瓘。

钱元瓘无风无浪地在越王的位子上坐到公元 937 年，这一年，也是后晋天福二年。虽然中原的局势变幻无穷，而钱氏的吴越王国，在钱镠"永远奉中原王朝为正朔"的思想下，并未受到中原王朝更迭的丝毫影响，但这并不意味着钱氏王朝真的没有受到阴霾恶雾的袭扰。钱元瓘自即位越王以来，极其重用钱氏宗族，而且在内卫的人选上，也多以钱氏宗族势力为主，其中，就有他自己的兄弟一族，钱元球就官拜土客马步都指挥使。在钱元瓘看来，但凡钱氏家族都是可以信赖的，但他唯独忘了一条，中原换主之后，对待他们这些边远藩邦的态度，无非就是扶持一些有可能执掌大权的势力。一旦有机可乘，无论如何不可失之交臂。后晋之主石敬瑭，虽然向契丹称儿称臣，但他一直也没有打消征服南方之心。对于吴越钱氏，石敬瑭多年都等不到一个搞分裂的机会，但终于在这时候等到了钱元球。

钱元球是钱镠的第九子，就是那个当初在"武勇都之变"的时候，钱镠想让一位世子去扬州做人质兼当杨行密女婿的那个人。最初这个"任务"就是落在钱元球头上，当时他还叫钱传球。可钱元球当年只是一个顽劣少年，不愿听从父亲的安排。最后若不是钱元瓘顾全大局，很可能南吴和吴越之间的战乱不可避免。此后钱镠对这个九儿子非常不满，一直都令他在杭州以外的偏远之地为官，不愿将他调来中枢。不过在钱镠死后，这个情况有所改变，钱元瓘还是顾及兄弟情谊，况且钱元球在武艺和统军方面也并不是一无是处，最终将他召入中枢任要职，而且是主管内卫。但钱元瓘并不知晓，他的这个弟弟多年来一直都对钱镠将王位传给钱元瓘颇为不满，他借着成为内卫统军的机会，大肆招募党羽，秘密召集死士，意图谋乱。

此时，钱氏之中又出了一个残暴之人，他就是明州刺史钱元珣。在明州期间，他娶了闽王之女琅琊君为妻，而他一直都深恋着的，是明州一位富商之女。由于钱氏的联姻之策是当年钱镠定下的，而且由谁去和亲都是测算好的，谁也没法改变这个结果。最后导致那位富商之女嫁作他人妇，从此以后，钱元珦就性情大变，从和睦恭顺变成了狰狞暴虐。他每次向钱元瓘上书"提要求"，钱元瓘都体谅他为钱氏做出的牺牲，多半应允了。但有些上书，钱元瓘实在无法批复。比如，某次钱元珦上书居然想在处决强匪之后，不许他们的家人收尸，而是想将这些强盗的尸体在热汤之中煮成烂肉，然后由明州百姓分而食之。钱元瓘从来都没想到钱元珦居然是这样一个暴虐的人物，更何况，明州百姓也不可能屈从于他的淫威，这很容易就激起民变。还有次他上书说，希望将一对各自不忠于自己伴侣的夫妻做成人干，悬于明州城头，示众七七四十九天。钱元瓘回信说了钱元珦几句，一方面是一个君主对臣下，另一方面也是兄长对弟弟的教训。可钱元珦却并不这么认为，他认为钱元瓘就是事事针对他，他居然再次上书，在书信中痛骂钱元瓘人面兽心、道貌岸然。

钱元瓘就算再宅心仁厚，也不能忍受钱元珦这般辱骂于他，不仅仅在于他个人，更在于吴越的国体。于是钱元瓘以忤逆罪迅速将钱元珦抓捕，并投入杭州水牢，听候处置。钱元球听说钱元珦被拿，迅速做出了反应。由于钱元珦被押的水牢，恰离钱元球一处宅邸不远，钱元球无意中探知一地下水路会路过钱元珦所处水牢，于是命手下制作蜡丸书，并在丸上系一红绳，于自己宅中投入，蜡丸书于水中漂至钱元珦处，钱元珦借此丸书背面再写情况，并沿原路返回钱元球府中。凭此"蜡丸水路传书"，钱元球与钱元珦终而谋定，当年四月初五共同举兵。钱元珦将明州守卫部队调出，集于杭州城外，概有三万左右。钱元球集结自己所辖内卫三千余众，与钱元珦部队里应外合，双方同意入夜之后，城头举火为号。双方商定之后，钱元球回府安排自己府内事宜，防止一旦有失自己家属会有任何闪失。不过钱元球的夫人比他想得更早一步，她率先集结自己的一众人连夜出城而去。钱元球也不敢声张，悄悄派人去追，却终未追上。

正在钱元球担心自己的计划会不会由此泄露的时候，效忠越王钱元瓘的部队已将钱元球的几处府邸全部围住，并同时将钱元珣从水牢中揪出，一同押在钱元球府中。未及天明，钱元瓘来到钱元球府上，府中内卫此时已被越王控制。他低下头问被缚的钱元球和钱元珣二人："如若不是我那王后夫人在宫中听说，之前跟随她多年的丫鬟，今夜莫名被王妃裹挟出京，我还真就被你二人蒙在鼓里了，但我钱元瓘命不该绝。元珣，我太天真，你被押在水牢之中，我还想着有没有可能饶你不死。但从我看到你们的第一封蜡丸信开始，我们的兄弟之情便已断绝。我今天处决你们二人，也对得起先王的英灵，依他亲口所说，凡钱氏子孙，忤逆者、残暴者皆杀无赦。现在你们还有何话说？"听到钱元瓘终于揭了他们的老底，元球、元珣兄弟除了伏法，再也无话可说。处决了钱元球、钱元珣兄弟，钱元瓘的势力得到空前巩固，再也无人敢染指吴越王的权威。公元934年，后唐封钱元瓘为吴越国王。后来后晋与后唐更迭时，钱元瓘一边向后晋称臣，另一边，还向当时杨吴的权臣李昪遣使，并极力劝进，望其称帝。事实证明，钱元瓘这种看似押宝的行为都押得极为准确，这也使得偏居的吴越国没有受到外力的干扰。

但好景往往不长，经历十五年的好光景，钱元瓘终而在后晋天福六年（941）因病而逝，年仅五十五岁。因为钱元瓘内治外和，所以从来不会树敌，但也正因为他这种英明睿智、无为而治，也为他的身后埋下隐忧，尤其在对权臣的治理上。钱元瓘的继位者钱弘佐是一个年仅十三岁的孩子，一时间主少国疑。这种情况的出现，也是因为钱元瓘崩逝得突然，而令他没有想到的是，就在他辞世的前一年，他一直都非常看重的公子钱弘傅突然暴亡，使得吴越的世子之位出现了短暂的空缺。钱元瓘急命加封当时身无寸职的钱弘佐为镇海、镇东两镇节度使，而当时钱弘佐也才十二岁。

钱元瓘对刚刚升任节度使一年、刚满十三岁的钱弘佐怎么可能放心呢？他在生命的最后时刻将钱弘佐托付给内事主管章德安，章德安只是一个内事总管，并没有那么大的权威来维护大局安稳，所以，难免有人发难。内牙指挥使戴恽觉得以自己的位置可以不顾及章德安的想法，他谋求改立钱元瓘三儿子钱弘侑为太子，而且还叫嚣说，钱弘佐在一年前还是一个素人，怎么能跟三公子弘侑相提并论呢？三公子才是真有才学，能治理吴越的那个人。此言一出，惊动朝堂，大家也并不敢轻易表态，但大家达成共识：把先王的丧事办完再议不迟。

钱弘侑有才能不假，但钱弘侑有一点缺欠：他并不是钱元瓘的亲生儿子，而是钱元瓘的养子。纵观五代中原王朝，养子勤兵乱政之事层出不穷，钱氏吴越不可能任由一个养子来继承祖业。所以，朝堂之上，大家都不表态，就意味着钱氏宗族对养子的最终态度。

在钱元瓘大丧过程中，温和不争的章德安一直在联系越州的兵力悄然入杭，就在丧事的最后一天，章德安挟三千多兵马将灵堂围住，戴恽和钱弘侑二人被擒。章德安一改之前温良之态，直宣钱弘佐诏书，大骂戴恽乱臣贼子，并当众将戴恽斩杀，同时将钱弘侑贬为庶人，幽禁明州，并将二人的兵权全部解除。章德安一招扮猪吃老虎，及时将一场一触即发的政变化于无形。可章德安也并非全能，在这种国主年少的情况下，需要有影响力的大臣来辅政是赤裸裸的现实。钱元瓘在死前并没有指定任何一位辅政大臣，那就应该威望高者居之。阚璠自从位居内牙左军都指挥使之后，自恃功高，完全不拿钱弘佐当一回事，由于他还是钱弘佐的外戚，所以大小事务，钱弘佐都有赖于这位"舅父"。钱弘佐年纪小，很多时候依赖舅父为他定夺一些大事，而章德安则被这位舅父大人排除在了议政圈之外。

立威的起点，始于一次选妃。钱弘佐一直倾心于章德安妻弟的女儿，但阚璠有一个远房侄女，也被介绍给钱弘佐。当章家的侄女和阚家的侄女摆在一起时，阚璠居然以军情为由，持剑入殿，而对这种在平素会被判逆罪的行为，钱弘佐表现得很容忍。在带剑面君的阚璠的威逼之下，阚家侄女最终被选中，而且没有多久就被立为皇后。这样一弄，阚璠就成了国丈级的人物，而且持剑面君，明显就有挟持越王的意味。自那以后，吴越大小之事皆须请阚大人初定，然后再呈越王。阚璠由此一直把持朝堂中枢，甚至吴越选人用人皆由阚氏定夺，钱弘佐几成傀儡。钱弘佐看起来虽羸弱，却有一颗不屈服于命运的心。他决定用他自己的方式来解决眼前的问题。

钱弘佐发现，与阚璠位子相似的内牙右统军使胡进思经常不与阚璠一同上书，当阚璠大放厥词时，他经常在一旁低头不语。而且他还和内都监使程昭悦时而小聚，经过钱弘佐派人几番观察，最后决定，在越王宫外的茶楼二楼一间雅室里，钱弘佐微服接见胡、程二人。胡、程二人被内侍长屈成卫带到茶楼，心里还在奇怪，却发现越王钱弘佐一身便服坐在堂中，二人连忙叩拜。钱弘佐却说："免了，这是在茶肆，万不可被人发觉。本王已观察二位有些时日，觉得二位定是愿报效先王的不贰忠臣。"胡、程二人听越王这么说，连忙再次叩拜称："微臣不才，愿为越王肝脑涂地。""本王计划让二位帮我除去一个人，内卫左统军使阚璠！"二人听罢惊得说不出话来。越王又问："怎么，你们不愿做？"二人忙称不敢，马上就去布置。越王允诺二人，一旦事成，一定重重加封二人。

是年隆冬，胡进思突然请阚璠过府饮宴，称自己得来几个绝色美女，还有几块疆外的奇石，请阚将军一同过府鉴赏。阚璠除了有点好色之外，还对奇石莫名地钟爱，家中奇石装满了三个院子，而且很多奇石被称为无价之宝，连钱弘佐都曾经好奇地去他的府内观赏奇石。所以但凡提起奇石，阚璠多半没有太大的兴趣，但这次不同，胡进思说他得到的是重达三十斤的一整块玻璃种玉，而且整玉虽被一缕杂红染透，却还不失透明本色。说得阚璠一下子来了兴趣，中午刚下朝，就想着去胡府一探奇石真容。

阚璠每去探石，多只带亲兵数人，从不张扬。这次过府观石，带队亦然。但当阚璠刚进胡府大门，便感觉不对，胡府上下，祥和中透着戾气。阚璠转身想走，却发现胡府大门已经紧闭。胡进思恰时出来迎客，连称，府内平素会将大门封闭，只有贵客到来才会打开，但关闭后还是会留一扇东边的角门。此时，东边角门不断有下人模样的人进入，而且都搬运着各色玉器。阚璠一看，放下心来，觉得胡进思也算是他的故交，而且从来行事谨慎，便跟随胡进思进入后院。饮宴席间，阚璠一再称想看那美玉真颜，胡进思却一直对阚璠敬酒，而且有美艳女子席间歌舞，阚璠多喝了几杯，有些半醉。胡进思向他敬上一杯好酒。阚璠精通酒理，却看到那杯"好酒"，似有薄雾，浮于杯端。顿觉此酒有毒，一掌将酒杯打落在地。胡进思连摔杯为号都免了，埋伏在院中的刀斧手冲进来将阚璠斩杀。

钱弘佐利用胡进思与阚璠之间的嫌隙，巧妙施计，终将越王权力夺回，这一年，钱弘佐也不过是一个十八岁的少年。钱弘佐勤勉好学，一直都被认为孱弱可欺，未料到弘佐最后也会完成这种"刺董"一般的伟业。钱弘佐不仅治国自有一套章法，诗词也可称一绝，他对吴越国的热爱与期望，从他的诗中可见一斑：角黍佳辰社稷宁，灵和开燕乐群英。樽前只少鸰原会，百里江城隔二城。可惜这位少年英主，并不是一个长寿之君。公元 947 年，钱弘佐刚刚二十岁，便突然离世，给世人留下一片唏嘘。钱弘佐去世之后，即位者仍然采取"兄终弟及"的方式，由钱弘倧即位新一任越王，而钱弘佐与钱弘倧恰好分别排行在六、七。

钱弘倧即位之后，越王权力受到了极大的掣肘。最大的阻碍，恰恰来自为钱弘佐平乱的功臣胡进思。胡进思完全复制了当年阚璠的独断专行，钱弘倧的处境像极了当年的钱弘佐。钱弘倧不服，便串联内牙指挥使何承训，命他想办法将胡进思拿下，以去国之大患。但在动手时机上，钱弘倧一直迟疑不决，下不了最后的决心，最后何承训的计划被部将告发，何承训被俘。胡进思起初并不相信钱弘倧有杀他的胆量，可在中秋节一次吃酒时，钱弘倧喝醉了，当着满营众将的面，展示出了一幅《钟馗捉鬼图》，胡进思这才相信钱弘倧果有害他之意。胡进思本想将钱弘倧杀之后快，但他不愿担负弑君的骂名，就将钱弘倧软禁在义和院，对外谎称钱弘倧中风，转而欲将钱弘倧之弟钱弘俶扶上越王之位。钱弘俶听说之后，向胡进思提出一个请求，请求放他的兄长钱弘倧一家老小一条生路，否则这个越王他将坚辞不受，胡进思最后勉强答应。

钱弘俶即位之后，为防胡进思再次加害钱弘倧，便将钱弘倧全家老少都接到越州，而且派出心腹爱将把守，其间胡进思果然多次派出刺客去刺杀钱弘倧，但都被弘俶派人击退，钱弘倧居于越州二十余年得以寿终，被钱弘俶葬于会稽山。

钱弘俶不但对兄长钱弘倧极尽仁慈之心，对胡进思也爱护有加，在他看来，所有的争端无非是因为私欲，而进展到家国之端，无非是一个"怕"字，你怕我加害于你，所以才先下手为强，莫不如大家都以仁慈之心对待彼此，世界仁和善平，少事无争，终而其乐融融。钱弘俶是继南北朝梁武帝之后最著名的一位佛教徒，杭州著名的雷峰塔和净慈寺都是在他的主持下修建的。雷峰塔原名皇妃塔，是为他钟爱的一位皇妃而建，但由于修建多年屹立不倒，进而延展出蛇妖传说。而在西湖一畔半山的净慈寺，也是钱弘俶某次在西湖游玩时迷路而发现的俯瞰之所，他决心在此修建寺庙，正是为了将善法萦绕在杭州上空，使国善、人善、心善融入吴越的治策之中。

当中原政权改弦更张，最后由赵氏兄弟建立大宋帝国的时候，钱弘俶奉先主之命，向中原称臣，自不必说。而更令赵氏兄弟动容的是，钱弘俶居然自更姓名为"钱俶"，以避赵匡胤之父赵弘殷之讳。当赵宋发兵闪击南唐的时候，吴越配合赵宋攻击南唐南境，最后与赵宋之兵会于金陵，这一年是公元 975 年。因为历来越王不称帝，而钱俶也万般小心，并不与赵宋争夺任何利益，最后居然到了赵氏兄弟不忍攻击吴越的地步。而钱俶显现出来的坚忍，在五代所有帝王之中，几无出其右者。公元 975 年末，钱俶入汴梁向宋廷表贺，而赵匡胤居然拉住钱俶的手，非常热络，等到赵光义来了，赵匡胤居然提议三人结拜为异姓兄弟，钱俶坚辞难从。最后赵匡胤将钱俶亲自送出汴梁城，临别之时，钱俶说，皇上对臣的恩情，钱俶此生穷极，无以为报。皇上所耽之事，也正是钱俶所忧，此行汴州，此事应该有一个结果才是，皇上稍等些时日，定会有钱俶的好消息传来。

三年之后的公元 978 年，钱俶入汴京，自献疆土于宋。赵宋先后封他为淮海国王、汉南国王、南阳国王，但都被钱俶以不再称王为由婉拒，最后宋廷封他为许王，后又进封邓王。公元 988 年夏八月，逢钱俶六十大寿，饮至深夜，于家中暴亡，被赵宋追封为忠懿王。钱俶一生并无祸事，只因他对世事看得通透，在能舍能得之间他都会选舍，能争能放之间他都会选放。再加上，钱镠当年的祖训"永不称帝""永事中原之国为正朔"，不知为其挡下多少灾祸。钱俶这一生，轻舟摇扇，并无波光，在他所作的诗句中，多以心平气和之意境为主，他在小诗《舟中》中写道：轻舟画舸枕江滨，眼底波涛日日新。瞑目稳收双足坐，不劳讯问醉禅人。

第十一章
王屠户举义光州　三兄弟疾驰入闽

　　吴越国绵延久远，看似人畜无害，实则暗藏玄机。吴越国历任国君的偏居安忍，五代所有帝王无法比拟，但这并不代表吴越国与世无争，或是屠弱无力。就在吴越国最温婉的国君，喜好以作诗为乐的明主钱弘佐主政期间，吴越国国力达到另一个极盛期，其中最重要的标志，就是与南唐分食了南面的闽国，后晋开运二年（945），吴越国与南唐瓜分闽国，吴越军占领闽国国都福州。

　　提到闽国，就不能不提到闽国的开国元勋王氏三雄，然而王氏三雄却在开局之初，是中原一个小藩镇之主的小跟班出身。公元881年，黄巢势盛，处于蔡州的秦宗权，以讨贼为名，向唐廷僖宗索要更多钱财。但秦宗权只在蔡州周边有些势力，对更远地方并无太多影响，秦就想出一个借力打力的方法，那就是向唐廷要官，然后卖给地方豪强，借以敛财。当时光州有一个屠夫王绪，他在光州屠户之中人脉颇广，他笼络人心，拉帮结派，被人称为"屠帮"。任何屠户有难，都会有很多屠户加入帮衬之列。光州刺史柳以耽的官是捐来的，为了更快回本，就向以王绪为首的屠户加征"屠税"，每屠一猪加征十二钱。十二钱好似不多，但光州屠户多达万人，每户每天都会屠掉二十多头猪，屠税每日多达百万钱。王绪尝试与柳以耽商议此事，但柳以耽并不买账，并称屠税是朝廷所加，他只管执收，并无商量余地。王绪回到家里，已发现围了满院屠众，个个义愤填膺，言必称反。王绪几经安抚之后，向柳以耽府中发一屠猪，周身用墨写一个硕大的"柳"字，并称是福州运来的良猪，当地称之为柳猪，因其肉细腻，不与别同，故献于大人。

这种借猪恐吓，王绪也是不得已为之，本以为民愤之下，柳以耽会有所退让，可柳刺史非但没有改变初衷，却将王绪抓捕投入死牢。王绪仁义，在屠帮之中威信甚高，柳猪之计也是为了光州屠众。未及秋后，只到夏中，众屠户就在王绪内弟刘行全引领之下，将屠刀集起，趁某日夜将柳府围困，未及柳以耽筹兵，便将其如猪一般屠于街市。由此，众人拥立王绪为主，于光州自立。此后又攻占寿州。但毕竟此义军在蔡州管辖以内，秦宗权为平息事态，便派人游说王绪说，朝廷可委其为光州刺史，但需要光寿义军归集在蔡州麾下，并奉以二百万钱，便可平息此事，同时还得到堂皇官职。王绪觉得造反难久，招安不失为妙计，便答应了秦宗权，至此他便成了光州刺史。而光、寿二州，秦宗权也不再染指，成为国中之国。

　　光州境内有一县，名曰固始。县中有兄弟三人，大哥王潮，二哥王审邽，老三王审知，唐末以来，太平光景难再，兄弟三人一直有投军之心，而他们又一直仰慕王绪的屠帮，趁王绪起事，他们三人便将固始县房产变卖，来投靠王屠户。光州弹丸之地，王绪和王潮兄弟还是一门远亲，废产来投，王绪又正值用人之际，便收下三人。王绪命王潮为军正，就是处理军内供需之事，而审邽、审知兄弟也帮衬王潮，将光寿军的后勤打理得井井有条。

　　本来光、寿二州一切安好，哪想，秦宗权与黄巢对垒，居然投降了黄巢，这一下改变了王绪的初衷。如果再跟着秦宗权，那就是叛军，有可能站在唐廷的反面。如果与秦宗权翻脸，又将可能受到秦的征讨。唐军在朱温率领之下，将黄巢困于山东虎狼谷，并向全唐英豪发出召令，希望大家都加入围剿黄贼的队伍中来。机会摆在眼前，王绪却为难了，如若他引兵去投朱温，那秦宗权将对他不利，如若此时他不站在朱温一边，那日后一旦朱温得势，他的日子也不会好过。所以，王绪几经考虑，还是决定让王氏三雄代他走一趟虎狼谷。虽说王氏三雄并没有王绪本人的分量重，但毕竟是王氏的远亲，剿贼方面，王绪一定是身先士卒的。而他本人不去虎狼谷，一旦秦宗权追究起来，他也好有个交代，只说那兄弟三人不服管束，也好应付过去。不过虎狼谷一役大大超出了王绪的预想，唐军大胜，并将黄巢一举剿灭在山东。在多路队伍中，光寿军也有其分量。可正当王潮兄弟想返回光州之时，朱温为天下豪杰摆下上源驿一宴，在杨行密的预判之下，只有李克用最终赴约，其余众人皆全身而退。王潮想直接回光州，却被王绪制止，说秦宗权不可能容下王家兄弟，莫不如先去出产柳猪的闽地暂避一时。由于光州王绪在福州订购柳猪的关系，他在闽地的人脉居然比光州还要好一些，于是兄弟三人没有回光州，而是顺势南下。

公元 885 年，王绪万万想不到，秦宗权在黄巢败亡之后，居然在蔡州公然称帝，围剿的大军很快杀到河中。这种情况下，王绪无论如何不可能与秦宗权站在一队，否则必被视为逆贼无疑。可一旦秦宗权得势，王绪也很难站队，他是投秦不成，反秦也不妥。最后，王绪想起了还在闽地避祸的王氏三雄，莫不如索性放弃中原腹地，直奔闽地而去。王绪的逃亡之路并不平坦，他不可能大张旗鼓南下而去，而是将队伍化整为零，让所有人都化装成难民分成五支小队，每队千人，随大股难民前往江西。当时江西还在唐廷管辖内，杨行密也没拿下淮南，方有可乘之机。在武夷山附近，王绪遇到了他的妻弟刘行全。在武夷山之地短暂集结之后，他率五千精兵进入闽地。

已然等候多时的王潮三兄弟，听说大哥奔闽而来，赶忙携家眷向武夷山集结。以王绪的想法，他不能引兵去往福州，因为福州识得他的人过多，只有占据之前未及之地，才不至于把消息泄至中原。他命迎他而来的王潮兄弟转头去往漳州，兄弟三人不解，问为何不去福州，王绪不想解释，命他们从命便是。但武夷山路难行，王氏兄弟还带着年迈且双目失明的老母董氏，董氏行进很慢，最后导致全军行进速度减缓，王绪听说了非常生气。他很担心秦宗权从北追来，更害怕漳州守将短时间内得知他们的主攻方向，一时急火攻心，径直冲入王潮帐中对他说："大丈夫应以建功立业为本分，成天带着这个盲目的老母，何时才能成事？莫不如你们兄弟做一个决断，就将你母的坟址选在这风景如画的武夷山如何？"王潮听罢非常惊讶，回话说："如果我们建功立业，最后却不能孝敬母亲，那这功业要它何用？"王绪一看辩不过王潮便丢下句话："若是因你母耽误了全军的行程，我必拿你兄弟是问！"事后王潮跟审邽、审知兄弟商量，王绪果然屠者性鲁，居然到了母不相认、丢杀至亲的地步，最后决定抗命王绪。王绪一看兄弟三人最后因为老母要跟他拼命，话也软下来："看你们至孝若此，就不再追究，但必须有一个人专门背负你母行军，再不可以耽误行军速度。"见王绪做出妥协，三兄弟算是缓过一口气，三人决定接力，每人背母亲行军一段。虽然王潮三兄弟抗命在先，但他们这种至孝仁义，在军中迅速流传。

王绪带领着一众穷途末路的士兵，最终占据了漳州之地，将唐廷委任的刺史杀死，王绪转而自命漳州留后。占据漳州之后，王绪的屠户本性再次萌发，每每他开始一年杀猪生意的时候，总是要见一下他奉为"刘神仙"的一位"仙师"，而他千里迢迢从光州赶到漳州，居然是一直带着刘神仙一同逃亡的。刘神仙见他心诚，便说要看一看他们这支队伍的气度如何。没过几日，刘神仙便对王绪说："你们这支队伍未来机缘不错，似有帝王之相，眼见军中一股王气腾空而起。"王绪听罢非常高兴，正欲重赏，听刘神仙又说："虽有帝王之气，此气的根脉并不源自王将军府上。"王绪一听精神骤然紧张，难道自己辛苦创业，最终都是为别人作嫁衣裳不成？忙问刘神仙那王气终落何方。刘神仙答，看似就在你这军营之中，我却辨不出王气的根源。

王绪这一卦算的，自己非但没有任何兴奋感，还生出许多夜不能寐的忧心。他就是想知道，到底哪一个才是天命之子，胆敢夺了他王屠户的江山。一个算过命的人，知道了自己的命格，便像是被种下了心锚，无时无刻不在想着这一件事。王绪从此心绪大乱，看谁都像是要谋取他江山的乱臣贼子，在军中，人们看到的结果便是，王绪各种毫无来由地找借口杀掉自己创业的兄弟。一旦有人在军中表现出过人之处，就一定会被王绪杀之后快。光寿军中，每个人都处于五内俱焚的心乱之中，其中当然也包括王潮三兄弟。

王潮并不是没有规劝过王绪，但王绪就好像中了邪，似乎此时他只相信他自己。但光寿军担不起这种无处不在的猜忌，很多人都在想着如何逃离漳州。一日，王潮在家中召集兄弟吃酒，但来者并不只是王审邦和王审知，一营众将之中，偷偷来了十之有八，众人皆问一事：不能坐视被王绪暗算，将军打算何时动手？

王潮本无意谋害王绪，那是他们起事的大哥，可从前前后后发生的这些事来看，王绪现在的心境无法容下他们这一众兄弟了。光寿军的命运，此刻就在王潮的一念之间。王潮被一众兄弟推举着，暗暗成了光寿军的新首领。他们趁着夜色起事，将王绪府重重包围，王绪发现军队将有哗变，可为时已晚。王潮将王绪逮住，痛斥他因为猜忌滥杀无辜，却只换来王绪一句冷语："哼，我谁都想到了，却没有想到是你。早知连你也早早办了便妥帖了。"王潮并不想与王绪为伍，便对众将称："王绪不仁，你我兄弟不能不义，他毕竟是带咱们兄弟来闽地的兄长，我们可以令他禁足，却不可伤他性命。"于是派人将王绪幽禁于漳州，然后升帐议事。

自从光寿军进入闽地，就一直空度虚耗，并没有对外开辟领地。之前王潮兄弟所处的福州，柳猪源地民众，对王氏兄弟印象极佳，而福建观察使陈岩虽对百姓不薄，却缺乏对百姓的统合之术，被百姓认为过于温顺。王潮对陈岩有所敬畏，并不想取了福州，却看上了福州与漳州之间的泉州府。

泉州府距福州、漳州距离相同，民风淳朴，驻在这里的唐将是陈岩的副使郑良同，由于陈岩与他很多想法不合，二人分处福州、泉州二地，互不干涉，平素也少有往来。陈岩年迈，郑良同三十有五，王潮对泉州围而不攻，审邽、审知兄弟不解，问王潮，围困泉州数日不攻，难道哥哥是想让陈岩来寻救兵吗？王潮说非也，其实此时正赶上泉州的渔季，一旦开战，鱼汛就将错过。泉州地狭水长，百姓每年只靠两次的渔季过活，如果你我兄弟为了一己私利，即时攻城，泉州港边所有的渔夫势必被郑良同征来作战，如此岂不是耽误了泉州百姓的生计？兄弟二人听罢恍然大悟，原来看似贻误战机，实则是哥哥用心良苦。

但另一个问题来了，如若等泉州渔季过去，那泉州势必物资丰足，恐攻城更难。王潮说，不急，你二人且带足够的布匹、粮食到泉州外海岛屿，然后命军卒着便衣与渔民交易，记住，只是以物易物，并不拿银钱进行交易，而且钱粮也只是占很小比例。虽然光寿军布衣交易，但他们维护百姓不被战乱袭扰的消息却不胫而走，泉州百姓觉得王潮此人与别人不同，他内心之仁可纳江海。郑良同虽也是猛将，但战端未起，民心已失，深知这一仗打不得，王潮年纪虽轻，却有如此胸襟，赛过当时大半英雄。郑良同未出几日，便着布衣出城，献城归降。泉州免除了一场大战的伤痛，而王潮的威望之高，在南闽之地前无古人。

就在大家都以为王潮必攻福州之时，王潮却将军队驻于泉州，不再行进。这个时候，从福州传来消息，福建观察使陈岩上表唐廷，举荐王潮为泉州刺史。王潮诧异，此前并未与陈岩有过交集。没过几日，陈岩的书信和朝廷的封赏同时到达，陈岩在信中说，君在福州时，未尝有幸与君同饮，现君取泉州，君之宽仁，皓月当空，南闽之地，众人仰望。今愚兄向朝廷上表为君请官，希将军不要推让。王潮看罢很感动，当时就给陈岩回了一封信表示感谢，以后福、泉二州，多亲多近。如此交流，暖意融融，又何来的战端呢？

福、泉二州的交集，还不止于此，陈岩更让他的两个儿子来到泉州向王潮兄弟学习武艺和兵法。陈岩二子非常上进，这种以子拜师的礼数，让王潮无论如何也不可能再对福州有什么非分之想。陈岩算计了很多，他深知王潮是宽仁之人，所以以仁攻之，最为妥当。可他千算万算，还是没算到自己的结局。唐大顺二年（891），陈岩突发疾病病故，整个福州群龙无首，陈岩两位公子回到福州，由长子陈延晦主持大局。但陈岩的妻弟范晖却发动兵变，一举控制了福州，并自命福州留后，欲主持福建大局。

陈岩健在时，一直以德治国，所以福州百姓对陈岩感情颇深，但范晖夺权后，根基并不稳固。王潮本无意福州，但福州突然有变，陈氏二公子被囚，他不可坐视不管。他派出王审邦留守泉州、漳州，然后命三弟王审知为都监攻打福州，此间，逃出的福州刺史钟全慕逃到王审知大营，举籍归降。王审知与钟全慕商议，是否可从海上多一路攻打福州。听说王氏兄弟要攻福州，泉州、漳州渔民争相将自己的大小渔船供给王审知使用。福州水军虽然逃出不多，但还是临时招募了一些渔民为水勇，跟原福州水军一起，集结船只三百余条，在福州外岛听候王审知号令。这是王审知第一次自主作战，他便向福州城内放出假消息，说光寿军欲将福州上游水源断绝，然后计划困守半月。范晖听说此消息，大惊，入夜引兵出城去看水源，结果被王审知截断后路包围在长乐一带，范晖在激战中战死，防守本就不强的福州被另一路水军钟全慕部攻陷。王潮听到福州被钟全慕收复后，便想折返回泉州，正在此时，陈延晦与钟全慕将福州城门打开，鼓乐声起，迎请王潮进入福州。

原本南闽之地就不算大，山地占据七成，只有近海之地还算富庶。此番王潮入福州，就占了南闽之地的漳、泉、福三州，这样南闽之地就几乎尽归王潮。没过多久，王潮就命部将向西冲杀，一直将势力扩展到武夷山以西，并派多将把守关隘，闽地几乎成了一个与世隔绝的桃源之地。但王潮征战多年，旧疾未愈，就在统一闽地全境时，确诊了痨病。虽经各路医家救治，但一直未见好转。这个时候，唐廷委任王潮为新任福建观察使，王审知为副使，王审邦为泉州刺史。王潮自知命不久矣，便将王审邦、王审知二人唤来"议事"，但二人都清楚，王潮要立一些遗愿。

王潮在福州府内备下酒宴，却并没有山珍海味，只是粗茶淡饭。等王审邦、王审知二人坐定，王潮站起身来，走到堂下，对着两位弟弟深鞠一躬。审邦、审知二人腾然站起，王潮说："审邦、审知，你们坐下，我有话说。"二人再次落座后，王潮又说："咱们父亲死得早，母亲还一直生病，一直都是我带着你们长大。本来也可以不投军的，只在县里做些杂役也可了却此生。但哥哥不服啊，哥哥想，咱们兄弟无论何事都不在人下，所以，追随王绪来到闽地。我也没想过，可以借陈岩哥哥的势，最后做到福建观察使。可是，人的寿禄是注定的，我可能没有多少时日了，你们那几个侄儿也根本没有哪一个有那个气度能撑起这么大一片家业，所以我想跟你俩说，我想等到我那一天的时候也来他一个'兄终弟及'，就是不知道，你们俩，谁有这个胆量来承接这片家业？"

王潮话刚落地，王审知就再次站起，向二位兄长鞠躬："哥哥话扯远了，哥哥寿禄还长，即便有百年之后那一天，那也是二哥来接您的班，我只愿为二位哥哥牵马赶车。"王审邦说："老三，你这话就外道了。我不跟你俩客气，我且说一句真言，大哥这病确实有危，早做打算，人之常情。"看到王审知想说什么，王审邦连忙举手示意他"先听我说"。"兄终弟及当然是好事，但弟及也需要有相当的本领和气度才行，我更看好三弟。我嘛，在固始的时候，就是做备粮备马的活计，所以，也千万别让我做大元帅，我真的干不来。不过，我也真是希望大哥可以医好此病，福寿绵长。"王潮听完二人的话，眼泪滚落下来："有你俩这些话，我戎马半生也算值了。"话毕，三人抱头痛哭。王潮并不是说说而已，在他还没生命之忧时，体力已然不支，他便早早将大位让给王审知。从此，王审知成为福建实际的统帅，被唐廷委任为福建留后。公元898年冬，王潮与世长辞，巧的是，就在他死前一年，王绪也暴病而亡。

从此以后，王审知所统的"光寿军"被唐廷改名为"威武军"，并封王审知为威武军节度使，并封琅琊王。到了后梁代唐之后，王审知向梁称臣，后梁朱温最终封他为闽王，同称福建大都督。

王审知已经是闽王了，却坚持于宫中深居简出的风格，接见使者也多半隔着珠帘，很少有人见过闽王的真容。王审知被哥哥王潮托孤说，闽地有待开化，却民风简淳，尽力实行新法。闽地山地多，而良田鲜少，汝应更多体察民情，为民谋益才是。王审知虽贵为一方之王，对兄长的话却一刻不敢忘却。他的后宫只有一后三妃，所有器具都以简朴为美，极少奢华。一旦有中原大国或是杨吴来使送来精美器具，王审知多半差宫内亲近之人，送去深街当铺于月中行当。深街当铺其实也是王审知亲信所开，只是低调行事，并无张扬，对买主往往对半收取当资，所以关注者少之又少。

闽王深居后宫，并不是因为闽王有什么独特癖好，而是方便微服而行。每到月初的十天，都是他微服出访的时候。他非常喜欢去汀州附近的山里那些穷苦无依之所，探访百姓如何生计。高兴起来，就在山间择一茅屋睡下，次日被山间鸟鸣叫醒，王审知对这种生活相当喜好。他最爱的，就是去闽江上游钓鱼，然后拿个鱼篓去市集贩卖。他如此行事，最劳累的莫过于他的贴身侍卫，一般都会有五个顶级高手环绕于周。

在市集之间，闽王惩处一些行霸恶人自然不在话下，但更重要的是寻访一些闽地的商机。比如，他在汀州的市集就发现，来市集的武夷百姓，会有一些零星的贩茶之人，他买了一些回去发现，这种茶的味道异常浓郁，且有回甘，便一刻不误地张罗手下人去往武夷深山。在汀州深山中，王审知寻到一位老汉，名叫陈赶。他是一个樵夫，因为有一位医者委托他入山去寻药材，一次他山中迷路，发现了一处人家，那人家里只有一个盲眼的婆婆，当问及药材之事，婆婆说，那峦山顶上，有一株茶苗，若你能采到，定能医好很多人的病。陈赶忙问，那你为何不用这茶苗医好你的眼疾呢？婆婆说，我一个瞎了眼的，哪里上得去那么高的山呢？再说，我今年八十有九，为了我这双老眼，又何必祸害了那么好的茶苗？

陈赶按老婆婆的描述上山去采，果然在峦山的山顶看到了那株茶苗，但茶苗位于悬崖之上，陈赶一连试了四次，才将那茶苗带出峦山。可当回到那户人家的时候，却再也见不到那位老婆婆。后来人们就传说那位茶婆婆是观音菩萨化身而来，给闽地送茶苗的。王审知听说陈老汉为了得此茶苗付出千辛万苦，连忙向陈赶深施一礼，并表明自己的身份。陈赶吓得连忙伏地不起，连称罪过。王审知却哈哈大笑，命手下扶起老汉，然后说："我闽地地处封闭，物产匮乏，得此茶苗实属不易，更似有仙人指点。而此茶苗又生于武夷岩缝之间，莫不如，就称此茶为'武夷岩茶'吧。"由于被闽王定名，武夷岩茶瞬时成为街谈巷议的名茶。而闽地就此将茶苗培育成株，进而广泛种植。武夷岩茶的产量以每年增加两成的速度增长。就连吴越国和杨吴都派人来购买此茶，吴国和吴越的品茶人讲，这种岩茶茶味醇厚，而且回甘浓郁。至此，闽地开始了大范围种茶的历史，而且很多之前山间的偏僻之地都被开垦成产量颇丰的茶园，仿佛一夜之间，闽地的可耕之地又多出近万亩。而福建的茶叶种类也由此多出数倍，各州府的市集多以茶叶交易为主，茶叶由此成为闽地的重要生计品种。

三闽之地，除了农桑茶果之外，王审知似乎再难找出更好的方式来增加百姓生计，在茶园盛行之后，似乎再难找到更好的办法来增强国力。王审知为此茶饭不思，此时内侍总管周朗来给闽王献茶。王审知根本没有心思品茶，但周朗却说，他有定国之策，可待闽王饮茶之后再禀王知。王审知忙喝了茶问道，有何妙计，快快献来。

周朗道，据说在那沙县三元镇，有一位林栋先生，人称"竹林怪杰"。每日居于深山偏土之间，以教书育人为业，却也耕种三亩薄田，每天傍晚抚琴对诗，说是"只待有缘人上门"。据闽地百姓讲，这位林先生讲习之时，对时事多有见解，称北面的杨行密必能成气候，却要提防北面的朱温。吴越的钱镠也是妙人，只是过于墨守成规，并无狂浪之风，未来定鼎中原者，应自闽地而出。对于当年的王绪，他称之为市井之徒，不足为惧。提起王氏三雄，他虽称赞不已，却最后说出"豪杰总被淹没，五年之内便知众出者谁"的话来。王审知知晓，林栋所说的"众出者谁"明明是在说自己，于是决定换上布衣再次微服，前往三元。

没过几日，王审知携周朗等人来到林栋先生院前，本以为是一出三顾茅庐的情节，却在门上看到"避让官家，屋主出游"的留字。王审知连称惊奇，心想林先生是怎么知道我要来探访他的呢？于是便去往最近的三元市集探访民情。市集之间，王审知发现一位卖字画的先生颇为惹眼，因为他卖字画的摊子旁边放着一个鱼篓，篓中游着几尾金鱼，既不像卖字画的，更不像打鱼的，几尾金鱼，食之无肉，观赏也不值几个钱。可那先生却说，此鱼才是画的主人，因为每晚夜半时分，金鱼都会出来作画，有次被他发觉，那作画的金鱼居然是一位美丽的小姐。王审知上前搭话，称愿出二百钱买了这画和这鱼，但先生却并不肯卖，因为这卖画并不是本业，卖鱼更不是初衷，而是这三闽之地，有鱼有景，才能养育这看似贫瘠之乡党。

王审知听出个中原委，却也不作声，坐在一侧一直等，等到太阳西斜，集市人流散去，他向卖画先生施礼，连称"受教了林先生"。卖画先生一听吃了一惊，说我并不姓林，卖画也是受人之托，这些说辞也都是因老先生请托而讲，并不知其中深意。王审知忙问请托之人何在，卖画先生一指身后的茶楼，只见一白发老翁在二楼窗口正向这边作揖。

王审知迅速上楼，却见那老翁已然跪在当场，忙问老翁，这是何意？老翁高声道："闽王驾到，小老儿失礼啦！"王审知连忙扶起老人，哈哈大笑，直说："原来我微服之事全都在您的掌握之中啊。"老翁连说不敢。老翁称，他便是林栋，早知闽王前来请他，实是不敢自比诸葛，于是在这集中暂避一时，没想到闽王引队追来。王审知称："我说话喜欢开门见山，我想请先生出山助我治理三闽之地。"林栋忙说："小老儿年事已高，不便再出山做什么官职，只是我有两个徒儿，一个名曰陈景，一个名曰张恕。此二人跟随我多年学习些粗鄙之术，希望能助闽王做些有助于三闽之地的事。"

闽王遂请陈景、张恕二人出山进入闽地中枢理事，但张恕肺病多年，实在无法承担理政之事，于是几次三番向闽王请辞归隐，闽王最终应允。张恕在回乡之后不久便不幸亡故，闽王为张恕大办了七天的丧事，以国士之礼待之，还将张恕的子女接到福州，且追拜张恕为公卿。陈景被拜为闽国内牙都指挥使，实则就是王审知的高参。他给王审知的第一策就是，开辟海上贸易。三闽地处边地，与中原相比，农产不兴，那就必须由贸易来补。因为番邦均喜好中原的茶叶和织品，这两样又都是闽地的特产，闽地可以通过贸易，用茶叶和织品换取更多的象牙、犀角、珍珠、香料等，而中原上国，一般都对这种番邦奇物异常有意，他们愿以中原的铁具和器物来换取这些东西。那就需要闽地有几个高规格的良港来容纳番邦的海船。第一个需要建设的就是福州的甘棠港，福州是三闽最发达的地区，也是陆路相对便利的地方，向北可以通达吴越和南吴，更远可以到达洛阳。海路向北，还可到达契丹腹地，而那里的皮毛和皮具又是异族之地所需。

福州港口建成之后，还是唐昭宗最后定名的"甘棠港"，足见中原对闽地气象之向往。甘棠港之后，陈景还主持修建了泉州港，而泉州位于三闽腹地，尤以贸易中原铜铁之器为主，而番邦多以金银结算，泉州、福州都进入极盛时期。此时正是残唐时期，中原之地激战正酣，而三闽之地偏居东南，靠茶、港贸易等得以休养生息，在五代之中，做足航海贸易的藩镇只有闽国一处，王审知借用航海之利，为闽国获取了巨额的财富。曾经有臣子谏言王审知，最好将航海贸易收敛一些，一则不致中原诸国眼红，二则也要防范番邦之敌从海上前来进犯。王审知对这种论调从不在意，而且还在闽国廷议之时脱口而出"宁可做开门节度使，也不做闭门天子"的论断。从此，闽国走上了国富民强的道路，三闽之地敬佩闽王王审知，甚至世代都有人称这个时代的闽国为"王闽"，足见王审知对福建的深远影响。

闽国富强，有人欢喜有人愁，欢喜自不必说，那愁的人多半是周边的南吴和中原流水般的皇帝们，更愁的，还有可能是王审知的那些皇子，这一国的财富，未来到底由谁来继承封神一般的王审知，闽国的积云由此变幻，闽国的风雨也在天色明暗之间不觉倾袭而来。

第十二章
闽地诸王争主位　巫蛊悍妇恶人累

　　王审知苦心经营，闽地大放异彩，三闽之地从未有此富庶之日，闽地内虽有草寇，也都归顺官府。王审知成为闽王，十六年光阴飞逝而过，到了后唐同光三年（925），王审知六十有三，因久疾而亡。王审知病故，闽地皆哀，州城府县，未尝约束，皆自行素缟，三闽同悲。出殡之日，凡过福州之海船，皆在旗帆之端挑起白色锦带，以示哀伤。

　　王审知病故，理应长子继位，但王审知在世时，对长子王延翰留过只言片语，总之，不安心。至于因何不安，王审知未对人讲。闽王虽有不安，臣子中也颇有议论，但大殇于前，长子即位，迫在眉睫。不日，王延翰即闽王位，诸事皆听从先王遗诏安排。王延翰性格文弱，不喜争利，但凡有事，多集众议，却落得个没有主见的评价。虽然在政事上没有主见，但在其他事情上，王延翰却有异乎寻常的主见与热情，那就是选秀女。不仅要选，还要他的弟弟们亲自帮他来选，其中就有王延翰的弟弟王延钧，还有王审知的义子王延禀。几乎所有的闽人都深知一件事，王审知在世时，闽地杜绝选秀女。以王审知自己的话讲，选秀女只会助长淫欲，于国于民百害无一利。所以王审知早早就在王氏祠堂颁下族令：王氏族人永不选秀，如若违抗，群起攻之。这种遗命，谁敢不遵？王审知此举，多少有点儿钱镠的影子，他也与钱镠一样，希望自己的子孙，可以戒除不应有的贪欲，多行利国之举。

公元 926 年，王延翰即位次年，他又干了一件违背祖训的大事，那就是建国。虽然并未称帝，但大闽国王毕竟还是自封的。这意味着，从此以后，闽国不再以中原王朝为正朔，自立为王，臣下都必须称王延翰为殿下。这与王审知主政三闽以来的主张完全相悖，这不但可能招致中原王朝的讨伐，更可能引发来自王氏宗室的疑义。之所以中原王朝此时并没有来讨闽国，一个是路途遥远，而且必须经过南吴国境，讨伐事有所难；另一个原因就是，中原此刻正是后唐李存勖与刘皇后合谋害死郭崇韬的关键时刻，中原各路势力都在关注李嗣源下一步的动向，根本无暇顾及闽地的动乱变迁。

不过，王延翰才刚刚即位，就行如此违背祖训之事，无论王延钧还是王延禀，都对王延翰意见颇深。事后王延禀约王延钧出行围猎，在行猎间歇，王延禀先行进入一处密林，然后派手下通知王延钧说，过会儿树林中议事。王延钧一点就透，没多久，也来到树林之中。王延禀的亲军继续在围场内虚张声势，故意把一些野鹿和兔子放逐出去再行围捕。

另一边，王延禀和王延钧在树林中议定了将王延翰拉下王座的计划。两人击掌为盟，还同在两份相同的血书上签字。之后二人再各自背对背将血书藏于树林隐秘处，以防二人一旦有人背盟，便可以另一份血书寻王氏族长行族规。其实此举，只是王氏族长行族规中的一项，王延翰背族之举确实，家法已下，万难更改。

不过大计未成，王延翰就先下手了，王延翰急调王延钧去泉州做刺史。命其离开福州，一个是防止他在福州内恐有变数，另一个就是泉州之地居于福建腹地，可以利用福建各方势力剿而灭之。王延钧表面上高高兴兴去泉州赴任，实际上，他暗暗通知居于建州的王延禀，等他到达泉州之后，议定入冬之后起兵事宜。王延禀以为起兵日期可能还会筹划一阵，没想到来得如此突然，他在建州集结三万人马，只等王延钧这边发出信号。

王延钧来到泉州之后发现，由于泉州多地歉收，便开仓放粮，接济乡里，泉州上下无不称赞。在一个月的时间里，王延钧在泉州募集新勇达一万余人，再加上之前忠于他的部队，人数也达到三万左右。公元926年末，王延钧与王延禀同时从建州和泉州起兵，合围福州。还未及大军进攻福州，城内过半的军兵都已寻船出逃，这跟王延钧离开福州时候的安排有很大关系。福州团练使周腾，勉强集结八千余人出城迎敌，但在王延禀号令之下，建泉兵没费多大气力，就将福州兵打散。福州兵退城而守，虽城内粮足，却被建泉兵断了海路，甘棠外港被泉州水军围困。王延翰此时才觉大事不妙，慌忙换上便服，仓皇出逃。当夜午时，王延禀亲率一支八百人小队，直接将福州西门攻下，一口气杀入闽王宫中，却没捉到王延翰，但其部将却禀告，在内宫紫宸门处抓到一个"细作"，王延禀过去一看，居然是身着布衣、满面黑灰的王延翰。王延禀将之前就拟好的"王氏族书"宣给王延翰听，痛斥其违背祖训、肆意妄为等诸多大错，在宫墙之下，一刀结果了王延翰。

等到王延钧进入福州的时候，他听说了王延翰"血溅宫墙"之事，在长舒口气之后，又觉得一代闽王如此终结，足见王延禀心毒。不过见到王延禀之后，王延禀还是将福州城防交于王延钧手上，而且表示，他本姓孙，蒙审知先王不弃，收为义子，但在族规大义面前，不得不如此行事。王延钧言道："哥哥哪里话，如若不是哥哥相助，延钧哪能如此轻易进得福州城。"双方客套一番后，在王延钧府中设宴。次日一早，王延禀便向王延钧告辞，回去建州。临行时，王延钧拉住王延禀的手说："哥哥此番助我，还不求功名离去，让为弟情何以堪哪！"王延禀笑道："你我兄弟，哪里客套，你好好做你的闽王，最好别叫为兄再来南下平事了吧。"王延钧听罢，心里一惊，却也尬笑，道别而归。

说者无心，听者有意。虽然王延禀只是跟王延钧说了一句玩笑话，可王延钧在分别之后开始失眠了。虽然他即位新任闽王，却一直有一个居于建州的异姓兄长窥视于他。在宫墙之侧，王延禀亲手将王延翰斩首的一幕，他虽未见到，却似目睹全程一般，成了他久久不散的梦魇。如若这位兄长不除，他这个所谓的闽王，也做得毫无气度可言，总觉得有人在其颈后抵着一柄寒气逼人的刀子。

王延钧于是召自己的水军都统王仁达入宫商议，如何除了王延禀这一患。依王仁达的意见，可沿江而上，去攻建州。王延钧认为不可，路远劳军，并无胜算。王延钧自己倒有一计，那就是装病，骗王延禀来看他。这个病装得还不能太轻，不知从哪日开始，王延钧便告病不朝。任何人来探望，均说不见。王延禀在福州城内有一眼线，就是王延钧原来的内府总管潘达康，王延钧成为闽王之后，潘达康就成了闽宫内城巡察使。王延禀从潘达康那得到的消息是，王延钧这次果然真的病了，而且病得非常严重，每次如厕都必须有人搀扶才行。以潘达康的观察，王延钧这是气虚过度，身体轻得像纸片一样，走路都似乎要向一边倾倒。王延禀信以为真，于建州连夜研究起事，计划在三天之内整军完毕，挥师福州。

王延禀发兵之前还不放心，还要自己亲自走一趟福州，探看兄弟王延钧。王延钧装病到底，连饿自己三天，弄得眼窝发青，卧于榻上，气若游丝，神志不清。王延禀假意说自己从建州带来神医，经过验看，那位医师说，王上好像是中了什么毒，一时半会儿不知道怎么医治。他并不知，王延钧手下的闽地名医欧朝序，在王延禀探看之前，刚刚给王延钧服下一剂"见陶迷魂散"，用一些草药混合，只要在陶器中加热到沸腾，健康的人服下，也会表现为衰弱之相。王延禀在榻前宽慰王延钧几句，王延钧就似没听见似的，只能看出眼神还在游动。王延禀告辞退出，谁料，在他想走出福州城的时候，后面居然来了追兵，前面城门也关闭了。他当即知道，这是王延钧在使诈。不过还好，城门使李端盟是他的旧部，看他被围便适时放他一马。出了福州城，王延禀手下部将王继雄率领的建州兵也到了福州城外。

由于福州是港城，所以大小河湾都必须布下重兵，之前王延禀与王延钧也是同党，在击杀王延翰时，二人对福州的城防都了如指掌。王继雄领兵与福州守将王仁达会于闽江之上，王仁达所率战船未达二百，只能算福州水军的一小部分，王继雄战前散布谣言称王延钧没有多少时日可活，为他而战，难得全尸。福州水军摆开阵势，正欲开战，就见福州水军一边的三条战船脱离大队，径直开向敌营。王仁达几次放炮都无法喝停三条船上的福州兵，快到建州船阵时，三条船上一同竖起白旗。王继雄大喜，还未开战，敌方就有三船来投，便命手下让他们过去。王继雄远远望到王仁达在主舰之上，气得又骂又跳，正在窃喜，却发现，三条打着白旗的战船居然扭回船头，向他的主舰而来。

王继雄突然意识到这三船是诈降，但为时已晚，三船之上的福州兵已经跳上王继雄的主舰，片刻之后，王继雄的人头就被挂到主舰的桅杆之上了。建州兵见主将丧命，哪还有心再战，只管扭船撤退，福州军借势掩杀，建州兵大败而归。而此时陆上部队之中的王延禀意识到他很可能中计了，不过他并不在意王仁达之流，只要王延钧还在病中，福州兵就不敢倾城而出追击他，故而他判断自己还有大把时间逃走。就在他调整队伍后撤的时候，早有一支队伍拦住了他的去路，为首一人，白马银枪，背后的"王"字大旗赫然镶着杏黄的边缘。王延禀用手揉了揉眼睛再看，果然是王延钧没错。王延钧率队，没过一个时辰，就将王延禀俘获。当王延禀跪于马前，王延钧笑道："你那日说得没错，延钧果然有劳兄长再次南下了！"未过几日，王延禀及家人三十三口在福州街头被斩首示众。王延钧剪除大患，闽王实至名归。

王延钧秉性虽不至乖张，但也有其光怪之处，他对修道之事莫名地感兴趣。他崇尚修道，也崇拜怪力乱神之物，任何乱事起时，他首先想到的是苍天来谴，而不是努力排险。在他未成年时，遇到了一位他称之为神人的道长，名叫陈守元，他称之为陈神仙。当他成了闽地之主，首先想到的就是给陈神仙建一处神宫，就在闽王宫旁边，名为"宝皇宫"。闽地刚刚富庶起来没有几年，又经过几次战乱，民力尚未恢复，王延钧就开始大兴土木了，宝皇宫内极尽奢华，闽地能得到的精美器物，悉皆尽足。这与老闽王王审知的风格完全不同，当年有人向王审知进献玻璃制品，一般人都会兴而纳受，王审知却将那位大臣一通臭骂："我要这些东西干什么？一不能吃，二不能住，这种祸国的东西，要它做甚？"然后将玻璃美器摔得粉碎。可到了王延钧的时候，闽地世风扭曲，以奢华为美，以浪费为尊。

如若王延钧只是修道，倒还不伤大雅，可他还倾心各种巫术。他拜一位名叫徐彦的巫师为师，也给徐彦在宝皇宫内留了道场。业道修仙，所需物品还不至于大费周章去寻，而巫师则不然，偏偏用一些很难找到的东西，比如野猪的猪心、雉鸡的顶羽、初牛的小肠，诸如此类。甚至有的时候，还需要进献一些童男童女的鲜血，这就很难让人接受了。巫道借势在闽地盛行，百姓们人人自危，每到午后就关门闭户，不及天黑，路上行人已经鲜少，很难再现先王盛极一时的场景。

如果仅仅是修道巫场也不至于动摇国本，可王延钧竟然到了痴迷的地步，他一心想闭关修炼，所谓政事，对他来说都不过尔尔。陈守元借机说，朝中一旦有人对仙人不恭，恐引灾祸。王延钧听了大惊，他极力思考之后说："那这种朝中人选之事，还是由陈公帮我定夺吧！"顷刻间将闽王人事大权下放给陈守元，一个道长居然成了闽地确定官员升迁与否的关键人物。除此之外，闽地的所有财物集散，也都由陈守元和徐彦二人操办，这无异于将闽王权力旁置。一财一人，二权都不再属于王延钧，闽国便离衰亡不远了。

王延钧昏聩若此，又在陈守元的鼓动下，做了最错误的决定，那便是称帝。虽然此前王延翰自封殿下，受到了他和王延禀的联合击杀，可王延钧此时也到了违背祖训的边缘。虽然他觉得祖训有一定道理，可那也抵不过"上仙所差"。因为陈守元对他说，他就是大罗神仙下凡，不应该再居于旁人之下，称帝、进军中原、一统天下是他王延钧此生的必经之路。一旦有一件没办到，那便是逆天而行。王延钧在王氏宗族的极力规劝下，依然头也不回地称帝了，自称大闽皇帝，还将自己的名字改为王璘，以示对闽国此前王权的区别。然后这位大闽皇帝就堂而皇之地闭关修道了，将皇权直接交给了他的儿子福王王继鹏，事实上，王继鹏已经提前即位。

如果此前王延翰称殿下还算说得过去，毕竟还是比中原王朝低一个等级，但王璘称帝，那就和中原王朝平起平坐了。最直接的威胁无疑是南吴，因为南吴国力比闽国强大得多，都没有称帝之心，完全是因为北方威胁。闽国这种时候称帝，就是在全天下树敌，疯狂作死。可王璘已经相当于太上皇了，闽国安危已与他无关，他此时一心想的就只有升仙。王璘的走势，与淮南节度使高骈的路数如出一辙，结果已经可以想见。

闽国只是皇帝昏聩也就罢了，雪上加霜的是还出现了不少弄臣。比如薛文杰、王仁达，此二人的专权贪腐超出五代各国人想象的极限。薛文杰在王璘即位时就受到重用，现在辅佐福王，更是在闽国红得发紫。薛文杰在选人用人时，并不是按谁给了多少银子来评判，而是让他们把拜帖叠在一起，然后放在他府中穿堂风最大的窗口处，任那些拜帖随风散落，等到风歇时，他再去看那些拜帖飘散的位置，飘得最远的，必须出的银子最多，得到的官职也最大。如果谁的拜帖没有被风吹太远，那没办法，你再大的才能也不能用你。这就是薛文杰的选人用人之道。

薛文杰不仅在别人升迁的时候极尽贪渎，在一些海船修建、茶山归属方面，他也都要尽力插上一脚。所以，薛文杰在闽国各地都有自己的私宅，这个数量已经多到他自己都不知道有多少处的地步。然后他就想了一个方法，那就是在当地选一些美貌的女子，纳为妾室，然后每一处私宅就安排住进一位美人，然后他在自己的府中还专设了一个"妾室专衙"的职位，就是负责每年都给薛文杰统计和汇报住私宅的这些人有没有出什么事情，每年的花费如何。其实每年薛文杰也都不看这种汇总公文一类的东西，因为他看了也是白看，每年这些私宅里收支了多少银钱，他根本就不了解，这种奢靡的程度甚至超过一些国家的国君。

不仅如此，薛文杰还乐于强占私产。无论是谁，只要被薛某人惦记上了财产，就必须乖乖交出来，如若不然，就将事主绑到私宅的刑堂，用烧红的铁条直接钉穿事主肩头。一些开始还极力抗争的事主，到后来无一不屈服了，然后直接回家收拾东西逃出闽国，再不回头。薛文杰仅用这一个方法积累的财富，便可抵过一个国家三年的赋税。

薛文杰闽地的妾室不计其数，却依然对强占民女乐此不疲。有一次在建州，他看上了一位县吏的妻子，就直接强行霸占了。哪知这位官吏的妻兄居然是南吴的将军，人称吴军猛虎的蒋延徽。蒋延徽大怒，带兵强攻建州。此时王继鹏派兵增援建州，而援兵到了半路便再也不动了，而且喊出"不办薛文杰，我军不抗吴"。这其实就是军队哗变，如若此时不满足军队的要求，那军队回师福州，闽国便亡了。王继鹏没有办法，只能将薛文杰拿办。可王继鹏只是一个监国，并没有拿办薛文杰的权力。王继鹏便想出一个办法，他在退朝时召薛文杰到宫城圣启门外，表示想摆平建州哗变之事，说："军队哗变无非要的是钱，你看是不是用些银钱平事为要？"薛文杰最不怕跟他谈钱，还没打听具体数目便一口应下，王继鹏借口风大，请薛文杰附耳过来，薛以为王继鹏是具体数目不便大声说，便凑过去，想听听王继鹏的具体条件。哪承想，王继鹏猛然用笏板狠狠砸向薛文杰的后脑，由于事出突然，薛文杰毫无防备，导致他一命归西。

当听说薛文杰一命呜呼的消息，建州前线无论吴军还是闽军全都一片欢腾。在闽国将薛文杰家产的一部分交给蒋延徽"买平安"之后，一场入侵、一场内乱同时消失于无形。而薛文杰那边，本来尸身理应无人来收，而事实却与之相反，无数福州百姓前来给薛文杰"收尸"，后来"收尸"现场由于从闽国各地奔来的百姓过多，闽国将薛文杰的尸身用草席卷出抛至荒野了事。可这仅仅只是个开始，在短短两天时间里，各地百姓争相用刀剜取薛文杰之肉泄愤，几天之内薛某人尸身即化作一片空骨。

若说除去薛文杰，闽国应该可以回到正轨了，实则不然。闽国有一人，比薛文杰更作恶多端。此人便是王璘的皇后陈金凤。这位陈皇后是王审知的丫环出身，因为王璘当年太想上位，所以才接近陈金凤，想知道更多王审知的各种喜好和内情。哪知，陈金凤并不是金钱利益所能打动的，她要的是当王妃。她当年给王璘开出的条件就是，必须娶她为妻，才肯帮忙。王璘一时没有别的办法，又正是王审知病重期间，所以就从了陈金凤。其实陈金凤生得不美，甚至可以说丑，还心肠狠毒。自从当了王璘的王妃之后，便再也没有女人胆敢主动靠近王璘。后来王璘当了皇帝，陈金凤成了皇后，她也依然对王璘如自己私产一般看护。

接近王璘的女人，无非两种下场，一种是成为陈金凤的心腹干将，为她在外埠捞取好处，另外一种就是一命呜呼。陈金凤手段毒辣，她将王璘身边的所有人都发展成她的线人，一旦有生人接近皇帝，无论是男是女，不出半个时辰，陈金凤便可知道消息。后来王璘一心升仙，潜心修道，陈金凤总算是没有那么大的醋意了，可她对金银的渴望却陡然升起。王璘基本处于半闭关之中，也无暇再管陈金凤的是非，福王王继鹏也不想做这个恶人，便任由陈金凤任性而为。

陈金凤是一国的皇后，皇帝常年闭关，陈金凤就对官员的升迁问题插了一手，很多人拜完了薛文杰，还要再去拜陈金凤。王璘还未闭关时，陈金凤就在皇帝面前说一不二，陈金凤说哪个人不好，那人当时就得死，如果说一个人不错，即便此人犯下再重的罪，也都可以赦免。薛文杰死后，陈金凤很长一段时间把持朝纲，这不仅仅靠陈金凤一人之力，更靠陈金凤在外发展的"编外人员"。为了肆意贪腐、收取贿赂，陈金凤养了俩男宠专司其事，一个叫归守明，一个叫李可殷。一句祸乱纲常已经无以表达闽国的真实处境，只能说是礼崩乐坏。

因为王璘每天都吃那些炼出来的仙丹神药，最后到了中风失语的地步。陈金凤一看王璘这样，她敛财手段变本加厉。归、李二人俨然就是闽国的二位宰相，不仅仅把持着所有官员的升迁，更能决定闽国任何一人的生死。由于李可殷一次出城时没有按时归来，错过了城门开放的时间，李可殷喊城，皇城使李仿出言教训了李几句，李便怀恨在心。李可殷在陈金凤面前说，李仿对小人如此，岂是小人的个人恩怨？这明明就是在打皇后的脸。陈金凤想处置李仿，可碍于王继鹏为李仿苦苦求情，才免于死罪，最终被杖责四十。王继鹏明知李仿无罪，但没办法，只好去探望李仿，好言安抚。李仿见到王继鹏以泪洗面，直言闽国上下浊浪滔天、蝇营狗苟，如此下去，先王的基业，必定毁于一旦。王继鹏何尝不懂这个道理，但他也苦于难下决心，总不能自己造自己老子的反吧？李仿说："福王殿下，如若闽国没了，哪里还有什么家园、父子呢？"王继鹏非常感动，便与李仿合谋，计划将皇后一党一力铲除。

首先，李仿在西门设下埋伏，在李可殷出城之时记下时间，然后在城内后巷设下一缸，缸中盛满水，等李可殷回城时，李仿假意要和李可殷套近乎，便拉李可殷入后巷静处说，想送李大人一些礼物，就在那口大缸之中。等李可殷登梯而上仔细观看时，李仿从后将李可殷推入缸中，将其溺死。

消息传到宫中，陈金凤不相信李可殷之事是个意外，向王继鹏痛骂李仿狼子野心，一定要将李仿杀掉，说到兴起，便将已经中风状态的王璘拉出，希望用皇帝来压王继鹏就范。王继鹏退出，命事先埋伏在宫墙外的李仿带两千余人冲入王宫。王璘一见乱兵，开口痛骂，却被乱兵捅死在当场。王继鹏虽然有言在先，不希望伤害父皇，但李仿一看事已至此，便只能将陈金凤、归守明等一众"后党"逐个斩杀。等王继鹏再次入宫之时，李仿已经在派人着手刷洗宫墙上的血迹了。王继鹏被逼用雷霆手段匡正了闽国内务，自己则顺势登基大闽皇帝，自己也改名为王昶，新朝肇始，大吉大利。

王昶虽是新帝，却沿袭了其父王璘的诸多套路，比如重用巫师、奉道为仙、崇蛊迷信。除此之外，因为王璘留下这个烂摊子，根本没有新的开源方式，除了加税没更多别的办法。可闽地基础摇摆，再行加税势必引发民变。王昶就想出一个"创新"的办法，将身为廉吏的吏部侍郎三司蔡守蒙召到宫里，开口便说："国家入不敷出，如不想办法恐难以为继。现在的办法，无非是让想当官的人交些银钱上来，以弥补国之亏空。"起初蔡守蒙拒而不从，闽地无人不知他两袖清风，为人正派，他守廉半生，从不贪没一分一毫，但架不住王昶以家国情怀逼迫，"难道爱卿就眼睁睁看着大闽如此倾倒下去吗？"蔡守蒙是个廉臣，但他更是位忠臣，更何况如收银两也不是进入个人腰包，何罪之有？王昶所谓的救国之法，就是将大闽的最后一根栋梁蛀掉。

蔡大人也是雷厉风行，既然决定了要卖，那便大大方方地卖。蔡守蒙将官员职位和所需捐助的数目做了一张很大的"牌价"，所有官职与银钱数一一对应，而且由于这种一一对应的牌价还会随行就市有所波动，所以每天刊出的"牌价"还会将半日之内的市场价格及时更新。吏部府衙门前，立时成了鸡鸭集市一样的地方，每天居于此观看牌价者仿佛闽地夏日之云，人数众多，且时刻变换。为了能让买官者及时将信息写入牌价之中，蔡大人还发明了一种"堂牒"，每日将人名、户籍等填入者不下千众，而且每天堂牒如雪，卷入吏部，闽地官员职位出笼之景，如暴雪袭柳，千般变幻。

买官卖官，堂而皇之，闽国奇政已然奇观。先帝王璘推崇的那位宝皇宫宫主陈守元看到闽地买官卖官，果然财政大大缓解，就想到让王昶再筹巨款为三清塑"黄金真身"。王璘当年将仙丹神药修炼了一半，陈守元在王昶面前极为恼火，说也就差半月时间便大功告成，先帝仙逝，只能从头来过，不过塑过三清"金身"之后，进程便可省去大半。本来吏部卖官便是饮鸩止渴，闽国各地捐官的贪吏上任之后，无不变本加厉，再加上陈守元征用巨量黄金，再次掏空了国库，百姓怨怒之声不绝于耳。甚至有些时候，居于深宫之中的王昶也有所耳闻。正当王昶惶恐之时，一日闽宫北院莫名起火，大火将闽宫一半烧得片瓦不剩。

王昶恼羞成怒，无处发泄，便将控鹤使连重遇叫来，劈头盖脸一通臭骂，然后命他用半月时间，必须将北宫残垣完全清理干净，否则提头来见。连重遇无端被皇帝发了一顿邪火，本就委屈，再加上控鹤军打扫北宫颇有怨言，这些怨言转瞬就传到了王昶耳中。皇宫起火，控鹤军本就有责，可救火之后，控鹤军竟无一人伤亡，故而王昶怀疑，这场大火很可能是控鹤军故意而为。其心必是忤逆，目的无非是刺王杀驾。王昶便秘密调动福州城内部队向宫城集结，这种变化控鹤使连重遇马上便有所察觉。被皇帝猜忌，百口莫辩，如若早晚一死，莫不如率先将王昶杀掉，便还有一线生机。连重遇暗自联络拱宸都指挥使朱文进，晓以利害，朱文进也觉得没有退路，不如拼死一搏。依连重遇的意思，既然王昶污他放火烧宫，那便真来一场放火烧宫，趁乱可取王昶性命。朱文进也提前联络了王审知的儿子王延羲，称一旦举义成功，将扶他上位，并希望举义之时，他可以动用卫庶军在城外响应。

入夜，深宫大火又起，这次却多了震天的喊杀声。王昶觉得不妙，莫不是连重遇真的反了？他便带着他的皇后，同样也是王璘小丫鬟出身的李春燕慌忙出城。由于夜色浓重，慌不择路，王昶等人逃出北城之后迷了路，正好遇到跟父亲在城外响应的王延羲之子王继业。王昶一看是堂弟在此，以为遇到了救星，连忙躲在王继业身后，说：“连重遇反叛，兄弟一定要救我！”

王继业说：“皇上莫慌，城外风寒，快饮些酒压压惊。”王昶想都没想就将王继业的一壶酒饮去大半，正在酩酊迷乱之时，却见王继业向他迎头便是一刀。王继业手刃了王昶和他的皇后李春燕，转而火速入城。当王延羲通知连重遇和朱文进大事已成，二人便急急将部队集于闽宫前，迎请王延羲登基主政。王延羲称不急，还有二人尚未归案，一个是陈守元，另一个便是蔡守蒙。二人名字都带个“守”字，却偏偏将闽国江山守得丢失大半。连重遇未及将陈守元、蔡守蒙带到王延羲跟前，便将二人斩于当街。

王延羲迅速控制了福州的局势，没出三日，自己便急急换上龙袍、登基坐殿了。他也为了图个吉利，将自己的名字改为王羲，以示新朝新立。

新朝虽立，但最大的威胁也随之而来，居于建州的王羲的弟弟王延政，多次正式给王羲来信说，他谋位不正，应该再择贤明，荣登大宝。

王羲明白，明摆着亲弟弟觉得他借着身在福州坐上大闽帝位多有不服。作为皇帝，王羲并未选择好言相劝，极力和解，却是选择骂回去。

就在几轮书信、诏书对骂之后，王羲终于忍无可忍，派大将潘师逵引四万兵马去攻建州。王延政还真没想到王羲有这个胆量来攻他，便急向吴越钱元瓘求救，吴越同样派来四万兵马，在建州城外大败福州军，福州军主将潘师逵战死。福州军退去，王延政带上诸多银两、牛肉前去劳军，但发现吴越军却没有一点儿撤军的意思，反而在他劳军之后在建州城外扎起大营，似乎在等钱元瓘一声令下，将建州攻下。王延政一看这种情况，连忙变脸，转身向福州王羲求救，称："哥哥救我！若建州有失，福州也难保，江山危矣。"王羲当然拎得清形势，王延政引狼入室，共同御敌才是上策。便派王继业率军去往建州，王继业也未急着开战，先断了吴越军的粮道，又逢连雨天，吴越军中瘟疫蔓延，最后不得不退兵而去。

王延政受了王羲的解救，便不再提得位不正之事，转而要求升官，王羲为平息事态，委王延政为富沙王。王羲觉得总算是平定了闽国大事，他已经可以安享太平盛世了。首条诏令便是各地选秀入宫，每天上朝时间越来越少，沉迷后宫声色之事，与他的前几任皇帝无甚分别。更要命的是，王羲此人极好饮酒，而且很多时候豪饮之后，做一些离经叛道之事。一次饮酒大醉，竟欲对自己的亲生女儿行不轨之事，幸有人来救，公主逃脱，于是出走建州，向叔父状告父亲已成昏君。还有一次，王羲豪饮之后，一直要求翰林学士周维岳必须将四坛酒喝下，周维岳一介书生素不饮酒，只能照办，却发现自己饮下四坛酒之后，并无大碍。由于周维岳身材纤小，王羲便称，这么纤小的周维岳，喝下那么多酒，却不见酒出来，到底有一副什么样的肠子啊？于是命手下将周维岳活剖，要看他的"酒肠"。周维岳一个学士，就这样被折磨而死。

王延政在建州，本来想安安生生当他的富沙王，却连日收到王羲祸乱朝纲、饮酒暴行的痛斥，有更多的福州朝堂大臣逃到建州称，希望富沙王可以即闽国大位，将王羲控制起来，闽国实在是不能再如此纷乱下去了。王延政本来就觉得王羲得位不正，现在这么多大臣亲信求他上位，还有什么理由推辞呢？于是即时称帝，建国大殷，王延政便是大殷国王，与福州王羲的大闽国王分庭抗礼。

身在福州的王羲是不可能承认大殷国的存在，于是对叛逃到建州官员的家眷大肆抓捕、动用私刑。这么一来，便有更多的福州官员携家人逃到建州，最后福州的官员出逃数量剧增。这个时候，当初借机杀掉王昶的连重遇发现，在福州安度余生已然不大可能，按王羲的这种作死态势，很快大闽帝国就会亡国。既然怎样都是亡国，那不如再为咱们兄弟所用。他又找到当时一起起事的朱文进说，既然我们能杀掉一个王昶，那也不差再杀一个王羲，依王羲这么作死下去，咱们兄弟很可能会死在他前头，莫不如就将王羲杀掉，再谋新主。某一日，朱、连二人带兵进宫，直接将王羲堵在被窝里，然后连重遇宣读了一篇文告，大概意思是，先王审知，宅心仁厚，福德洪广，然其后代却一直在祸乱闽国，我们兄弟，之前诛了王昶，不想王羲上位，依然乱国，现剥去王羲闽帝之位，另决新主。王羲听罢还想跳窗逃跑，却被朱文进一刀结果。

此时，皇宫大内近臣跪倒一片，所有人逼问连重遇："王羲已死，必须现在决出一位贤能之士，再兴闽国！"这明明是王延政的心腹在宫内本想先行逼宫，却发现被连重遇先行弑君，所以才行逼问之举。一串逼问，把连重遇给问蒙了，脑中一片空白，不知如何作答。所有大臣本以为，连重遇会做个顺水人情，将帝位推给王延政，落得个皆大欢喜。可此时连重遇却脱口一句："我推举，我推举朱文进为帝！"此言一出，一片哗然。就连刚刚行弑君之事，满脸是血的朱文进也被惊得目瞪口呆。

朱文进勉为其难做了闽国之帝，但问题也随之而来。自王潮开创闽地以来，无论闽王还是闽帝，全都由王氏宗族人来做，这个时候他朱文进冒出来当皇帝，势必引起王氏旧臣的极力反对。登基没多久的朱文进，果然听到了泉州散员指挥使留从效在泉州兵变的消息，留从效引两万兵马从泉州杀奔福州而来。整个福州城内城外所有兵马算下来也就不到一万人，更何况朱文进、连重遇并没有外援，而泉州军打出的旗号是"匡扶王闽"，所以建州的王延政是肯定要派兵来援的。事实上，朱文进得位不正，在战场的胜负上就得到了应验，福州军被杀得大败，福州城门洞开，最后朱文进、连重遇都被留从效抓而杀之。这样福州就真的成了一个无主之城，本来王延政是可以直接移镇福州来接玉玺的，但此时吴越和南唐同时前来犯境，建州一瞬间成了前线，王延政一时无法脱身，便派出一位重臣王继昌来接管福州。

不想，福州一守将李仁达猛然嗅到了机遇，便集结他的一帮死党，将王继昌杀死，以图在福州自立。由于他官阶低微，需要一个有气场、能震得住众将的人来上位，最后，他居然相中了福州雪峰寺的和尚卓岩明。本来和尚是不参与世事的，但李仁达对卓岩明说，想让他做皇帝，这和尚居然动了凡心。于是卓岩明没有几日便登基成为大闽皇帝，和尚做皇帝，上演疯狂闹剧。并不是因为这个和尚有什么贤名，而是因为卓岩明天生双眼有四个瞳孔，有人传说，天生"重瞳"之人，必是天降之子，有过人法力。这都是因为李仁达没有服众的气度，以卓岩明为牌位罢了。没过三个月，闽国的几位重臣都被李仁达以叛逆之名杀死，之后又以军队哗变为名，在乱军之中将卓岩明处死，然后有乱兵将李仁达强行按在龙座之上。

李仁达原以为，他夺取闽国江山的大计将就此成功，不承想，坏消息传来，南唐和吴越的联军已经攻破建州，大殷皇帝王延政已出城而降，大殷帝国灭亡。次月，南唐、吴越联军分别攻破汀州、泉州、漳州，进而对福州形成了合围之势，几日之内联军便攻入福州，李仁达死于乱军之中。

王延政作为闽国的末代皇帝，本人和全族都被召到金陵去朝拜南唐先帝之位，被南唐封为羽林大将军。公元 945 年，同样受此一辱的，还有后晋皇帝石重贵，王延政在金陵之时，也正是石重贵冒着北方的风雪北上敬拜契丹祖陵之时。王闽帝国，自王潮、王审知立国，经历六世，历时三十六年，最终败于几多乱象之中。

第十三章
羽展封州点刘谦　刘隐刘岩事岭南

唐乾符五年（878），黄巢军从江淮一路杀入岭南，占据广州之地，然后给唐僖宗传口信说："只要朝廷封我为广州节度使，我便不再回击中原。"当时黄巢在浙西新败，被杨行密等人从江淮赶至岭南，所以唐僖宗怎可能同意黄巢此时的这种请求？回报生硬，且说："广州之地，我唐与异邦行商之港，怎可用一蛮人为官败坏我唐威严？"黄巢看到这种表述，恨不得亲口将唐僖宗的肉一块一块吃了。事实上，黄巢在广州也正受到瘴气之困，很多人都得了病，以致浑身浮肿，病重而亡者，死状极惨。另一边，黄巢在广州城外还遭到来自封州方向的唐廷大军的围困，其中尤以之前踞于广州的刘谦将军最为激进。黄巢在广州受制于水土，遂决定沿西江北上，离开广州之时还沿路放火，抢劫商贾，广州等地受创极重，好在有刘谦众将极力追击黄巢，终保广州城未遭破坏。

此后，黄巢沿江入湖南、湖北，经安徽回到中原，最终在各节度使的"驱离"战术下，最终攻入长安，而又在李克用、王重荣等多支勤王之师多点攻击之下，败出长安，最终被以朱温为首的唐军困于山东虎狼谷。朱温向天下遍撒英雄帖，称大唐正在危难之际，需要各路英雄围剿黄贼，同聚虎狼谷，将乱贼置于死地。刘谦引兵远去山东虎狼谷，在八路诸侯中，刘谦并不显山露水，却总能在最关键处见到他。黄巢最后死于虎狼谷中，朱温此后在上源驿为众英雄庆功，邀请名单上也有刘谦在列，但其间杨行密的细作人马得知了朱温上源驿之宴，实为"鸿门"之举，遂紧急通知各路英雄退出汴州城。

刘谦当初前脚离开广州，唐廷封他为封州刺史的诏书后脚就到了。所以，当他载誉回到广州，他才知道自己已经是封州刺史。广州官员们来拜贺自不必说，当众人散去，他便被连夜召进韦府，那是他的岳丈大人韦宙的家。韦宙在岭南居官多年，很早便是岭南东道节度使，当年他在军中不经意间发现了锐气逼人的刘谦，并将他收为门生，之后还令侄女嫁给刘谦。韦刘和亲，刘谦仕途一路坦荡。

刘谦旧时家中娶有一妻，但未尝陪伴，他便出来广州，成为军中小校。其妻段氏，为人不争，得知刘谦娶韦氏为姜，也不恼怒，只对刘谦说，莫轻慢了韦家小姐，你且在军中做事，家里老人不必牵挂。因刘谦多忙于军务，官又越做越大，很少回到家中照料，所以家中老人病故多由段氏操持。可刘谦被封刺史不久，段氏就在家中暴亡。刘谦归家治丧，哭天抢地，四邻动容，不想在入葬时，刘谦委石匠做一石板，盖于段墓之上，以防鼠蚁，却在不经意发觉石板岩纹中隐约有字，找人辨认多次，实为篆字"隐台岩"，可寻遍多府州村，并未见叫"隐台"的山或是地名。刘谦顿觉此是老天示现，并发愿将自己的儿子定名为"隐、台、岩"。可巧韦氏此后为刘谦生下三个儿子，于是分别定名为刘隐、刘台和刘岩。

刘谦自生三子之后，官运更盛，只是再没有机会进入广州，势力只在封州、雷州，此后在四十三岁时突感风寒，一病不起，经多方名医诊治无效英年早逝。唐廷素有儿子接班的传统，于是刘谦二十岁的儿子刘隐接手了父亲的所有官职和军中权力。刘隐初任，并不急于建功，却偏偏遇到贺州兵变，贺州兵欲向广州运动，刘隐自荐前去平乱，并在路中将贺州叛将阵前斩首，贺州兵变由此平息。岭南节度使刘崇龟一直苦于岭南没有誓死忠于他的良将，刘隐平贺州，正中刘崇龟下怀，遂提升刘隐为右都押牙兼贺江镇遏使。此后刘崇龟还觉得刘隐官职太低，再次向朝廷举荐刘隐为封州刺史，接手他父亲原来的领地。乾宁二年（895），刘崇龟刚任清海节度使不久便突然离世，唐廷为充实岭南治理，便派薛王李知柔来岭南亲自接管清海节度使之职，不想中间发生了巨大的变故。

李知柔来到广州城下，居然被广州兵禁止入城。李知柔拿出皇命展给广州城兵看，却得到答复：没有卢将军和谭将军的命令，谁来了也不开城门！李知柔知道，这广州的守将卢琚和谭弘谋定是反了，因为前任岭南节度使刘崇龟对卢、谭二人有知遇之恩。卢、谭二人本是岭内草寇出身，刘崇龟剿匪之时，采用了怀柔策略，将广州城北庐守县的一些田地交给卢、谭二人耕种，只是希望卢、谭二人可以放下武器，重新做人。

卢、谭二人也是农人出身，有了田地，何苦去当什么山贼呢？不过还是有些顾虑，山上人下来种田，会不会受到州府人的围攻呢？没想到刘崇龟早发下令来，严禁对城北庐守县内种田人滋事，违者将被处斩。

一方面怀柔，另一方面也需要一些武力的压制。刘崇龟便令刘隐去庐守县兼职一个县官，卢、谭二人以为给他们派来了监军，一段时间还非常不配合。可刘隐是什么人哪，在庐守县内设了调停司，一旦有原事匪事的人前来种田，多会送一些金银以造房产。卢、谭二人即便再不愿意手下人被招安，但手下人得到了实惠，又没有被朝廷剿灭之危，何乐不为？所以，时间长了，卢、谭二人也便对刘隐放下戒心。那时候刘隐还只是一个军中牙将，没有那么多的功勋在身，所以，与卢、谭二人相比，只是多了一个军中统帅的爹爹。卢、谭二人就想与刘隐更亲近一步，堆土为庐，面北叩头，八拜结交，成为异姓兄弟。卢琚此人一直都是岭南人，而谭玘谋与刘隐一样，家里也都是从福建入了岭南，所以兄弟三人齐心，将庐守县治理得井井有条。就在此时，刘崇龟调令传来，调刘隐去封州主事，调卢、谭二人入广州，正式成为军中牙将。卢、谭二人高兴的是，终于在被招安之后，正式进入了广州，成为光宗耀祖的资本；不高兴的是，兄弟三人在庐守县相处莫逆，现在居然要去不同的地方。刘隐对两位兄长说，作为从军之人，什么都抵不过将令，任何地方有任何统军需求，军中为将者，必须服从调度与安排。

从年龄上讲，刘隐是卢、谭二人的小兄弟，但对军中事务这方面，刘隐无疑是二人的引路人。进入广州的卢琚和谭玘谋，对岭南节度使刘崇龟敬重有加，逢年过节，兄弟三人还会约在一起，一同去刘崇龟的府中聚会饮宴。刘崇龟深谙治理之术，为人和善，循循善诱，自己军中多几个将他视作伯父的将军，自然没有什么坏处。而这期间，刘隐起到了非常大的作用。只是后来刘崇龟年事过高，在任上不幸过世，刘隐兄弟三人自然悲恸不已，还没有从伯父新逝的悲伤中走出的三人，没出几日就得到皇命，封薛王李知柔为清海节度使，来接替刘崇龟的职务。这种换防，对唐廷来说，再正常不过。只是李知柔是皇上的亲信，由于广州所处位置独特，每年的税银颇丰。平时在刘崇龟的治理之下，广州之地繁忙富庶，一片荣华之景，而唐廷对他上交的税银也没有过高的要求。但到了唐末动荡之际，国家财富大不如前，各地节度使偏居而治，很多盐税和铁税都已流失，所以广州的税银就凸显出来。此次李知柔上任广州，无疑是唐廷欲在广州加税的前奏。这种预期，刘隐兄弟怎会不知，但人微言轻，以他们的官职，还真做不了什么。

卢、谭二人觉得，如若广州被唐廷实控，很可能以前刘崇龟对他们的许诺都将无法兑现。在李知柔还未到广州之时，卢、谭二人召刘隐来商议此事，刘隐觉得，皇命难违，即便在广州加税，也不是你我兄弟所能改变的。可卢、谭二人并不这么想，现在天下兵马，以武独大，其他地方还未及广州富庶，都已宣布自立，更何况广州这种风口浪尖之地，莫不如，咱们兄弟就这么反了，他黄巢在广州能做的事，咱们兄弟也一定做得，更不用说咱们都是地道的岭南人，为岭南人争取最大的利益才是咱的本分和责任。刘隐极力规劝卢、谭二人无果，最后只能自己带兵先驻于封城之地，然后再次尽力规劝二人，可都并不成功。

眼看李知柔快到广州，刘隐见规劝二人无果，就转变了态度，说愿与二位哥哥共进退。卢、谭二人当然喜不自胜，觉得以后如果由兄弟三人一同治理广州，那定是另一片喜乐天地。

只是卢、谭二人不知，刘隐此举实是稳军之计，刘隐事前就向赶来广州的李知柔知会了广州城内有可能发生的事，而且将他们的计谋对李知柔和盘托出。李知柔本是位王爷，来到广州就是来督办朝廷税银的，也没想过在广州待上许久，可一听说广州城内有可能发生哗变，脸色都变了，他带来的所谓部队也不过两三千人马，所以对待有可能发生的广州哗变，他也只能依靠刘隐。

刘隐将王爷安排在封城住下，转头便告诉卢、谭二人，自己将王爷扣在了封城，现在就进城与二位兄长详细议一议广州未来之事，还有薛王李知柔到底如何处置。听说兄弟已经成事，卢、谭二人非常高兴，他们一早就站在广州西门城头迎接刘隐入城。刘隐并没有第一时间入城，而是由小校传信给二人称，小弟还带来一些粮草需要从北门入城，卢、谭二人也未多想，便发下路条让督粮官押粮草从北门先行进城，进而将粮草囤于城内越山之侧。因为广州城内许多粮草、兵器多囤于越山一侧，这个刘隐再清楚不过，所以，那些入城的所谓押粮官很快就控制了越山的粮库和兵器库。事毕，刘隐得到信报，然后大摇大摆入城。

卢、谭二人将刘隐引到卢府，将酒宴摆上，刘隐突然说，二位哥哥不会对弟弟摆什么伏兵吧？卢、谭二人哈哈大笑说，如果我们二人真的想要对你不利，那岂不是在西关入城之时就针对你了吗？以后广州之地，以你为尊，你便是广州节度使，我们俩，一个是你的副使，一个是刺史，咱们兄弟就在这岭南坐天下。刘隐说，难道你我兄弟便再也不归朝廷管理了？那北方诸国攻我们之时，谁来帮我？卢琚说，世间这些事，无非边走边看，还哪里想那么远。刘隐不再作声，此时酒宴已起，刘隐喝了两杯之后起身如厕。

卢、谭二人久等刘隐不归，派人到茅厕去寻，也未寻到。此时广州北门喊杀声起，越山方向也现火光。卢琚顿觉不好，此时卢府外已有大队人马将卢府围住。卢琚与谭玘谋披挂出战，却发现敌将竟是刘隐。刘隐向卢、谭二人拱手说："大哥二哥，并不是小弟不义，而是两位哥哥太不听劝。当年黄贼离开广州前，也同样希望朝廷可封他广州节度使，未能如愿。即便你我兄弟据此自立，唐廷也不会容忍一众草莽主事广州，倒不如归降朝廷，或有封赏可讨。"卢琚气得大骂刘隐："我以为我们兄弟情义已如手足，不想你现在想用我们二人的人头去换取功名，今天咱们就分个胜负！"刘隐看已然没有话好讲，提刀迎战。刘隐并不是惧怕卢、谭二人，而是觉得如此在广州城内厮杀过久，恐怕生变。于是在战中刀尖向斜上一指，立时箭雨来袭，顷刻间卢、谭二人便被射成"刺猬"。广州各处卢、谭亲兵听说主将已死，也都无心再战，便纷纷降唐。

唐军大致清扫过战场，广州城从雾锁之中现出真容。此时薛王李知柔已到达广州西门，刘隐率亲兵到西门跪迎薛王殿下。李知柔来广州之前，从来不知广州还有一位刘隐将军，但经此一役，他更加相信刘隐的忠诚与为人。广州由薛王任清海节度使，其实只是名义上的最高行政长官，实则李知柔此人并无习武经历，广州城内的大小军务皆委于刘隐一身。为了让刘隐行事方便，李知柔给了他一个行军司马的职位，但实际刘隐能调度的兵马，已经相当于广州刺史的权限。

但唐末时期，广州岭南节度使会经略二十二州之多，而主要兵力都集中于广州等几个大的州府之地，很难顾及所有的二十二州之地，这就为一些州豢养牙兵、私自坐大留有空间。事实上，名义上广州统管之地中，高州、新州、虔州都不在广州的控制范畴内，高州的刘昌鲁、新州的刘潜、虔州的卢光稠都有很大的自治权限。在这种乱局之下，广州兵力又没有口实来统合岭南诸州，摆在刘隐面前的情况现实而险恶。此时正是马楚坐大之时，在马殷跑马圈地之下，很多州府也多有自行坐大的野心，而刘隐又不得不疲于防范马楚坐大之后的"潜底之龙"，在没有既成事实之前，刘隐也只能多派细作探听各方虚实，以防万一。

如刘隐所料，在湖南马楚阴影下，虔州的卢光稠率先发难，随之起兵的是潮州的卢光睦和韶州的卢延昌，二人一是其弟，一是其子。卢光稠在岭南一直都是刘隐的政敌，但在卢、谭之乱时，卢光稠选择了袖手旁观。卢光稠并没料到刘隐能将卢、谭二人除掉，只认为广州一场大战之后，虔州军来收拾残局。可马殷在湖南的冲杀，让卢光稠感到寒意，目前马殷的主攻还在湘桂一带，未及江西，所以卢光稠隐忍度日，只为等待一个合适的时机。

刘隐与卢光稠也并非毫无交集。卢光稠与卢琚也算是远亲，卢琚与谭弘谋受刘崇龟招安，居于庐守县时，卢光稠就曾派人给卢琚口信，亲朋旧党，希望"多亲多近"。卢琚并非不懂"多亲多近"什么意思，只是在岭南棋局中，卢琚还称不上一枚棋子，他更不想与卢光稠有何交集，他只想经营好自己的小国寡民，另一边也算给刘崇龟一个不错的交代。卢光稠拉拢卢琚不成，便转向刘隐。刘隐来者不拒，将卢光稠送来的礼物悉数收下，另一边他便将此事报于刘崇龟。后来刘崇龟去世，刘隐便将卢光稠的用意和盘托给李知柔。李知柔是一个不想操心政事的王爷，他的回复是"你且便宜行事"。

刘隐得到了李知柔的纵容，当仁不让率先将韶州与广州之间的陆路交通截断，韶州与广州之间的通商是韶州重要的粮道，这就相当于逼居于韶州的卢延昌不战而降。所以，不能不说卢光稠的反叛之举，有刘隐逼迫的成分。当虔、韶、潮三州同时起兵，刘隐集结兵力欲攻韶州，因为韶州距广州最近，而且粮道已断。刘隐的三弟刘岩此时极力劝阻刘隐说，虽说韶州距近，粮道亦断，但韶州距虔州也不算远，虔州和韶州首尾呼应，攻韶州时，虔州必然呼应，粮食供给亦能恢复。最好的办法其实是去攻虔州，虽然虔州路远，但虔州才是韶州的根基，掘草应先断其根，不然，韶州难取，且广州也露于虔州兵剑锋之下。

刘隐此时三十出头，而刘岩只是一个二十出头的毛孩子，刘隐并不想打击刘岩，却也不想听他的意见，如若不是刘隐的二弟暴病而亡，而刘谦在世时有遗愿希望刘隐早些让刘岩接触军务，刘隐才不会给刘岩这么一个发言的机会。刘隐对刘岩轻轻摆手，示意他不要再说。然后向他发出一支令箭，令刘岩去做押运粮草之事，攻略伐谋，莫再多说。

韶州攻防开始，居然果如刘岩所说，卢光稠率先从虔州调运粮草到韶州，韶州还未攻下，虔州兵又抄了刘隐的归路。刘隐军首尾难顾，部将苏章率队向广州方向冲杀，却意外顺利，虔州军几乎无法抵挡刘隐军队轻轻一击，便展开败退，苏章率众一口气冲杀五十余里，却发现身处名为"潭溪谷"的山谷之中，两山一沟，为防有伏，苏章扭头欲撤，此时谷中伏兵四起。虔州军主将谭全播调动五万大军，将苏章团团围住。苏章从傍晚冲杀到天明，才率十几人小队突出重围，死伤被俘三万余众。

苏章赶忙撤退，欲报刘隐，却发现，原来刘隐其实也被困于潭溪谷，同样刚刚突出重围。刘隐韶州一场大败，却并未伤筋动骨。唐末天祐元年（904），刘隐就已经被唐廷封为清海节度使，现在到了后梁开平二年（908），朱温封刘隐为清海、静海两镇节度使。朱温这招远交近攻，当然是冲着湖南的马殷来的，他更希望刘隐可以不遗余力地阻击马殷，防止他在湘桂地区坐大。可刘隐却在桂湘地区一再败给马殷，一连丢掉昭、贺、梧等六州。此后岭南的高州、容州也被马殷并入版图，可马殷却也无力再向南征伐，刘隐很好地牵制了马殷的兵力，等到朱温将北方大部平定，朱温便有实力向南对付马殷。后梁乾化元年（911），刘隐被后梁朝廷封为南海王，只是南海王宝座未坐多久，刘隐突发疾病去世，年仅三十八岁。岭南不可群龙无首，自然由刘隐其弟刘岩接管。刘岩自称权知清海留后，之后后梁封其为清海节度使，封南海王，此时的刘岩年仅二十三岁。

刘岩初任南海王，最先做攻击的，自然还是虔州的卢光稠。但卢光稠寿禄不长，刘岩刚刚颁下进攻虔州的诏命，卢光稠便一病不起，最后不治身亡。卢光稠的儿子里，众将拥立卢延昌为镇南军留后。但卢延昌并不善军务，他最擅长的是打猎和把玩器物。刘岩并没有急于进攻虔州，而是秘派使者至虔州，面见虔州百胜军指挥使黎球。刘岩在亲笔信中向黎球承诺：将军若助我夺虔州，镇南军指挥使便是黎将军，君无戏言，落字成真。黎球回信说，容他再想一想。刘岩也并没有再派使者去催黎球，但他早知黎球与卢延昌有嫌隙在先，卢延昌在一次围猎之中，不经意的一次乱射，将黎球刚刚十五岁的公子黎岷成射死。因为卢氏是君，黎氏是臣，黎球也没有办法去面见卢光稠来为其公子之死做主。而卢光稠在明知误杀的情况下，将此事大事化小、小事化无。黎球本是虔州军队的统帅级人物，一直都对卢氏忠心耿耿，他也本无意怪罪卢公子，但当他耳闻卢光稠在明知原委的情况下，还是漠视了黎岷成之死，黎球的心态此时便开始失衡。刘岩攻敌之前，详细研判过了敌方的情况，还是觉得黎球是其中最可争取的一环。

未出半月，刘岩未动，黎球果然派人来详谈。刘岩亲自接见黎球派来的使者，亲口应承黎球，事成之后，黎将军就是虔州主将、指挥使。刘岩还在送别黎球使者的时候，为黎球捎去三个绝色佳人，并附信一封说：妾可再续，子可再生，时机错过，恐难再有。这几个字，直接击中了黎球的要害，而且刘岩与黎球素昧平生，不仅亲自接见他的使者，还附送佳人，黎球好像再难拒绝刘岩这一番美意。于是决定在七日之后，于虔州举事，"希南海王配合行事"。

乾化元年（911）冬，黎球果然在虔州举事，将卢延昌斩首示众，直接成为虔州防御使。黎球成事未久，乐极生悲，在庆功宴上，被牙将李彦图所杀。虔州之变，刘岩始料未及，他不明白为什么卢氏大将谭全播却并未做出任何行动。刘岩派人去虔州访察发现，谭全播是卢光稠的旧将，但并不想参与卢氏和牙将之间的攻杀，他本有心投奔刘岩，但碍于当年曾在潭溪谷大败刘隐大军而退避三舍。刘岩得知，遂派人拿着他的手书去请谭全播，信中道：将军虑我鼠肚鸡肠？过轻我尔！今请谭将军助我破韶潮之局，岩将亲请将军入广州，此言不虚。几番交集，谭全播终入广州，后亲率军队去攻韶州。

有人谏言刘岩称，谭全播是降将，应派监军督战才是。刘岩大笑，谭若有反我之心，此时已攻广州，若无反我之心，派监军何用？徒增烦恼。此话传到军前谭全播耳中，精神为之一振，谭全播进攻韶州身先士卒，然马殷从北面操控战局，韶州被马楚先行攻占。谭全播转而攻取了潮州，姑且未空劳此军。回到广州，谭全播面见刘岩，负荆而跪。刘岩连忙扶起道，将军劳苦功高，得将军是我大幸，一城一州，全小利耳！谭全播大为感动。

与马楚之争还未结束，刘岩欲争取高、容二州，本应将息的谭全播再次请战，刘岩几经推辞，谭全播一再坚持，最终挂帅。高、容二州本是当年刘隐失地，能否从马楚手中夺取二州，关系着岭南众将士气，谭全播怎会不知。谭全播升帐向众将道，我们此次的攻击方向并不是高、容二州，而是马殷老巢——潭州！此言一出，众将皆惊，多人劝阻谭全播此事再议。谭全播却一再强调，我意已决。

有人将此事迅速报给刘岩，刘岩微微一笑道：谭是军中主将，他的决断与我无干。众将眼神暗淡，谭全播却向所有人号令称：马殷匹夫，多次犯我岭南关境，此番直插马楚老巢，定取马殷首级，以泄吾愤。眼看谭全播战意已决，众将也不再坚持，转而积极准备。

广州军出征，刘岩为众将壮行，三万人马，深入马楚，直冲潭州。马楚此时桂地战事正酣，猛然发现广州军正突向潭州，楚军转而回防潭州。高州、容州一时防务空虚，谭全播迅速将军队转头向西，直扑高州、容州。由于马楚未加防备，加上广州军战力颇强，准备充分，广州军一举夺取高州、容州。高、容二州的胜利，使得马楚的防御在岭南西路这边门户洞开。全军得胜回师广州，有亲近之人问及刘岩，是否知谭全播攻潭州是声东击西之计？刘岩笑曰："我非神明，岂知是计？可我信谭将军，此去必有所获，果然！"

在桂地，马殷与刘岩之争，此后趋于白热化，马殷与刘岩互有攻守，旗鼓相当。朱温此时当起和事佬，愿意调停刘、马两家的争端。最终议定，马、刘两家以南岭为界，互不再攻，双方各守一方，不再乱斗。刘岩对朱温一直都是俯首称臣的态度，对这次的调停，也是万分感激，还为朱温送去美姬、美食、象牙、犀角，愿成为后梁在岭南的忠诚之臣，朱温大喜，此后对刘岩皆以贤弟相称。

乾化三年（913），梁廷突发变故，朱温为其子所杀，皇位几经易主，最终落在朱友贞身上。与朱温相比，朱友贞无论谋略还是眼界都不及其父，故刘岩开始另有打算。虽然刘岩与马殷的争斗在划定界线之后不复再有，可双方提防之心丝毫不敢松懈。既然北方中原已经易主，北面对马殷的压力就不复从前，所以与马殷的关系必须重新打一个基础。同样在这一年，刘岩主动向潭州的马殷求亲，希望马殷将他的女儿嫁给他为妻。马殷同为枭雄，当然晓得刘岩之意，马殷也疲于应付南面疆土之争，乐得双方喜结连理。刘岩得知马殷准了通婚之事，喜出望外，派出多路亲信到潭州示好。之前还在乱斗无休的马殷、刘岩，转眼间就成了翁婿，南岭两边的战端就不复有，岭南诸州的防务也不必紧绷。马家与刘家的和亲，令整个南国地区一片喜庆祥和。

马、刘两家和亲，这是朱友贞最不想看到的结果。朱友贞虽然心有不甘，却也不敢开罪马、刘两家，他只能在朝贡方面向刘岩施压，称之前朝贡之物过于平庸、稀少，以后要增加朝贡到每年五次。刘岩对朱友贞这种颐指气使自然非常不爽，但他压住了火气，向朱友贞开出了一个条件，那就是依照朝廷封吴越的钱镠为吴越王的先例，也加封他为南越王。面对这种图谋自立的想法，刚刚当上皇帝的朱友贞当然不能为其左右，之前加封钱镠是因为吴越之地是赋税重镇，可南越之地不可与吴越同日而语，故而朱友贞婉拒了刘岩的请求。由于此时北方的李存勖已经对后梁虎视眈眈，所以，后梁到底能维系多久，各路藩王多有议论。在吴越、马楚的前例之卜，刘岩也便动了称帝之心。

后梁贞明三年（917），刘岩将广州改名为兴王府，建立大越国，改元乾亨。次年，刘岩又称自己本是汉朝皇室的后代，所以改国号为大汉，史称南汉。乾亨八年（924），刘岩改名为刘陟，第二年，又说南汉出现了祥瑞，说是汉宫的三清殿上有白龙现身，所以有龙出呈祥之兆，故而刘岩再次改名为刘龑，龑为"飞龙在天"之意。

此后后梁穷途末路，李存勖率军突入洛阳，一举建立后唐。刘龑也似乎嗅到了李存勖的英武之气，在诸藩之中最早向后唐称臣纳贡，还在写给李存勖的书信之中，一口一个"大唐皇帝陛下"，让李存勖觉得这个南海的刘龑果然对唐国恭敬有加，所以也不吝封赏，延续了后梁时期对刘龑的封号，而且未对他称汉建国有所追究。刘龑此后还担心说李存勖会不会有一天兴兵南伐，故而派使者驻于洛阳半年之久，看尽洛阳的繁华盛景，也洞悉了李存勖的志向方略。使者回到广州之后带回的信息是：

李存勖骄淫无政，不足畏也。刘龑听后大喜，脱口而出："自是不复通中国。如若你唐国志不高远，我汉国又何必再畏惧你呢？我自偏居，无心中原！"

广州一直都是历朝对外通商的要港，所有异域的奇珍多半来自这里。中原王朝的奢靡颓唐，对于南汉来说，不但不是坏消息，反而是天大的喜讯。因为中原之主只要盛行奢靡之风，对于南汉国来说，都是巨大的利好消息，各国的奇珍都将沿着南国的水路、陆路，源源不断地输往中原腹地。

为了让南国的富庶之港久立不衰，刘龑开五代之先河，提出"刺史无武人"的策略，令自五代以来，武人任刺史，治领一方的惯例从此打破。文人统国之风在南汉盛行，武人自立之风由此难再。

第十四章
刘晟夺位诸王灭　刘铱宦祸阉人国

南汉一统岭南诸州，刘龑成为南国第一人，远离中原乱斗，偏居广州，安于一隅。刘龑主政南汉三十一年时间，南汉不可谓不盛，虽后期刘龑宫殿略有奢华，全境之内并无战乱，更无过分之处。但恰恰到了这一年，刘龑身体每况愈下，刚刚过完五十四岁的生日，便撒手西去。在他与父亲刘谦、哥哥刘隐主政岭南的时间里，更多的还是为岭南人带来了实惠，也在偏居之地，未受中原战乱困扰。这样一个忧心国家的人，对自己的身后事也早做了安排，那便是令他的三子刘玢即南汉皇帝位。刘龑继承候选人其实有十九子之多，长子和次子皆英年早逝，九子刘弘操也在一次平乱中战死。按历代旧礼，一般应由三子刘弘度即位，但刘龑其实更中意他的第五子越王刘弘昌，认为刘弘昌跟他年轻的时候最像，而且很多脾气秉性都与自己一般无二。刘䶮更希望日后统领南汉的，是一个像他一样有能力、有气度，更有智慧的帅才。可刘䶮与近臣们几番商议，居然还是赞成立刘弘度的人更多，都认为"废长立幼"是社稷大患，很可能为日后国朝埋下祸根。

刘䶮虽然极有主见，但对于他的身后事，态度还是有所屈服。一旦刘弘昌即位即被扣上"得位不正"的口实，那南汉此后的乱局实不可控。思量再三，刘䶮还是归回原路，立三子刘弘度为帝。刘䶮去世的这一年，是后晋天福七年（942），此时北方的石敬瑭已经向小他十岁的辽国皇帝耶律德光正式称儿，中原诸地也时而泛起对石晋皇帝"甘为异族儿臣"的不满和鄙夷。南国这边刘弘度改名刘玢继承大位，但就在为刘䶮治丧期间，刚刚当上南汉皇帝的刘玢便急不可待地在他的后宫搞起了淫邪之事，每日豪饮至深夜，而且他与后宫妃嫔、秀女皆裸身而行，行坐跳闹，难成体统。更要命的是，刘玢根本不再上朝议事，每天沉湎酒色中不能自拔，诸多国事奏章堆积如山。

越王刘弘昌、循王刘弘杲几次三番规劝刘玢说，为君之道，政务之多，不好荒废。但刘玢根本不理会他俩，只顾夜夜春宵。此时循州发生了动乱，守将张遇贤起兵反叛，刘玢一看，正好派越王和循王去平叛，省得在广州"坏我好事"。当越王刘弘昌随循王刘弘杲回到循州时，张遇贤已经自立当了皇帝，自称"中天八国王"，定年号为永乐，还设了百官。刘弘杲本就是循王，而张遇贤的出身只是他府内的一个下人。因张遇贤父母早丧，来到循王府的时候刚刚十三岁，循王看他可怜，就命他当了厨房的杂役，算是府内活计最轻的人。后来张遇贤做事还算麻利，循王就将他升为内府管家。张遇贤从小就对武艺感兴趣，与循王府的枪棒教头罗班头相交甚深，平时也在循王府学习武艺，还时不时地与府内下人在院内切磋，居然胜多负少。一来二去，被循王知道，就派他去教军场与军校比武。张遇贤居然还是胜率很高，循王刘弘杲就开始对这个张遇贤另眼相看。

张遇贤在军中谋个职位好像也只是个时间问题，刘弘杲并不会在军中给将领们知会，但太多人知道，此人就是循王府的人。张遇贤很好地利用了他跟循王的关系，很多时候不用他多说，自会有人为他自动背书。张遇贤为人聪明，很会抓住建功立业的机会，所以每有平乱都冲在前头，于是从团练使最后到指挥使，再到军中主将。循王刘弘杲自乐观其成，只是他没有防人之心，张遇贤利用循王的名头，笼络了不少死士在他周边，最后居然官居循州刺史，只在循王之下。在循王面前，张遇贤为人谦恭礼让，但在他人面前，自是一方能臣。循王并不是一个嫉贤之人，但有谋士向他谏言，要约束张遇贤的权力范围。最先下手，还是从循州巡城使开始，将其中几个忠诚于张遇贤的人或裁撤，或调往别处。张遇贤当然会有所留意，之前刘龑在世时还好，从新皇登基时起，循王便受到皇帝的排挤，张遇贤感觉时机已到，再加上循州临近闽地，张遇贤有心借闽国之力，谋得自立。

刘玢派刘弘昌和刘弘杲去循州平乱也算是一石二鸟之计。平乱成功了，循州本来就是刘弘杲的封地，也不算什么有功；若是平乱失败了，那就可能铸成大错，本来想办二位王爷还没有口实，正好杀你们个二罪归一。刘弘昌和刘弘杲当然知道此次平乱充满险恶，所以，只能成功，不能失败。好在循州城内还有忠于刘弘杲的诸多细作，得知张遇贤的粮草都囤于循州东门演兵井，而演兵井的守将居然是越王刘弘昌的旧相识，是越王儿时在广州宫中的玩伴赵弘根。很可能张遇贤没有留意到赵弘根与越王的这层关系，将命门置于敌人兵锋之下。在越王的策动下，赵弘根临阵起事，将张遇贤的粮草付之一炬，张遇贤还未及整军出战就发现演兵井方向冒巨大火光，探子回报说粮草起火，张遇贤自知难敌越王之军，决定出东门逃跑，最后被循王刘弘杲在东门外堵个正着。刘弘杲手指张遇贤大骂"狼子野心、为人不忠"，之后乱箭齐发，将张遇贤射死。

越王、循王终而获胜，让刘玢吃惊不小，但他并没有给越王、循王任何封赏，只说越王劳苦功高，循王以后应尽心约束手下为好。二王正在郁闷，恰巧晋王刘弘熙来寻，约他们到府中吃酒。弘熙本是刘龑四子，在决定立弘度为帝的同时，刘龑还留了一手，就是命刘弘熙为监国，一旦刘弘度在即位之后有违背纲常之事，可合而击之。刘弘熙召集刘弘昌和刘弘杲正是为了密谋此事，但刘玢也就是刘弘度迈出宫城的时候少之又少，而且基本上很少离开后宫，没有多少下手的机会。如果没有机会，那就创造机会，首先要从刘玢的爱好下手。刘玢除了喜好女色之外，还喜欢手搏之术。而宫内陪练者也只有二三人，刘玢自小爱好手搏，所以有些技术，一般人很难赢他，再则，他现在是南汉皇帝，就算谁有那个手法，也不敢赢他。所以，刘玢对宫内的手搏陪练已生厌倦，最好寻些手艺生猛者进宫露露手艺。

晋王令亲信陈道庠找到刘思潮等五位手搏高手入宫，然后引荐给刘玢，并说这五位已经在岭南没有敌手。刘玢本来就是个争勇斗狠之人，一听有人有手搏方面没有敌手，顿时来了兴致，当场换装比试了一下，发现果然难以取胜。实际上刘思潮等人手下留情，担心伤到皇帝。刘玢也看出了门道，觉得这五个人果然有些内涵，于是就让刘弘熙将这五人留在宫中。此后刘弘昌和刘弘杲多次与刘弘熙商议，最好这五人起初多次输给刘玢，但一定要让他险胜，在七日之后找一次练习的机会，设计一次失手，令刘玢头颈着地，骨断而亡。

刘弘昌觉得，这种下三滥的手段是不是有所不武．刘弘杲却支持刘弘熙之计，说，现在刘弘度是皇帝，如果没有几万兵马围城，很难达到目的，父皇留下的遗命是，有人淫欲邪行，众可合而击之，以手搏为借口，行行刺之实，再好不过。三兄弟最后三拜关公，定下誓言，誓斩刘弘度，以卫汉国礼法之尊。七日之期不觉已到，刘玢果然又安排了练习。他深知，这五人还是有些功夫，每次险胜都是他们让着自己。刘玢此次做足了准备，在院中地面撒下五寸细沙，然后在周围犄角处多裹棉垫。然后刘玢告诉五人，不可留有余地，院内已做防护，可尽力为之。练习开始，前面四位手搏高手，在刘玢面前转不过三十个回合便被刘玢摔在当场，刘玢异常兴奋。最后面对刘思潮，刘思潮开始假败，最后一招倒踢紫金冠，脚尖钩到刘玢的后心，刘玢向前空翻，头颈着地，致脊柱断裂，当场吐血而亡。皇城内卫武士将五人团团围住，最后全部拿下，等刘弘熙等人入宫之时，刘思潮等人已被按在宫墙根下，等待处决。刘弘熙走到刘思潮跟前，左顾右盼之后，小声留下句话："壮士壮举，义薄云天，你们五人家眷我已安排妥当，各位尽可安心而去！小王叩谢了！"

虽然耳语说得情意满满，但转身之后刘弘熙却非常冷酷。对于这些在手搏中杀掉南汉皇帝的人，无论如何都必须处死，而且越快越好，因为，一旦手段不够迅速，很可能真相就败露了。这一计，无非是刘弘熙的设计，而刘弘昌和刘弘杲做足了协助。接下来的局面，便又是选人继位。既然是刘弘熙以计将刘弘度杀死，那刘弘熙继位当是自然，刘弘昌和刘弘杲都无异议。于是刘弘熙改名刘晟，改年号应乾。刘弘昌和刘弘杲也都被封赏，刘弘昌成为太尉兼中书令、诸道兵马都元帅，刘弘杲为副元帅、参知政事。这种安排，看似平顺，实则不然。刘晟得国不正，而且有损阴德，最大的危机其实是人心。

刘晟在用计杀死刘玢，谋国成功之后，最大的担忧就是，他的兄弟之中会不会也有像他这样的一个人，谙熟毒计，将他杀于无形？刘晟开始了与自己的内心"手搏"，而且，在他夜不能寐时，总能恍惚看到刘玢头肩歪斜，满脸死灰，向他狂疯叫着："好疼，好疼！"

对于当初极力劝谏他处死五位手搏高手的人，他都印刻在心，觉得这些人很可能都知道他刘晟的居心，却偏偏不点破，让他亲手杀掉自己的这些心腹，那么往后他们也许会在他不经意的时候，对他这个皇帝发起攻击。

首先，最令刘晟胆寒的，就是刘弘昌、刘弘杲二人。因为他们知道刘晟登基前使出的这条毒计，任何一个人如果想对他不利，这都将是刘晟在万千人前百口莫辩的事实。如果想让刘弘杲和刘弘昌永远闭上嘴，那就只有一个方法。刘晟某日宣刘弘杲入宫议事，在这种非上朝时间的召见，相当罕见，一般都在有重大政事时才会如此。刘弘杲入宫前，自己似有预兆，对自己的王妃说："人若生在帝王之家，就必须有足够大的心，来容纳有可能发生的任何事情。我此去，你可先带孩子去封州一避，如若我果有不测，那你们就一起逃到贵州去，再也不要回来。"刘弘杲与王妃洒泪而别，也义无反顾地去往宫中。等他到达宫中时，未见刘晟，却见一手搏高手站在殿上，并说："陛下不在，却愿在一旁观看你我互搏，他想知道他的御弟是否真的如人传说的武承风范。"刘弘杲明知死到临头，却对着空荡荡的大殿吟出一句："百阡陌头一苇青，罡风拂动入隆冬。若昔汉室承袭在，何须刘某落人坑？"然后刘弘杲就与刘玢一样，被手搏高手折断脊骨而亡。

刘弘杲一死，刘弘昌当然感到了寒意，他向刘晟陈言："我愿交出兵权，除去爵位，以后就做一个平民，再不入朝，让皇上完全放心，如何？"刘晟却说："你这样，岂不是将我陷于不义？"刘弘昌觉得情况若此，莫不如去刘龑的陵间拜一拜，或许刘晟会对先皇有所顾虑，能够对他网开一面。可令刘弘昌想不到的是，在刘龑陵前，他并没有看到刘晟，而是遇到了一个一袭黑衣的武林高手，步步紧逼刘弘昌，刘弘昌虽有武功在身，却终究没能脱身。最终，外界听到的消息就是，越王刘弘昌在先帝陵前遇到歹人，最后不幸身故。

刘晟还不算完，他不知如何能挖出他自己心里的那个魔。他只能不停地杀人，而且是他的亲兄弟。齐王刘弘弼，听说循王李弘杲被杀，吓得每天魂不守舍，最后他只能选择在刘晟面前负荆请罪，给自己硬生生列了十几条罪状，希望皇上念在同胞手足的分儿上，让他做一个平民。兵权主动放弃，所有的爵位也都不要，只要自己能做一个平民百姓，可以不姓刘，可以隐在民间，可以不向任何一个人透露自己的身世。刘晟面对弟弟的卑微，他未置可否，而是选择将刘弘弼软禁在鼎山之中。虽然刘弘弼自定其罪、涕泗横流，可刘晟依然不可能这么轻易放过他，即便他是真心的，刘晟也担心别人利用他的身份犯上作乱。与此同时，在邕州，有人看到凤凰显圣，落于巨树之上。这种事情发生在邕州，世人会觉得祥瑞呈现，必有吉兆。可刘晟却觉得，这种事情发生，无非表明邕州的镇王刘弘泽有不臣之心，有悖逆之意。任何所谓祥瑞都有可能是人为的，如果不是人为的，那就更加可怕，就更加需要将这种苗头化于无形。刘晟派宫中亲信去邕州，御赐一壶毒酒给刘弘泽，还令使者必须看着刘弘泽当面饮下。刘弘泽当时便气绝而亡，可对外界却宣称说，镇王是暴病而亡。

几位王爷无端死去，令几位健在的刘氏亲王惶惶不可终日，其中，有一些王爷还没有成人，面对杀气腾腾的皇帝刘晟，他们心里的惧怕是无以言表的。有七位王爷觉得，这种情势之下，无论战斗还是屈服都无法改变刘晟的一颗虐杀之心。所以，莫不如就此反了，可能还会有一线生机。这七位王爷是刘弘暐、刘弘简、刘弘建、刘弘济、刘弘道、刘弘昭、刘弘益。他们一同在端州起兵，而且还对外联合了马楚，一同反对刘晟的暴政。七人罗列出刘晟登基以来的诸多虐行之事，并拟檄文称：刘晟不死，大汉难丰！刘晟闻讯气得发疯，可他并没有急于派出大兵镇压，而是让自己的心腹邓伸召集一帮手搏高手，潜入端州城，入夜时分开始做起行刺勾当。行刺的刺客中，以刘当与冯行二人最喜夜行，而其他人只在城中馆驿、各处路口为二人把风。一日入夜，刘当潜入刘弘暐府内，摸进后堂，一刀结果了恩王刘弘暐，然后将其首级发往端州城外。

刘弘暐是七王之首，次日清晨，其余王爷发现恩王被杀后大乱。此时刘晟秘密派出的陈道庠等人也率大军到了端州城外，城中恩王首级转到城外汉军大营，陈道庠发令攻城。最后七王中其余六王均被俘获，押往广州发落。

刘晟看到恩王刘弘暐的首级，喜恼交加，直接命人去将在鼎山中幽禁的刘王刘弘弼抓来，然后与其余六王一起，押往刑场斩首。刘晟连杀十王，是历朝历代都不曾有过的暴君，南汉先王刘龑的十九子中，除夭亡三人外，被刘晟杀掉十人，还有六人，不是被赐毒药导致残疾的，就是被幽禁于边远海岛，交专人看管，终年不见天日，最终都被幽闭而死。公元943至944年两年时间内，南汉先王刘龑的十九子中，除刘晟外，其余均告死亡。后人在史书中形容南汉中宗刘晟说："刘晟残同气而渎天伦，桀、纣之虐，难如之甚！"

刘晟除去自己的所有兄弟后，他的焦虑却一点没有缓解，每天噩梦不断，且时时感觉有人要杀他。当时中原频繁易主，到郭威、柴荣时期，柴荣还举全国之力攻打前蜀和南唐，此时刘晟惧怕柴荣兵锋真的指向广州，他能想出的办法，就只能是向后周遣使朝贡，并派人驻在中原，探听到任何消息都向他随时禀报。在这种惴惴不安的情绪中，刘晟的生命走到尽头，这一年是后周显德五年（958）。刘晟此生，充分印证了，做错一件事之后，要用一生的不安来填补一时做错事的巨坑。

刘晟的继任者是他的长子刘继兴，刘继兴即南汉皇帝位后，改名刘鋹。就在刘鋹即位三年之后的公元960年，后周大将赵匡胤发动陈桥兵变，立宋代周。刘晟主政十六年，得到的都是杀兄弑弟、残暴施刑的名声，刘铢想一改南汉朝廷的形象，所以重用中书舍人钟允章为中书右丞相。钟允章认为国家要想振兴，必须从法纪严明做起，做事必须遵循严法，而不能听从任何人的指派与暗示。但是刘晟当政之时已经形成了宦官当政的恶习，一旦有人侵犯他们的利益，必会群起攻之。宦官之中为首之人正是内主大太监许彦真，他一听到钟允章的说法，第一反应竟是："他想造反哪？"

钟允章想在刘铢祭天的时候，在祭坛上摆上一些镇物，主要是想将南汉廷堂之上的一些邪秽去除，然后换上一些利天利民的器物，欲从法器上对宦官一党做去除之术。问题在于，钟允章所做的这些，并没有知会刘铢，而是秘密进行。许彦真觉得自己定是掐住了钟允章的把柄，他将祭天坛上的这些奇怪的器物，往利于自己的方向解释了多半。极力让刘铢觉得，钟允章这是要造反，这些器物代表邪秽，是用来对皇帝下蛊的。以此来对皇帝做下"勾神之法"，最终令刘铢听命于他。

刘铢起初是不愿相信此事的，但当许彦真将一位"岭南仙师"周远宫带到皇帝面前，将所有器物所用之邪法一一列举之后，刘铢才不得不信。这一顿颠倒黑白的描述，但凡有一点头脑的皇帝，都可以自行分辨。可宦官一党早在刘晟在世时就已经在朝野之中说一不二，况且"岭南仙师"言之凿凿，所以钟允章的命运似乎早已注定。

宦党将钟允章拿到刑部，而三堂会审之时，除了一位礼部尚书薛用丕之外，全部都是宦官主审，审问的结果自不必说，钟允章"忤逆"之心近乎昭然若揭。公堂之上，钟允章被屈打成招，薛用丕上前低声问钟允章："如若你就这么招了，那你家小、三族都将无存哪，你想好了没有？"钟允章同样低声说："谢过薛兄啦。如今你还看不出吗？我为鱼肉，他们就是刀俎，容不得我不招啊。"笔录口供交到刘鋹面前，刘鋹还是不太敢相信，他一直十分仰仗的钟允章居然真的做出忤逆之事，而且还是跟他的两个儿子密谋。刘鋹抹了一把泪说："想不到我如此信任之人，居然做出此等事来。你们看着处置去吧，莫再给我看。"许彦真等的就是刘鋹这句话，他将钟允章和他的两个儿子押赴刑场。没出两个时辰，钟允章同其二子人头落地。南汉唯一一次振作朝纲的机会，就这么草草流失。

钟允章父子殒命，南汉宦党更加不可一世。刘鋹在内外都没有自己人支撑局面的情况下，居然封宦官龚澄枢为内太师、左龙虎观军容使，主掌南汉中枢。而刘鋹自己，于后宫中闭关，多行男女之事，纵情声色，不再上朝，整理政事，多委交龚澄枢代为主理。不想，龚澄枢居然颁布法令，凡入进士者，必先下蚕事（宫刑），或自愿自宫，然后方可冀求进取。换句话说，只有先当了太监，然后才能入朝为官。这种太监当国的朝廷，历朝历代并不罕见，但以"行宫事"成为入朝当官的"路条"的朝廷，南汉却是历史上绝无仅有的一个。从此，南汉朝廷成了名副其实的"太监国"，任何政事都必出太监之手，而军政之事，更是以太监为主官，对外软弱，无阳刚正气，对内残暴，多行变态之举。

这种政令本身虽然荒唐，但在南汉百姓中的示范效应更加恶劣。政出不久，南汉便有宦臣二万余人，其余在民间欲入朝为官自行宫事的人不可计数。南汉无可争议地成了五代之中的"阉人之国"。这种方式，把南汉搞得乌烟瘴气。南汉大宝十一年（968），赵匡胤已经说服了南唐后主李煜，代他劝降南汉皇帝刘鋹。首先一定要归还当初南汉侵占的马楚的旧地，而且要向宋称臣。刘鋹听不懂李煜的弦外之音，便对劝降严词拒绝。南汉大祸上身，赵匡胤以此为由，在南汉大宝十三年（970），以大将潘美为帅出兵南汉。宋军很快就攻下贺州。刘鋹居然还天真地以为，如若归还了当年侵占的马楚旧地，大宋就真的可以罢兵休战。而宋军在占领马楚旧地之后，依然没有罢兵之意。

这时刘鋹才知道，赵匡胤的真正目标其实是自己。潘美佯攻广州，转而攻下富州、昭州和桂州。刘鋹一时没有办法，只有去求当初被宦党迫害的旧将潘崇彻，封他为马步军都统。潘崇彻被刘鋹征用之前，在水牢里被囚了七个多月。依刘鋹原来的想法，是不可能去求助一个宦官们已经认定为反叛之人的。但大敌已在门外，刘鋹又实在没有可依靠之人，所以才向潘崇彻礼贤下士一番。送潘崇彻回府，然后将剥夺他的那些爵位都还给老潘，将广州城防的所有权力都交给他，最后，刘鋹降阶而迎，扶着潘崇彻的手臂哭诉说："我大汉这么多年国祚，这次是面临最大的麻烦。赵宋所要的，是咱的疆土啊！"

潘崇彻之前对刘鋹虽有怨气，但看到刘鋹姿态放低到这种程度，也着实感动。毕竟南汉先帝刘龑对他有知遇之恩，虽然刘鋹轻信宦官有他的问题，但大汉的疆土无论如何不容有失。

赵匡胤之前并不知道刘汉守防大将是谁，后来听潘美说，刘汉这位叫潘崇彻的大将，居然还是潘美的一位远亲。赵匡胤回忆说，之前听闻刘汉先王刘龑征战湖南，有一位战将可以一敌千，可是此将？潘美说，确实是他。虽然说潘崇彻年纪稍长，但武艺和兵略依然娴熟。赵匡胤有意收为爱将，潘美却觉得有些难度。赵匡胤说："事在人为，并不是对这些国家进行杀伐才有好的结果，我们要的目标是大同，而不是简单的征服。"

潘美觉得，宋王给自己出了一道相当困难的题。如果说征伐，潘美没有服过谁，但要讲计谋，潘美还真有些门外汉。他只有请他的军师国道符前来商议，国道符觉得，这种招降并不难，堡垒要从内部攻破，主攻的要点无非是龚澄枢一人。依国道符的想法，需要找一位被俘的南汉商人，代宋王给龚某人捎上一些皇封的书信，还有一道委任状，此事便大功告成。

另一边，在广州城中正在思虑着是不是收拾细软，趁夜出逃的龚澄枢，突然听到门外报有商人欧报通求见，欧某实是他在商界的旧相识，平时如果有人送他的器物无法出手，都是由这位欧报通代为处理的。这次前来正遇到龚澄枢准备出逃的当口，龚还以为他是来趁火打劫的，面带不悦接见了欧。欧坐不多久，话没三句，直接将赵匡胤的亲笔信交到龚澄枢手上，而且还附着委任状。赵匡胤在信中说：素闻先生大名，大宋开国，一直苦恼于没有内廷主事，知道先生陷于广州城内，便令宋军停手。先生只消将大汉主将潘崇彻安一个无可脱身的罪名，即可在宋廷走马上任，委状先生亲启。这真的是天上掉下来的美事，本来龚某就看潘崇彻不顺眼，若不是宋军前来，潘崇彻早就死于水牢之中了。不过此时有潘在前，我龚某人还有改换门庭的好事。龚澄枢看罢书信，也打定了主意，几日内定叫那潘崇彻再死一次。

另一边潘崇彻还在韶州前线观察敌情，却突然听说英州、雄州已经失守，韶州已陷入重围之中。此时更有广州皇上急诏前来，说因潘崇彻一战怯战，导致英、雄二州失守，现将潘崇彻拿下，择日押往广州正法。潘崇彻听罢，悲愤交加，我还在前方城头防御，你们这帮阉人居然还想要了我的命？这种朝廷，保它何用？而此时韶州的兵力对比，宋军是汉军的三倍还多，而且宋军气势正盛，拿下韶州只是时间问题。潘崇彻望了望身后雾霭中的韶州城，满眼含泪，想当年与先帝刘䶮也是在此防御马殷进攻，何等壮烈，但现在的大汉怎么就成了如此模样呢？潘崇彻将心一横，将广州来使拿下，然后召集众将说："汉廷无道，我虽奋勇，却不敌奸佞当道，我今天决定投降大宋，兄弟们觉得如何？"众将听罢都同意一同举事，当天日落之前，韶州城头便竖起白旗。

闻听潘崇彻被他逼得投降了大宋，刘鋹万般悔恨，却也觉得大势已去。宋军已经将广州三面包围，只留南方水路可以出逃。但刘鋹不想再逃了，再逃也无非是被宋军抓回罢了，莫不如出城献国，也算是保存汉国最后的体面。五代诸国为宋所破，托玺献国者众，但像刘鋹这样，素服白马，最后却将全脸涂黑的君主，他还是第一个。潘美前来受降，看到刘鋹的一脸苦相，却也不好讥笑。只有将刘鋹一众人送往汴京，由他面见大宋皇帝。

在进入汴京之前，刘鋹还想出来很久之前的一个绝技，那就是南国手艺"编马鞭"。刘鋹将一颗巨大的珍珠置于他编制的真皮马鞭的手柄处，在正式向赵匡胤献上玉玺的时候，他顺手就将这支马鞭献给大宋皇帝。赵匡胤还很惊叹刘鋹的手艺，便问："这是你一路从广州编到汴京才完成的？"刘鋹点头称是，还说："完全是被大宋皇帝陛下的耀眼光芒所折服，所以才想起这颗千年一遇的'南海美珠'。小人觉得，只有这样的绝世之物，才配得起英明神武的大宋皇帝。"赵匡胤听罢哈哈大笑，直夸刘鋹手艺果然了得，留他在大宋宫中做宫廷工匠们的领班主事。刘鋹欣然应允。

大宋太平兴国四年（979），宋太宗赵光义要伐北汉，刘鋹听说了便要一同前往，说要给赵光义做些力所能及之事。赵光义说："你一个废国之君，到了前敌，能有什么用？"刘鋹说："之前唐后主李煜入得宋宫之后，一直凄凄婉婉，让人看了不爽气。莫不如，这次皇帝捉到那北汉的刘继元，由我来统领他们，做一个'诸国废君的领班'，也好让大家活得爽气些，让皇上看了不那么心塞。"赵光义听了大笑而去，只留下跪地恭送的废帝刘鋹。

有一次赵匡胤看刘鋹每每见他都异常乖巧，实在难得，在酒宴之上，觉得有一壶贡酒味道不错，就想赏给刘鋹，也算是慰劳他一下。刘鋹一听宋帝赐他御酒，吓得他跪在地上磕头犹如捣蒜一般。赵匡胤酒喝得正欢，看到刘鋹这样，不明所以。亲信在耳边说，刘鋹是怕皇上赐他毒酒。赵匡胤大笑说："怎么？难道你在广州时赐别人酒便都是毒酒吗？"说完便将刘鋹跟前的酒一饮而尽。

刘鋹最终在汴京活到三十九岁，被宋太宗封为南越王，一直到他死去，都坚称，他此生再也不回粤地，生人死魄，皆于中原。

第十五章
知祥一统东西川　孟昶亲政绘榕蓝

前蜀王宗衍丢了国祚，牵羊献玺成就郭崇韬七十天灭一国之后，蜀地尽归后唐。但后唐杀了大户，本以为可以吃一阵红利，哪想，李存勖却对此时的郭崇韬开始一万个不放心。前脚李继岌挂帅攻前蜀，却是郭崇韬处处打先锋。对于控制巴蜀局面的郭崇韬，李存勖感觉郭很可能废李继岌而自立。此时监军李从袭正巧带回密信，信中说，郭果有不臣之心，李存勖也不怀疑，直接下了除掉郭崇韬的密令。成都廷内，郭崇韬被锤杀，只在灭后蜀数月之后，便没人再敢提及郭崇韬之事，仿佛这位郭丞相从未来过世上一般。

为了让蜀中能迅速安定下来，李存勖觉得派到蜀中任何一个人都不可能做到完全信任。那么就只有一个折中的路线：分而治之。蜀中按地理条件分为东川和西川，李存勖就令两员爱将董璋和孟知祥分别任东川节度使和西川节度使。如此，即便后唐再无力入川，蜀中也不至于再有郭崇韬这样可能自立为王的隐忧存在。而此时，恰因李存勖不明不白地将郭相秘密处死，而且秘不发丧，各地藩镇人人自危，最终导致群起反抗李存勖，洛阳和魏博都发生了严重的兵变，李存勖在洛阳兵变中身死，而魏博兵变中前去平叛的李嗣源却莫名其妙地成了代替李存勖的继任。李嗣源百般不愿，却终被强按在龙椅之上，蜀中的两员大将听说后唐的变故，也都有了自立的野心。

孟知祥本生于河北邢州世家，从小他就是邢州远近闻名的野孩子。七岁那年，他已经是邢州城内的孩子王。对于父亲孟道来说，孩子性情狂放一些也未必是坏事，但叔叔孟迁说，还是稍加管教为好，以免日后到了军中受军规之苦。不过好在孟道早早就投到了晋王李克用帐下，孟迁随兄一起投军，但孟氏一直都在邢州一带驻防。孟知祥小的时候很喜好参加围猎，一次围猎中，差点用箭射到李克用，李克用距离中箭之树只有分毫之差，却令李克用一下子记住了孟家的这个野小子。那时候福庆公主还没有许配人家，也是一副假小子气质，李克用觉得，说不定孟家这小子很可能跟福庆公主会配成一对。差人提亲，孟道自然应允。其实他不知道，孟知祥和福庆公主早在围猎时就已经相识，而且私订了终身。不过殊途同归，李孟之好当年便已修成。那时候李存勖还是一个喜好伶曲的翩翩少年，孟知祥这时候的见识已远在他之上，还是姐夫孟知祥带着李存勖，让他知道了这个世上还有很多他所未见的英雄。

之后李克用突亡，李存勖继任晋王。孟知祥就从晋王女婿变成了晋王姐夫。郭崇韬死后，蜀中权力空虚，需要派人主事时，李存勖想到了他的这位姐夫。在李存勖的心中，姐夫应变机警，可作为蜀中可信之人。但想不到，一场洛阳兵变要了李存勖的性命，孟知祥一夜间从之前的皇亲国戚变成了前朝旧臣。

后唐新皇李嗣源安排李严去蜀中安抚孟知祥和董璋，却在临行时任命李严为西川兵马都监，事实上当这位李严将军到达成都之时，就相当于下了孟知祥的兵权，然后用孟知祥的兵马去攻董璋，逼董璋就范。李严临行时夫人不想让李严去，李严说："不慌，我跟知祥是旧交，他总不至于要我性命。"夫人却哭成泪人，觉得李严此去无归。李严强装镇定，踏上蜀道。

当李严到达成都的时候，孟知祥觉得肯定是带来了好消息，因为李存勖之后，他在朝中亲近之人不多，李嗣源能派李严来，那带来好消息的可能性极大。可迎宴之上，李严慢慢把李嗣源派他的来意告诉孟知祥，孟瞬间变脸，质问李严："我们浴血奋战才打下巴蜀之地，你们在洛阳，一刀一枪都没动，现在居然要下了老子的兵权？什么道理？"李严还是好言相劝说："巴蜀之事，无非新君猜忌，你交出兵权，君上便再无口实。"孟知祥假意答应，说天色不早，李兄早早休息，明日廷议时，一定将兵权交付。可是当李严转回馆驿，孟知祥却将各营亲近将领召集到府，称，朝廷对我们不仁，休怪我们不义，我们就此起事，不再侍奉这个弑皇的新君！当夜，孟知祥率亲军包围李严馆驿，以找李严攀谈为由，进入馆驿后直接将李严一刀斩为两段。

李严被杀，明宗李嗣源根本没想到。他虽与孟知祥并不知近，但在晋王时期也算同殿称臣，但李嗣源面对全国乱局，根本无力派兵入蜀清剿。李嗣源能想到的主意便是安抚，把孟知祥的家属护送去成都，想以德报怨，不给孟知祥反唐的口实。不过此时南平的高季兴反叛，李嗣源信告孟知祥，现在唐国有难，需要你发兵救援南平唐军。孟知祥可以不奉诏，那就意味着确实反了，那唐军灭完高季兴，很可能就来灭你。孟知祥的选择是派兵去，但不派出大队主力，只派出三千蜀军，在唐军的另一侧摆开阵势，且不急于进攻，而是在唐军几乎得胜之后清剿一下战利品。这种援军无疑是趁火打劫，明宗李嗣源并非不知道，却也拿孟知祥没什么办法。讨伐高季兴过程中，高季兴得病去世，高季兴的儿子高从诲投降，向后唐称臣。唐军撤兵了，孟知祥也想撤，但李嗣源不允，让孟知祥的三千蜀军就驻在南平，孟知祥想抗命，但还是碍于皇命，勉强服从。但后来孟知祥告洛阳说，三千蜀军哗变，自行退回夔州驻防。

后唐一时拿不下盘踞蜀中的孟知祥、董璋，那就想办法肢解蜀中的军力。天成四年（929），后唐连发多条委任诏令，以李仁矩为保守节度使，居阆州；以武虔裕为绵州刺史，居绵州；以夏鲁奇为武信军节度使，居遂州。这种情势下，蜀中的军力被瓦解成多股势力，以减弱孟、董二人在蜀中的影响。孟、董二人当然不能坐以待毙，再不做反应，很可能蜀中的军力分散过后，后唐军队转眼就到跟前。孟知祥有个结拜的兄弟叫赵季良，曾经被后唐封为三川制置使，当初安排他来蜀中，也是为了节制孟知祥的。可孟知祥却和赵季良成了生死之交。对孟知祥来说，赵季良是他的大将，更是他的军师。面对朝廷的肢解，赵季良给孟知祥献出一计：与董璋联盟。

　　董璋最早是朱温的部下，性情也偏残暴。孟知祥总是以皇亲自居，从来看不起董璋这路货色。后唐将性格迥异的二人安置川中，无非就是想勾起二人内斗。李嗣源无论如何想不到孟、董二人会最终联盟。用赵季良的话讲，强敌之下，皆为朋党。所以没有永远的敌人，只有永远的利益。董璋在东川，距后唐洛阳更近，如果此时孟知祥等着朝廷将他诛灭，他也毫无办法，但孟知祥如果对董璋袖手旁观，那他便是下一个董璋。为了让孟、董二人联盟得更紧密，赵季良还是为二人子女牵线，将孟、董二人变成亲家。接下来，二人以蜀中军力混乱，百姓频受兵灾为由，希望朝廷收回成命，撤回李仁矩、夏鲁奇等人。后唐朝廷本想怀柔安抚，但孟、董二人根本不吃这一套，尤其是董璋，在他看来，他所居的东川，就只是唐军入川的第一站，他若不反，早晚会被后唐废去兵权，丢了性命。如果只是等着别人来杀，还不如孤注一掷，反了痛快。孟知祥的反心相比董璋更复杂，他知道他是李存勖姐夫这件事，现在是一个致命的因素，他即便再宣誓效忠，李嗣源也根本不可能信任他。虽有董璋隔绝在前，但东川一旦有失，西川根本没有防御能力。所以东川、西川的命运是系在一条绳上的。顺臣必被灭，反贼亦有生。

　　李嗣源虽然没有太大的能力去平灭蜀中二人，但也不可能坐视他们坐大。石敬瑭就是李嗣源的最后杀招，对石敬瑭来说，当上李嗣源女婿还不足以号令一方，还需要有足够的战功来背书，如果能剿灭蜀中两藩作为资本，最好不过。石敬瑭被封东川行营招讨使，夏鲁奇为副使，杀向东川的董璋。石敬瑭剑指阆州、遂州，孟知祥早知董璋难敌石敬瑭，所以早早派兵援助遂州，而阆州有董璋主力顽抗。李嗣源在派石敬瑭入川之前，先将董璋在洛阳当宫苑使的儿子董光业杀掉祭旗，然后将董璋居于洛阳的全族人拘押，之后，董氏全族被灭。董璋在东川心疼得昏死，醒后咬牙切齿要报全族之恨。孟知祥虽保全家族，但董璋份属亲家，所以董氏之仇也成了孟氏之仇。孟知祥派出大将李仁罕和赵廷隐在川中左冲右突，保全东川防线万无一失。石敬瑭虽然也需要战功资本，却也不想拼尽血本来灭东川。所以此时东川战局进入胶着状态，石敬瑭不急于进攻，孟、董二人也不急于反攻。

这种局势之下，孟知祥非常担忧，他又找到赵季良来问计，这种局势下有没有必要跟石敬瑭拼死一搏？赵季良笑道，主公莫慌，到了来年二月，石军必撤。孟知祥问何故言之凿凿，赵季良笑道，孟、董二位主公，久居川中，粮草丰实，不惧久战。而石敬瑭却不同，孤悬一军，粮草远运，久而生变。果然，在长兴二年（931）二月，石敬瑭的军队粮草运输不畅，草草从阆、遂二州撤军而去。

李嗣源动武不成，施策又改回怀柔，想和孟、董二人讲和。请他们派人到洛阳领取赏赐，这就是罢兵不起战端之意，当孟知祥得知他洛阳的家属全部安好的时候，回信表示奉诏，然后又联系董璋说，这么跟皇上一直杠下去也不是个办法，莫不如借这个台阶下了吧。董璋一看孟知祥的信，当即翻脸，他知道孟知祥的族人在洛阳毫发无伤，但自己的一族人全都见了阎王。孟知祥有讲和之意，董璋却不能，灭族之恨，不共戴天。孟知祥后来也劝董璋，说："亲家，我也能理解你失去亲人的痛苦，但对方毕竟是皇上，再这么与皇上对抗，对蜀中百姓也肯定没有好处。"劝过几次，董璋无论如何咽不下这口气，最后放话说："知祥不知我之痛辱，若你想讲和，尽可亲自去洛阳，我定在东川与李嗣源对抗到底！"

本来后唐讨伐的时候，蜀中还是一团和气，李嗣源转为安抚之后，东川反而造反气焰日盛。这种情况孟知祥不可能不担心，董璋再这么闹下去，一定会再次招来朝廷的军队，东川覆灭虽不在话下，但西川到时就太尴尬了，连自立的机会都没了。所以孟知祥在劝说董璋无效的情况下，只能想办法，将东川收复，这样蜀中合为一体，朝廷就更不敢妄动了。

孟知祥还未动手，董璋就已经按捺不住了，他和孟知祥想的一样，如果他亲自动手一统东西川，那朝廷就再难动他。长兴三年（932）四月，孟知祥还没想清楚，董璋就先动手了，率东川一万余人攻击西川。孟知祥是个有谋之人，他深知董璋去扑成都，城墙坚固，一时难以得手，那就不如来个围魏救赵，直接率一万余人去攻阆州，董璋知道自己短时间内不可能攻破成都，但阆州城未必能守住，只能紧急回防。结果在东川弥牟镇与孟军遭遇，孟知祥派出西川所有大将迎敌，两位之前的亲家，终究撕破了脸皮。大战持续了一天一夜，最终东川董军大败，死伤无数，董璋仅率了几十个骑兵逃走。有手下将官欲追，却被孟知祥喝止，然后说："董某人此次惨败再无翻身可能，他留一条命回东川，不过是留给他东川旧部的一个投名而来的口实罢了。"果然，两天之后，东川传来消息，原陵州刺史王晖将董璋斩首，带着董璋首级来投孟知祥。

统一蜀中之后，孟知祥已经成了事实上的川中之王，他再不必担心李嗣源派军来攻，而是不再与洛阳主动来往，蜀中自立局面已成。李嗣源看到孟知祥已经占据全川，事实已成，只能选择团结孟知祥，先后封他为成都尹、剑南节度使、东川节度使、西川节度使、检校太尉、中书令。最后李嗣源干脆封孟知祥为蜀王。一个受过后唐太多恩惠的蜀王，总好过对后唐咬牙切齿的董璋或是其他什么人吧？

后来李嗣源病故，李从珂继位。本来李嗣源就是李克用的养子，李从珂又是李嗣源的养子，这种情况下，一直认为后唐属于李氏的孟知祥也开始怀疑起来，这样的后唐，跟之前的晋王李克用已经没什么实质关系，那作为李克用的乘龙快婿，就更没有必要去维护一个完全不属于李氏的王朝。可如若自己在川中称帝，可能是顺承李克用江山的最好办法，于是在应顺元年（934）正月，孟知祥在成都即皇帝位，国号蜀，史称后蜀。称帝之后仅仅过了不到一年时间，孟知祥突发疾病而亡，太子孟昶被立为后蜀第二任皇帝。

昶，是孟昶自己改的名字，他原名叫孟仁赞。他并不是孟知祥的长子，他从来自觉跟皇位没什么关系，主要因为他有两个很强势的哥哥，雅王孟仁赟，彭王孟仁裕。但雅王当年随父入川的时候被流箭所伤，因医治不及时死去。彭王孟仁裕一直都是呼声很高的能继承父业的那个人，全家身在洛阳时，都是孟仁裕安排家事。孟知祥攻东川时，彭王主持渡河去往阆州，当时水位不高，可在渡河那夜居然水位猛涨，全军只淹死了五个人，其中就有彭王孟仁裕。对于儿时一直都随母迁徙的孟仁赞来说，所谓的家就是军营的大帐。孟知祥一直都为李克用东征西讨，而母亲也不愿带子女都窝在太原，因为母亲本来就是晋国的公主，也是武将出身，所以她想让孩子们早早熟悉战场的喊杀声。孟仁赞这名字是母亲起的，可见孟仁赞小时候生得多可爱。从内心来讲，孟仁赞还是喜欢他们全家待在洛阳的日子。

很多武将的家眷都待在洛阳，几乎都住在同一个区域，所以大家也都互相熟悉。孟仁赞虽不是所有孩子里的头头，却是最爱凑热闹的一个，有什么好玩的他都跟着跑。有时候会偷偷藏在别人的府里，因为不想躲猫猫输掉。从小，他就喜欢李严家里的一个小丫鬟李桃儿。一个下人，是不可能跟孟家公子有什么结果的，那个时候孟仁赞也只有十岁左右，根本也不懂婚嫁之事，就知道要跟好看的小姐姐玩。而且他还跟李桃儿说，以后我的媳妇肯定是全天下最好看的女子。李桃儿只管笑他，却也不能把他的一些疯话传给别人。后来，李严入川去找父亲，再后来，家里就再也不让孟仁赞去李家了。他仔细一打听，原来是父亲杀了李大人。一个小孩子，根本搞不清楚父亲为什么要把平时交情莫逆的一个人就这么杀了，更不懂为什么李府不让他再去见桃儿。

后来再长大一点，明宗皇帝大赦，令他们全家去往蜀中跟爹爹团圆。进入蜀地，他们全家车马行进了一个多月时间才终于到达成都。成都的一切都是熟悉又陌生的。说熟悉，是因为好像全成都的人都认识他这个小孩儿；说陌生，成都又是一个他从未来过的地方。很多事情看不明白，很多道理他也讲不出来，就是觉得，最好别打仗了，全家团圆每天能见到爹爹就好。后来爹爹给他专门请了先生，教他很多大书，听得他头脑发涨。很多诗书、意理，他都不爱听，却只爱听那些蜀中的故事。其中一个就是关于前蜀皇帝王宗衍和花蕊夫人的故事。书中将花蕊夫人说得貌若天仙，可惜国灭之后就随国而亡了。先生教导孟仁赞说，前蜀亡国，就是因为宠溺小人，还有就是沉迷女色。所谓的花蕊夫人，无非就是红颜祸水，国之不幸。小仁赞对这些基本无感，什么女人，还能误了一国？直到他在成都官办藏书阁里看到了那幅画，那幅画花蕊夫人的画。

在爹爹不知情的情况下，孟仁赞将那画收了来，然后藏到府中书房。后来，他发现府中的一间密室，从密室里的东西来看，这间府邸最早应该是李继岌用的，而这间密室就是李继岌密谋的地方。孟仁赞居然在里面看到了很多地图和信件，孟仁赞就将那幅画藏在密室之中。有时候孟仁赞在想，会不会那间密室就是李继岌密谋暗害郭崇韬的地方呢？没人能给他答案，他只是得到了一个只属于自己的私密空间。密室并不在爹爹那院，而是在孟仁赞母亲的偏院，而这个偏院的隔壁正是孟仁赞的卧房。孟仁赞之后觉得自己多次出现在母亲的偏院容易引起怀疑，便和自己的几个玩伴用一个月的时间，将他的卧房与密室之间挖通。这是一个隐秘的工程，所以参与的人也都是孟仁赞信得过的跟班，比如毋昭裔、李昊还有徐光溥。

这三人，都是孟知祥手下将领的儿子，父一辈子一辈的交情，但这些子辈的事情，很少让他们的老子知道。就比如，孟仁赞深深迷恋前朝花蕊夫人的事，三位公子就口风很严，不让任何一个密室之外的人知道。可他们却止不住地埋怨孟仁赞，这么一个前朝死去的人，你迷她有什么用呢？她又不可能活过来。孟仁赞每次都会心一笑说："我相信，精诚所至，金石为开，相信我总会有跟画中人相见的一天。"三人都笑话孟仁赞这种痴迷画中人的疯傻，可孟仁赞却不以为意。

时光荏苒，转眼间孟仁赞到了十五岁。这一年，孟知祥也统一东西川，成了蜀王，最后居然还当了皇上。那孟仁赞自然就成了太子，他虽然排行第三，却是健在的皇子里年纪最长的一个。三个小兄弟到密室恭贺孟仁赞，大家嘻嘻哈哈，仿佛还是那帮打打闹闹的府中顽童。可孟知祥居然登基没几个月便病故了，孟府、皇宫一片大乱，这时候有亲兵卫队将孟仁赞连夜护送入宫，三个小伙伴再到孟府时发现，孟府已经禁止进出了。孟仁赞一夜间好像再也没法跟他的三个玩伴相见了，更要命的是，他可能再也回不去原来的孟府，那个密室也可能永远都不能打开了。他匆忙间登基为帝，连名字也改成了孟昶。

对于一个十五岁的少年来说，一下子成为一国之君是孟昶没有料到的。爹爹在世的时候，孟昶还是一个不知忧虑为何物的公子，父亲病故，一堆国事迎头压来，整个人仿佛被埋在文书里了。孟知祥虽然走得匆忙，却还是为儿子留下了几位顾命大臣，赵季良自不必说，其他还有武信节度使李仁罕、保宁节度使赵廷隐、枢密使王处回等几位，李仁罕和赵廷隐都是孟知祥入蜀之后独当一面的大将。其中，尤以李仁罕分量最重，却也是最有反心的一个。早在当年李嗣源讨伐两川的时候，李仁罕就曾经命他的外甥张业企图加害孟知祥，还好被孟知祥提早知晓，才免于一难。可李仁罕久后必反，这是蜀中臣子们心照不宣的事实。顾命大臣中有李仁罕，无非是孟知祥考虑到兵权排布，不好将李仁罕排除在外，否则将加速他反叛的速度。为了给后世的孟昶赢取时间，不得已将李仁罕加入托孤之臣行列，李仁罕也算是孟知祥留给孟昶最难的一道治国之题。

朝臣绝大多数认为，孟昶不过是一个还在贪玩的孩子，让他来治国理政，过于勉为其难。李仁罕也这么认为，他作为"开川五将"之一，面对孟昶时，总以功高自居，根本没拿孟昶当回事。但孟昶很快发现，同是顾命大臣，李仁罕与赵廷隐似有不合。孟昶就暗暗联络赵廷隐，以先王之义来说服他，赵廷隐当然知道孟昶下一步要做什么，他本来也对李仁罕并不待见，归顺小皇上，还能除了自己的政敌，一石二鸟。

另一边，孟昶被匆忙送进宫去，他的密室四人组都来不及联系，所以登基一段时间后，孟昶又借机微服回到孟府。虽然孟府并没有被外人使用，但已经有些破败之相，孟昶最关心的还是那个密室的情况，不过好在毋昭裔和李昊已经暗中把密室保护起来，在孟昶登基之时，他们就以保护孟府为由，将孟府以及密室保护起来。密室里有小皇上太多机密的东西，不能被外人知晓。孟昶再回孟府，就将密室重启。密室四人组再度重组，第一个任务就是设计除掉李仁罕。

如果有人觉得四个十五岁的少年难能成事，那就大错特错了。如果是别的闲野少年也就罢了，这四人都是西川猛人的后代，耳濡目染的这些军务与计谋，老早谙熟于心。毋昭裔觉得，孟昶应该当机立断，否则李仁罕必定找机会逼宫。事实果然被他言中，广政元年（938），李仁罕自视功高，请求孟昶封他为判六军诸卫事，其实就是禁军最高统帅。这种皇上没有动议，而臣子主动提要求的，应该就属于大逆不道。但孟昶年纪尚轻，而且他不可能当面跟李仁罕扯破面皮，所以还是以忍为上，加封李仁罕为中书令，并判六军事。这种退让，对于一国之君来说，是无比屈辱的。更危险的是，这种有不臣之心的人居然成了禁军统领，小皇帝的安危悬于一线。所以，毋昭裔和李昊、徐光溥这边，也必须将大计提前。

孟昶不只动用了他的这些"玩伴大将"，更联合了控鹤都指挥使张公铎、医官使韩继勋、丰德库使韩保贞和茶酒库使安思谦等人，准备在宫中为李仁罕设下一个必死之局。某日夜，宫中传事去往李仁罕和赵廷隐家中分别通报说，小皇上突发隐疾，整个人疼得满地打滚，现在医官也找不到病因，一来需要大家进宫想办法诊治，二来还要将孟昶之弟嘉王孟仁操召唤入宫，以防孟昶如有万一，考虑由孟仁操即皇帝位。李仁罕被这突如其来的事情一下子弄蒙了，在骑马赶往皇宫的路上，李仁罕问赵廷隐："这事你之前知道吗？皇上以前到底有什么隐疾？"赵廷隐一问三不知，说他也是刚刚才知道。这种答复令李仁罕心中产生一丝喜悦，孟昶虽然是个小孩子，但毕竟已经快十六岁了，如果他再有了自己的孩子，那弑主谋国之事就越发不好办了。孟仁操今年才十岁，对于李仁罕这个禁军统领来说，比起孟昶理应更好拿捏。

李仁罕与赵廷隐双双入宫，被引至皇宫一处宫室之中，说要等控鹤都指挥使张公铎前来议事，此时赵廷隐起身如厕就再未归来。少顷，一瞬间从宫室周围冲出一众武士，乱斗李仁罕，李仁罕虽有武艺在身，却因完全没有防备，身未披甲，兵器离身，最后在殿内被击杀。此时孟昶、张公铎等人现身，然后由毋昭裔、李昊等人带着皇帝亲军封锁皇宫内城，然后由赵廷隐关闭成都所有城门，将外城封锁。接着就将李仁罕的几个儿子和素日朋党捉拿归案。谁也不会想到，开川五将之一的李仁罕居然被一个十五岁的孩子杀于无形，最后大家连李仁罕的死状都没有看到，李大将军就灰飞烟灭了。孟昶就此一举夺回朝政大权。

又过几年，孟昶委毋昭裔为宰相，同时将李昊和徐光溥委为判六军和控鹤都指挥使，还有高延昭、王昭远也都提升为枢密使一级的职务，封安思谦为马步都指挥使。孟昶儿时的一些玩伴和将军后裔此时都成了孟昶的执政班底。孟昶将剑门关封闭，任何关中、中原的战端，后蜀都不再参与，他的目标只有四字："一方太平"。在这种思维的管理下，后蜀国力日盛，成为十国之中少有的可与吴越相提并论的强藩。但这种封关闭国的做法也有其弊端，就是在后晋被契丹所灭，辽国控制中原，契丹贵族在中原劫掠"打草谷"的时候，中原许多强藩都有心投靠后蜀，如若此时后蜀可以倾国之力击杀契丹，孟昶就有可能成为一代英主。但孟昶对定鼎中原并无兴趣，只是觉得，偏安一隅倒也是美事，一旦出击去攻，有可能招惹灾祸，不利于蜀中安定。

后蜀国力强盛，不仅仅在于粮食丰产，水利发达，更在于这里生发出一种独特的丝织物蜀锦。起初，蜀锦还只是在蜀地西南边地流行，整个蜀国并不受益，孟昶为了让蜀锦工艺惠及于民，自己微服私访，进入蜀地西南。在访至嘉州附近彝疆之地时，发现蜀锦的工匠师傅居然是一位名叫阿陀亚的老妇人，但老妇人已经九十八岁高龄了，很难再走出彝疆去传授蜀锦，但她身边有一位三十多岁的妇人，据传生得美丽脱俗，深得蜀锦真传。

孟昶为了让蜀锦惠及蜀国大众，一日，他来到阿陀亚的居所，向老妇人亮明自己的身份，希望将这种技艺广播川中各地。阿陀亚微笑点头，手却指向在旁边的那位年轻妇人，孟昶便转而向年轻妇人深施一礼，抬头却发现，那妇人居然与他孟府密室中的画中人别无二致。

孟昶身为一国之君，居然看着少妇入神，有点儿失体统，亲军统领在一旁提醒，孟昶才回过神来。事毕，他亲自去问阿陀亚婆婆此女来历几何。阿陀亚婆婆说，此女姓费，之前在勾栏之地卖唱为生，后来跟随一徐姓姐妹，被前蜀皇帝王宗衍收为妃子，但入宫没多久，前蜀国破，后来几折磨难才来到彝疆。孟昶猛然想起，当初前蜀皇帝王宗衍的妃子姓徐，就是那位传说中的花蕊夫人，可现在这位又是何人呢？没过多会儿，婆婆引费氏进来向皇上施礼，然后才回答了皇上的疑问。花蕊夫人，只不过是勾栏之地给她们两个卖唱姐妹起的花名，初闻还以为花蕊夫人就是徐贵妃，实则，花蕊夫人是一对曲坛搭档。前蜀国破之后，费氏多次遇险，然后逃难到此，后来被阿陀亚婆婆收留，才学了这门手艺。

事实上，孟昶已经对费氏一见钟情，但碍于身份和环境无以表达。入夜的彝人小院里，费氏在楼上吟唱一曲《玉楼春》，此情此景，恰处楼下的孟昶深有同感，一首小诗脱口而出：

> 冰肌玉骨清无汗，水殿风来暗香满。
>
> 绣帘一点月窥人，倚枕钗横去鬓乱。
>
> 起来琼户启无声，时见疏星渡河汉。
>
> 屈指西风几时来，只恐流年暗中换。

孟昶感怀一生离乱，终得一国平安，却空对自己寄情女子，无以言表。曲也好，诗也罢，无非情意暗传，阿陀亚婆婆虽是彝人，却也看得出孟昶的心思。一日拜见孟昶时，阿陀亚婆婆主动提出，圣上可否召费氏入宫？这样蜀锦不但有所传承，蜀地也能乘宫中盛行之风，将蜀锦风靡蜀地，为国为民，百利而无一害。孟昶兴奋，此结果正中下怀，当然愿意。再去问费氏，费氏低头不语，算是应允。

此后，费氏入宫进阶费慧妃，因费妃习蜀锦之术，蜀中各地派人来习，几年后，蜀锦已在蜀中遍地开花。孟昶大悦，欲重赏费妃，费妃却说，我已经在深宫之中，皇上赐得已足够。若非要提一件事，那便是臣妾最喜芙蓉花，可否让成都百姓，每家每户都种上一株，既可装点庭院，又可壮我国威？孟昶一听，连说好极。便颁令下去，凡成都百姓，家有院落者，皆可到皇宫取两株芙蓉花树苗，种于院中。此令一出，没出两年，成都满城街道庭院，都被芙蓉花装满，户户被融融红粉包围，成都全城都透着袭袭花香。此后有人便习惯称成都为蓉城、锦城。

孟昶虽算明主，但中原陈桥兵变之后的大宋代周，还是将兵锋指向后蜀这个桃源之国。由于后周柴荣时期，已经经历过一次攻蜀，取得了秦、成、阶、凤四周之地，蜀虽未被灭国，蜀道天险却已被四州所破，大宋兵雄，攻蜀几无可敌之险。大宋乾德二年（964）十一月，五万宋军分两路攻蜀，北路王全斌自凤州沿嘉陵江而下，东路刘光义自归州逆江而上。本以为战斗或有胶着，却不想蜀军一击即溃，宋军一路攻到成都城下。孟昶养了多年的兵，却没有一个愿与宋军硬刚，连放一箭的勇气都没有。

眼看蜀军的军力和斗志都不及宋军，而且找不到一员大将抵挡宋军，孟昶没有办法，只能献国请降。乾德三年（965）正月，孟昶托玺走出成都城门，后蜀就此亡国。有人算了一下，从宋军进攻蜀国，到蜀国灭亡，前后只有六十六天的时间，与前蜀的七十天相比，又一次突破了下限。孟昶虽然算是明君，却改变不了蜀国的最终命运。

　　赵匡胤在听闻花蕊夫人的故事之后，率先叫人将花蕊夫人的那幅画像送去汴京，然后宋太祖也陷入对花蕊夫人深深的迷恋之中。后蜀亡国之后，花蕊夫人费氏还曾作下著名的一首诗：君王城上竖降旗，妾在深宫哪得知。十四万人齐解甲，更无一个是男儿！后来花蕊夫人随孟昶一行人被送到汴京，花蕊夫人最后被送入宫中，与赵匡胤会面。可令人诧异的是，孟昶就在入汴京七日之后，莫名而亡。这位后蜀后主，在位三十一年，其间蜀中风调雨顺，物阜民丰，但亡国之痛，较之前蜀，居然不分伯仲。

第十六章
季兴无国随风摆　从海终成高无赖

　　虎狼谷围猎黄巢，最不经意的一个豪强，并没有最终出现在上源驿。因为，这位豪强并不是朱温请来的贵客，而是朱温手下众多家奴之一。这个人叫高季昌，虽然年纪并不比朱温的公子们小多少，他见到朱温却必须恭恭敬敬称一声"阿祖"。但朱温哪里来的这么大孙子呢？这事儿还要从朱温刚刚坐镇汴州的时候说起。

　　朱温那时刚刚当上宣武军节度使，汴州城仿佛就是他的私宅一般，城内争相巴结朱温者众。其中，有一个到处做倒卖生意的李七郎，时常出现在朱温周围。他不急于向朱温示好，却仔仔细细观察记录朱温的各种喜好。朱温那时不好女色，因为有张小姐在，那李七郎便想方设法讨好张小姐。女子喜好胭脂，李七郎便令人买来去孝敬，每次送去的时候，都不是自己去，而只是在拜帖上写上"李七郎"三个字。后来李七郎送的东西多了，朱温也就记住了这个名字，觉得这个人送东西还从不露面，有空的时候可以见他一下。朱温去围黄巢，需要军饷，李七郎卖了自己的两处宅子，将卖得的金银送到朱温府上。朱温后来听说李七郎卖宅劳军，相当感动，就命李七郎来见他。李七郎终于见到朱温时，朱温问他，你为我贡献了这么多，到底想要什么赏赐？是美女、美器、良田，还是什么封号？李七郎却不停地摇头。

朱温奇怪，这人什么都不要，那他想要什么呢？再问李七郎，他说："我为将军劳军，并不是想讨什么赏赐，而只是欣赏将军的英武之气，无来由地想亲近，并无他求。"李七郎这么一说，朱温就更感动了，上前拉起李七郎的手说："俺以前也是一个市井中人，想不到竟有你这般对我脾气的人。"李七郎虽比朱温小不了几岁，却偏偏要拜朱温为父亲。朱温一时心软，干脆收了这个干儿子，然后将他改名为朱友让。朱友让家里有一个家奴，就是高季昌，从小父母双亡，从来就以李七郎为父，李七郎改名成了朱友让，那高季昌便成了朱温不记名的一个孙儿。虽说朱温不在意朱友让一家如何孝敬他，却一直在被高季昌逢迎，一口一声爷爷地叫着。朱温被高季昌说得高兴了，而且看高季昌为人机灵，便问他，去军营里干个活计愿不愿意？高季昌当然愿意，还对朱温行三拜九叩之礼，把朱温哄得这叫一个乐和。

一夜之间，家奴高季昌转眼就成了朱温手下的牙将，他在军中勤于练习，脑子也灵光，没多久，就将骑射之术学得精通。此时值天复二年（902），朱温与李茂贞决战。汴军围困岐山，战情胶着，朱温一时想不到办法战胜李茂贞，便向军中之人问计，谁若有计可降李茂贞，赏百金。高季昌这时候向朱温献了一计，就是诈降。高季昌冒充朱温手下一将军，以朱温对他军法过重为由，要投奔岐王李茂贞。临阵叛将，兵家大忌，李茂贞几经试探之后，觉得这次投降应该是真的，然后暗中打开城门，将被打得血肉模糊的高季昌放进了凤翔。高季昌进了凤翔之后，便依计在夜半子时把凤翔城门打开，朱温率大军杀入凤翔，最终将宿敌李茂贞一举击败。

此事之后，朱温对这个为自己献计并亲自上演苦肉计的高季昌印象极深，他只能更多赏赐高季昌的主子朱友让，却总觉得似乎欠高季昌点儿什么。高季昌令朱温欠下的这份人情，想不到后来居然成就了他的一方霸业。至此，高季昌再也不是那个默默无闻的家奴，而是名闻天下的大破凤翔城的英雄。

天复三年（903），机会终于来了。当时的武贞军节度使雷彦威出兵占领了荆南的江陵，在荆南之地图谋自立。唐廷派出当时的山南东道节度使赵匡凝去攻雷彦威，雷彦威一击即溃，赵匡凝令其弟赵匡明为荆南留后。按说作为唐臣，收复了荆南理当向皇上复命，可赵匡凝却待在荆南不归，而且还悄悄联系淮南节度使杨行密和蜀中王建，想三人结成同盟一起对抗朱温。朱温觉得这种态势不利于他，便在三者之中挑了荆南这个最弱一环，意图猛攻。

天祐二年（905），朱温大将杨师厚一举攻下荆南七州，最后占据襄阳，赵匡凝逃去南吴，赵匡明投去前蜀，朱温以贺瑰为荆南留后。第二年，雷彦恭居然再次来攻，朱温派出时任颖州防御使的高季昌去救援，等救下荆南之后，高季昌以雷彦恭还需提防，赖在荆南不走了。朱温觉得，荆南已经被占了七州，还剩一州江陵也是破败不堪，这块没有肉的骨头，任高季昌去啃又能如何。高季昌也不急，就努力将荆南的百姓生计慢慢恢复。荆南留有高季昌，朱温认为最大的作用还是有朝一日要去打雷彦恭，到时候再从汴梁调兵太费周折，莫不如让荆南的高季昌去。开平元年（907），果然高季昌在朱温的指使下对雷彦恭动手了，同时，马殷在未受征召的情况下，也前来配合高季昌。雷彦恭最后身死，荆南的危机解除，高季昌和马殷也各取所需。朱温这时候还是不想调高季昌回来，主要还是想牵制马殷和杨行密，荆南虽不大，却是前往江东和湖南的门户，高季昌这条忠犬，朱温最希望他出现在那里。

高季昌对朱温、对后梁的忠心，以他自己的话说，从无动摇。但后来朱温被杀之后，高季昌第一个慌了，派人一趟一趟去汴梁打探，最后得到的结果是，朱友贞上位。高季昌命在汴梁的使者先别回荆南，他往汴梁先运去一车金银，以示效忠。朱友贞也对他不薄，封他为渤海王，转眼间家奴就成了王爷。朱友贞守业不长，很快被后唐取代，这下高季昌尴尬了，按理说他是朱梁的旧臣，肯定应该守节拒唐才是。但高季昌并没有做任何抗争，而是千方百计巴结李存勖。后来觉得似乎任何表达都无以逃过此劫，最后他兵行险招，亲自到洛阳去拜见李存勖。

离开荆南之前，他还把自己的名字先改了，高季昌改为高季兴，按他的说法，一方面要避李存勖爷爷李国昌的讳，另一方面也希望看到唐国国祚永兴。此时此刻的李存勖，才刚刚得到江山，他宣诏全境，让诸侯王到汴梁觐见。就在诸侯都在迟疑的时候，高季昌先来了，然后在李存勗跟前痛哭流涕，抱着李存勗的大腿说："朱温就是一个窃国之贼，我上了他这么多年的当，被他威逼着干了那么多的坏事，我向唐王忏悔呀。"而且李存勗发现，高季昌还把名字给改了，成了高季兴，被他这种"纯良"大为感动，便问高季兴说："这么多诸侯王都没来见我，你第一个来，就不怕我杀了你吗？"高季兴一听李存勗的话，又哭了："唐王啊，您就杀了我吧，如果这样能平息您对大梁的怒气，那就全让我承担了吧，您别迁怒于别的诸侯王了，我高季兴本来就是一个奴才出身，命贱福薄，能用我这一条贱命换来您的喜笑颜开，我非常愿意啊……"李存勗出身世家，此前还真未见过高季兴这种泼皮无赖，就真对高季兴的忠心信以为真，暂时放下了杀他的念头，可是也没有放他回荆南，直接将他扣留在了洛阳。

在洛阳的日日夜夜，高季兴一个时辰就恍若一年，突然有一天李存勗又宣他觐见。高季兴又以为李存勗要杀他，心又悬了起来，但见到李存勗时却发现皇帝问他，想统一天下，是先攻蜀，还是先攻吴？高季兴想都没想便回答当然是先攻蜀。蜀中自古就有天府之国的美称，国力也好过南吴的贫瘠之地，有了蜀地的钱粮，再攻南吴易如反掌。高季兴反应是极快的，他当然想到攻吴的坏处，他离南吴太近，李存勗若先攻吴，成功之后顺手就把他的南平灭了。南吴和蜀国，当然是杨行密的南吴要强大一些的，先攻强敌才是正解，但高季兴出此一策，无非是想让李存勗在前蜀耗费国力之后，再与南吴对决，到时他再与南吴站在一起，才有取胜的可能。李存勗居然没有看破他的心计，反而信以为真，后来他也果然依高季兴所说行事，令郭崇韬去攻蜀国。后来郭崇韬也向李存勗建议说，最好把高季兴放归南平比较好。因为伐蜀之时，南平可以挡住蜀国向东逃窜之路。李存勖听了这个建议，于是放高季兴回荆南。

高季兴回到荆南，非常后怕，回想他在洛阳的日子，每天都好像活在刀尖上。他对他的手下说："我就料到李存勖一定不会杀我，因为我是第一个去觐见他的诸侯王，如若把我杀了，谁还会归顺他呢？岂不是失了天下的人心？"高的手下听罢连连向他竖起大拇指。高季兴高兴之余还不忘了修书给杨行密说，李存勖向我问计先攻蜀还是先攻吴，我建议他去攻蜀，因为我跟吴王您才是同气连枝、唇齿相依的，您放心，一旦李存勖有一天来攻吴，我必效犬马之劳。即便这样，他还不忘了向杨行密卖一个人情。

另一边，高季兴也给蜀王王建去信说了李存勖向他请计这回事，但他说的内容，与他告诉杨行密的正好相反，"我建议先攻吴，再攻蜀"，如若唐来攻蜀，我定为大王效犬马之劳。高季兴这种只占三州之地的诸侯，骑在墙头位置，面对各方势力的倾轧，无非就是这样一副嘴脸。但高季兴还真没有把这种事情当什么负担，因为他就是这样一种为人，他能主政南平，也是将这种厚黑用到极致的结果。同光二年（924），李存勖正式封高季兴为南平王，这则册封似乎沾满了高季兴匍匐在李存勖脚前的眼泪与泥水。此时郭崇韬已将前蜀灭国，算是主人扔给牧羊犬的一条鸡腿。

高季兴本应志得意满才是，但他想的是，应该顺势向李存勖要些赏赐才行。一般的金银他根本没兴趣，把前蜀的夔、忠、万、归、峡五州划给南平，这才是高季兴最想要的。高季兴舰脸去要，当然得到的是李存勖的白眼，攻蜀的时候你一兵未出，现在居然还索要五州？李存勖实在后悔当初没杀了这个南平宵小之徒。不过李存勖也没后悔多久，就在洛阳兵变中死去。后来，新主李嗣源登基，这时候高季兴居然做了一票"拦路抢劫"的大事，差点儿让他丢了性命。

后唐灭前蜀之后，得了很多的贡物，其中仅金帛一项就有四十万之多，这么多贡物要运到洛阳，沿长江顺流而下，到了荆南再转陆路是最便捷的一条路。这位南平王高季兴，居然惦记上了这一票"皇纲"。当日在荆南峡口，高季兴派人将这一票贡物一朝劫走，算是五代时期最大的一桩抢劫案，不仅因为赃物价值巨大，更因为作案者是南平之王。

这件事令新君李嗣源大为光火，对高季兴万分厌恶。后唐朝廷要任命夔、忠、万三州的刺史，本来官员已经赴任，却半路被高季兴派人"劝返"，然后高季兴派出他的三个侄子去三州充任刺史。这还不算，高季兴同时还出兵涪州，将后唐治下的涪州硬生生攻下。李嗣源此时终于出离愤怒，命大军压境荆南，高季兴一看情势不妙，连忙向南吴求援。他给吴主写信说："当初我是向李存勖极力劝阻，最后唐国才没有兴兵伐吴，现在蜀国已灭，是我高季兴救了南吴。吴主不可忘恩而负义，在唐军压境的时候，一定要救一救荆南的恩人！我愿意携南平百姓降吴，成为吴国的一部分。"高季兴写这种悲凄的信最是拿手，用这种感天动地的手段也是驾轻就熟。似乎吴主完全没有理由不救南平，否则就难于立足人世之间了一般。一夜间，南平与南吴合并，南吴派兵助南平抵抗后唐大军，战况陷入胶着状态之后，唐军终而撤走。高季兴以国相投，吴主当然应有封赏，便封高季兴为秦王。第二年，在诸侯之间闪展腾挪了一辈子的高季兴，终于结束了他一生的跳脱与闪躲，在安详中死去，其长子高从诲继承王位。

高从诲上位，等待他的并不是什么四海升平，而是后唐对他的敌视，因为南平这时候还是南吴的一部分。高从诲一直不赞成高季兴联吴抗唐的策略，后唐离南平那么近，如果想破除吴、平联盟，那先受攻击的也一定是南平，如果南吴还算有一片沃土，那只有三州之地的南平就属于什么都没有，除了向后唐称臣，并没有其他的办法生存。所以，他一上位就一改之前高季兴向南吴示好的策略，而改向后唐称臣。

南平的屈服，打开了马殷的楚国和山南东道节度使安元信的朝贡后唐之路，李嗣源对此还是欣喜的，他知道在乱世之中，不可能有绝对的敌人，与南平修好对后唐也没有什么不利，同时还可以作为挡在后唐和马楚之间的屏障。李嗣源下旨，封高从诲为荆南节度使兼侍中。高从诲之后又复得其父高季兴当初的渤海王和南平王的封号，被后唐宠幸的高氏一族，虽只制三州，却可以保持相对的太平生计。

新南平王高从诲并不想真的像他父亲一样，奴颜婢膝地过活。高从诲最想做的事情就是重新做一个光彩的人，代替高季兴在世人眼中卑微到尘埃的形象，可事实却总是冰冷地摆在面前，又让他不得不低头。即便是南吴、南楚这样的国家，他也根本不敢得罪，因为哪一国稍稍用力地来攻南平，都可能让南平片瓦无存。

马楚、闽国、南汉每次向后唐进贡，都会经过南平地界，高从诲每次都想从中劫获一笔巨资，但他不敢，即便南平三州再不宽裕，也不好生出事端、惹来什么灾祸。但当石敬瑭向契丹称儿，并南下灭唐的时候，高从海觉得终于等来了机会。但这个机会也肯定不是北上配合石敬瑭灭唐，他根本没有理由也不敢这么做。他能做的，只能是让军卒假扮江洋大盗去打劫南方三国北贡的车队。南部三国被人劫了贡品自然不会甘心，也一定会向南平来讨，报到高从海这里，他便当时戏精上身，只说自己完全不知，而且严令下去缉拿凶犯。他本人就是凶犯，又到哪里去拿呢？无非是从南平狱中抓几个死刑犯，先斩了，然后伪造现场。这种所谓追讨，是一定能追讨回来一些贡品的，但肯定不会是全部。被那些"山大王"挥霍一些，是注定的调查结果。

这种趁火打劫的事情干多了，也很难有不失手的时候，比如其中一次南汉进贡给石敬瑭的贡品车队又一次被高从海截获，高从海还是一退六二五、一问三不知，接着还是严令拿办。但是，这次南汉是有备而来，他们事先抓到了一个劫持车队的贼人。本来高从海是要求所有人，一旦被捉是一定要咬舌自尽的，但这个南平士兵贪生怕死，被南汉带回广州审问，水落石出。南汉带着人和口供来找南平王，质问高从海，他到底想干什么？难道真的想和南汉开战吗？高从海一看证据确凿无法抵赖，最后没办法，只能将打劫的贡品又全部吐出来，而且向南汉一再保证，绝无下次。但真到了下一次，南汉的车队被劫的事情再次发生，南汉国主气愤至极，计划点兵去攻南平。南平王赶忙求助南楚的马希范，马希范从中斡旋，南汉思量再三，没有出兵。南汉并不是害怕高从海，而是觉得自己跨过楚国的国境去攻南平，一则楚国必定不爽，即便不说，也会想着抄南汉的后路，倾巢而出，广州恐有危机。二则，若千里迢迢来攻南平，新登基的石敬瑭会怎么想？他只会认为南汉这是在向后晋朝廷炫耀武力，得罪谁，也不好得罪中原之主。

正因为南平活在各个大国的夹缝之中，在他们互相争斗和顾虑之间图谋生计。高从诲难道不懂得屈辱吗？他比谁都懂，但他一直坚忍，觉得他还没有等到，对任何人都可以亮亮牙齿的机会。高从诲并不是第二个高季兴，他也有抱负，希望自己不仅仅是三州之主，哪怕七州、八州也好，不过现实总是将他无情击败，时时告诫他，自己只是一个弹丸之地的主人，除了打家劫舍，什么也干不了。为了在每一次作案之后耍赖时都可对答如流，假戏真唱，此后的每一次打劫各地贡品的行动，高从诲都会参与，以至于他知道每一个环节的内情。即便在以后耍赖做戏的时候，他也能把戏做真，让人不得不信。

南平本是关羽故地，高从诲从出生开始，关羽的故事就塞满了耳朵。他肯定是想当关羽的，现实却让他不得不成为鼠辈，南平王的世界似乎注定纠结。在南平的西南有一条浣水，以前时不时就会有水患，高季兴治理南平之后，水患是没有了，却盗匪横行。高从诲在这里定了一个他信得过的县官，那是他最早的亲兵高桅。在浣水高桅以雷霆之势，将这里的匪盗清剿一空，但后来高从诲暗暗告诉高桅，他会时不时地在浣水做一些"买卖"然后会嫁祸给之前的贼人，每次得手之后，就牵出一些贼人来杀掉，再给南方贡主将首级送上。到后来，高从诲做山匪居然做出了习惯，每过一段时间，他都会来到浣水，即便没有贡品经过，即便他不做买卖，他也会在山顶看一看往来经过的商队和商船，成为他人生难得的一件爽快之事。

石敬瑭称帝之后，南平是不是继续向后晋称臣，成了高从诲的一块心病。正巧，石敬瑭派陶穀出使南平，去见高从诲。高从诲在望沙楼摆下一宴，宴请陶穀。没喝几杯，高从诲便说："就这么喝实在缺了雅致，还是让我的战船给陶公助助雅兴吧。"没过多久，居然从望沙楼一边的江水里闪现一众巨大的战舰，这些战舰一眼望不到头，浩浩荡荡地驶过望沙楼。陶穀知道高从诲是在向自己秀实力，是希望他将"南平需面北称臣"的话咽回去，不想，陶穀居然对着巨大的船队赋了一首诗："荆南楼头半江游，却看巨艘衔队流。云知天宫神迹在，未及洛阳一徐侯。"还在徐行的船队马上被高从诲叫停，他听出了陶穀的弦外之音。石敬瑭称帝的时候没有水军，而是向契丹方面请来了一个水军教头，姓徐。但徐教头并没带多少船过来，只是经山东带来三十艘船，在契丹的帮助之下，石敬瑭建立了自己的水军，最终水军大船达到三百艘，在训练的时候，黄河之上根本排摆不下，最后不得已将一半船只转到了东海去。陶穀诗的意思便是，你一个南平的弹丸之地，哪知道什么叫天宫神迹？三百艘大船来了定是遮天蔽日的状态，你这几艘战船，都赶不上契丹徐教头带来的三十艘战船威武。

可很快高从诲就完全清醒过来，以南平这样的江山，冒险去做独立之事是不可想见的。他最急于做的，就是亲自走一趟洛阳，去觐见石敬瑭，然后将南平托国之资委于儿皇帝。既然石敬瑭为了成功都可以称儿，那南平称什么都无所谓，只要可以继续活下去。

不过，仅仅努力示好中原之主是远远不够的，南吴、马楚、南汉，甚至吴越、闽，都需要用心维持。因为任何一国的任何一君，万一某一天看南平不爽，那都有可能就是灭顶之灾。

后汉初立时，高从诲还曾考虑与后汉断交，但如果真断了，那北方的商队就不再过路南平，南平至少少了一半税源。没办法，高从诲还得去求刘知远，刘知远建国不久，北方强敌环伺，也确实没有那个心力去剿灭南平，所以双方也只好模糊了事。高从诲惶惶然在位几十年，最后在五十八岁这年等来了大限。高从诲死后，其三子高保融继位，既然高从诲几次尝试立国都告失败，高保融就更没有这个胆量和心力来做什么大事。

主政南平之后，高保融做的第一件事一定是先向北称臣，后汉也不算辜负他，直接封他一个渤海郡侯。本以为可以安享太平，可这时候郭威以周代汉，高保融还没有他爹那点儿韬略呢，一下子慌了。还是谋士劝谏说，向汉称臣和向周称臣，其实都是一样的，汉可以是咱的主子，换成了周，一样可以是咱的主子，根本没有什么分别。高保融听后，便早早准备下贡物，向后周称臣纳贡，郭威封他了一个渤海郡王，后来柴荣继位之后，又封高保融为南平王。

这个王爷也不是白封的，柴荣在显德五年（958）要攻打南唐，高保融派了三千兵到夏口，给柴荣意思了一下，柴荣也知道，高保融这三千兵肯定顶不上什么用场，但毕竟地理位置摆在那里，南平是阻击南唐的重要补给站。高保融不仅出了兵，给后周做了补给，他还自作主张给南唐中主李璟写了一封劝降信，大致意思是："李兄，咱们本是邻居，虽然我跟你不同，我这人最大的优点就是识时务，不能跟后周这种角色硬拼。还是早早投诚了，才能保证江东免于战火。"李璟当然不可能听高保融的这些丧国之辞，执意与柴荣开战。结果南唐战败，失去了江北八州，后周军发现一些李璟的信笺，居然发现了高保融给李璟的这封劝降信，柴荣大喜，给高保融赏绢百匹。

高保融得了实惠，却更加害怕柴荣。因为柴荣可以对南唐动武，自然就可以向南平发兵。南平只有三州，连抵抗一下的资格都没有。高保融觉得，南平最后被吞并，一定是无解的宿命，但他不应该什么都不做，打白旗请降并不应该成为唯一选择。他在南平北边的"北海之地"（相当于一个面积稍大的湖泊）修建了不少防御工事，在一些山顶、峡谷都设了重兵把守。即便防不了后周军的进攻，监视后周的动向也是可以的。

这种殚精竭虑的日子，高保融过了几年，到了北宋建隆元年（960），他这颗每天悬着的心总算是放下了，四十一岁的生命走到终点。接下来的南平王，又轮到了他的弟弟高保勖。可高保勖是一个酒色之徒，根本没有为江山花什么心思。他在位的时候，几乎将妓院开进了王宫，每天在美酒与美色之中穿梭。这种行为是极伤身体的，南平王只当了两年，高保勖就把自己搞到奄奄一息的地步。最后他觉得自己的儿子主政也肯定好不过自己，所以在他咽气之前，把王位还给了高保融的儿子高继冲。

高继冲倒是无欲无求，只想复制他爹的做法，期望保南平安生。可高继冲命运却非常不济，这个时候马楚的武平节度使周行逢病故。这本来跟高继冲没有任何关系，可周行逢的部将张文表不甘心将权力交给周行逢的儿子周保权。周保权没办法，只能向大宋求援，大宋觉得必须出兵朗州，由杨师璠挂帅出征，但这次征讨必须借道南平，高继冲本无意做任何抵抗，但借道平乱，即便不抵抗，这三州之地也不可能保全。高继冲思虑再三，最后决定献城投降。

　　高继冲虽然知道这是赵匡胤的一计，可中原之主只要动了灭掉南平的心，南平就只有灭国这一条路。最大的区别就是，南平之主投降之后，还会一样享受安乐生活。北宋也给了高继冲爵位和封赏，高继冲献降之后，反倒活得通透，再也不想那个让他们三代五王牵肠挂肚、且行且远的南平了。

第十七章
征太原辰图再现 赵光义天下归宋

赵匡胤点检得国，对天下诸国几乎横扫。南平的高继冲献国最早，不过好像他也没什么好办法，南平地少人薄，再说赵匡胤找了一个很好的借口，那就是去援兵朗州，不得不从南平借道。三州之地，如何借道？大军必过，那还不如降了痛快。后蜀的孟昶，是携了花蕊夫人一起献国投降的，但到汴京没过七日就一命归西，坊间传闻不少，很多人说，是因为大宋之主赵匡胤为了顺理成章得到花蕊夫人，便早早送她的丈夫去了清净之地。诸多传言不足取信，不过，宋主给南唐后主深情款款写了一封信，倒是真的。据说信里说了很多细腻贴心的话，说大宋想要收复南唐，当然不算件容易的事，但也并不算困难，不过刀兵一起，那南唐之地就再没有风花雪月般唯美之境，岂不煞了风景？大宋有怜你之心，南唐国主已历三代，李氏将江东之地治理得物阜民丰，我没有破坏之理，但你也要给我一个足够的理由才行。

南唐后主李煜本是一个富家公子的角色，每天吟诗弄赋，文人治国领天下之先。不过，南唐相较大宋，国力注定不及。论疆土，南唐并不弱于大宋，却弱于兵戈，几次开战，赵匡胤亲自督战，已经让南唐见识到了大宋铁骑的厉害。不过投诚，李煜还是心有不甘，却又无力应战，只能向宋主托病不出。宋主说，你若有心归顺于我，可转到汴京，我这里有天下贤者、郎中，无论身病还是心病，都可一并去之。李煜怎会不知宋主话里有话，不过托病总归不是个办法，一个国家如果气若游丝，你即便再不忍它离去，却也真的做不了什么。"春花秋月何时了？往事知多少。小楼昨夜又东风，故国不堪回首月明中……"李后主的无奈只能更多赋予诗词，却改变不了他最终奔去汴京的命运。在他看来，南唐并不算亡，只不过最终成了大宋的一部分，自己不再是那个唐王，而是大宋一方闲云之主罢了。

五代时期，对于任何一个中原新主来说，北方的威胁无疑都是最大的。因为无论唐、晋还是汉，都是由北方起事，顺势向南攻取中原的。那大宋更不例外，赵匡胤陈桥驿黄袍加身，将柴氏一族安顿妥帖之后，首先就是要北伐。天下诸国，前蜀被后唐所灭，马楚和闽被南唐所灭，只余北汉、后蜀、南平、南唐、南汉、吴越六国。先北后南，先难后易。谁都知道，七国中，北汉最弱，却也最难。因为北汉的背后有契丹，如果没有对契丹必胜的把握，就不要想先动北汉这颗"烫手山芋"。不过赵匡胤怎么会怕契丹这种敌人，在他看来，北汉只不过就是诸国中的一个，而且，自北汉的刘崇建国以来，一直都以他们是汉国正统自居，从后周时期就开始质疑中原之国，现在又轮到大宋。赵匡胤并不是不想攻北汉，只是想等到一个合适的机会，毕竟后周的柴荣就是在北伐的时候过劳而亡。定鼎天下的事急不得。

刘崇病死后，儿子刘承钧继位。新皇帝继承刘崇的国策，向北称儿，北汉还是大辽国的附属国，不过辽国之于北汉，早不是那个爱护有加的主子了，因为辽国皇帝也换了几次，对北汉的看法也一变再变。不过辽国毕竟是北汉的宗主，不至于放弃不管，因为这个北汉小国是幽云十六州的屏障，得之无味，失之可惜。

到了大宋开宝元年（968），赵匡胤终于等来了机会。北汉孝和帝刘承钧病故，因为没有子嗣，最后由他的养子刘继恩继位。这位得国者，令北汉朝堂一片哗然。刘继恩本姓薛，父亲薛钊，本来是先帝刘崇（后改名刘旻）的女婿，与刘旻之女生下刘继恩。但薛钊不仅无能、赌钱，还打老婆。一次豪赌回来，输了很多钱，其中就有公主的一些私房钱，公主气不过，就与薛钊吵了几句，她骂薛钊"没用的东西""只知道吃睡，白费了一个男儿身"，这种话对一个男人来说是近乎无法忍受的。结果薛钊居然气得拔出佩剑刺中了公主，觉得公主既死，自己也无生望，然后自刎而亡。不过没想到公主最后没死，经名医抢救得以生还。之后，公主带着刘继恩嫁给了黄姓人家，又生了个儿子，直接让他随母亲姓刘，起名刘继元。因为刘承钧没有儿子，最后刘旻就命他把刘继恩收成养子。其实刘继恩是刘承钧的外甥，本应称他为舅舅，最后却称父皇。

刘继恩的继位导致一个重大的问题，那就是刘氏的血统不纯正了，皇帝已经不是刘家人。况且，其生父本来就是一个捅了公主一剑畏罪自杀的杀人犯，这种血统，令北汉权臣心中异常惴惴不安。一旦有人拿这些事情做文章，那北汉的国体、颜面都荡然无存了。更重要的是，北汉的宰相、权臣郭无为与刘继恩的政见不合。在郭无为看来，刘继恩根本没有才德当这个皇帝，在刘承钧活着的时候，刘继恩这个储位郭无为就坚决不同意。现在刘继恩成了皇帝，那摆在郭无为面前的只有两条路，一条就是伸出脖子让刘继恩来砍，还有一条就是借助一些外部力量，将刘继恩拉下皇位，保自己一线生机。

郭无为不可能向大辽求援，因为大辽本来就有吞并北汉之心，辽国一直都觉得北汉耗费了大辽太多的国力，而且北汉十二州之地，多为贫瘠山地，根本无法给大辽提供给养，在大辽的廷议上，已经多次发生要将北汉统入大辽的议事，最后都被辽主弹压下去。这种时候向大辽求援，就相当于给大辽一个吞并北汉的绝好借口。郭无为没有办法，只能向赵匡胤求援。赵匡胤所谓的援助，只是借一些粮草和战马，并不可能参与北汉的皇位之争，因为他还是要看北汉乱局之后大辽的真实反应，再做决断。

就在北汉朝堂风云突变的当口，突然出现了一则传闻，说在北汉的文瀚阁的藏书当中，发现了一张黄巢时期流落民间的宝物，名曰"五代星辰图"。传说此图彼时就预言了五代诸国的走势，得之者，天下定。而北汉之所以经年不为中原更迭所乱，也概为此物所镇。

郭无为身处逆境，虽然刘继恩尚没有对他不利，但他感觉已立于危墙之下，只能先下手为强。一日，他调开禁宫守卫，命自己的亲信侯荣霸带兵入宫，刘继恩在宫中疯狂奔逃，最后被侯荣霸堵在勤政阁，刘继恩终而殒命，而此时他才刚刚登基六十天整。郭无为第一时间带兵入宫勤王，并在勤政阁将侯荣霸杀死。郭对外只说侯荣霸犯上作乱弑君谋逆，他已经将这逆贼手刃。然后假惺惺地号哭，连称皇上死得好惨，然后安排全国行国丧。

　　丧事办理完毕之后，由郭无为主导由刘继恩同母异父的弟弟刘继元即皇帝位。其实，刘继元跟刘继恩一样，都不是刘家人，他本应姓黄。北汉这一番宫廷之变，终于让赵匡胤看到了出兵的机会。理由并不仅仅是宫廷之争损害了大宋利益，而是，在北汉宫室中私藏巫蛊之物，以致宋主最近频现头疾，此伐北汉一并除之。虽然郭无为一再向他赔罪说，所谓坊间流传的"五代星辰图"不过是一个方士的收藏而已，巫蛊之术的说法完全不实。但赵匡胤誓要起兵，郭无为说些什么，根本不重要。宋开宝二年（969）三月，宋军来到太原城下，当年五代之主中，李存勗、石敬瑭、刘知远三位开国皇帝，都是从太原起兵征服天下的，所以太原城池异常坚固，贸然攻城伤亡一定很大。宋军大将陈承昭详细看过地形之后，向赵匡胤力荐一策，他的计划是，将汾水在太原城外筑坝抬高，等到河水抬高到可以淹没太原的程度，就将大坝掘开，引水灌城。赵匡胤觉得此计甚好，只不过耗时耗力，但陈承昭说，那也一定好过强硬攻城死伤无数，最后赵匡胤决定用水攻。宋军在太原城外耗时两个多月，将汾河水用坝抬高，太原城内一片惊恐，主战主降分成两派。其中郭无为自然是主降一派，可刘继元年纪虽小，却并不愿做亡国之君，他力主死守。几经激烈争论之后，刘继元竟将郭无为拿下斩首，太原城内一片誓死尽忠的呼声。

就在此时，宋军将汾河大坝掘开，汾河水如醒狮一般奔向太原城。不过太原城也有地理优势，在几位开国皇帝的治理下，早就建有抵抗洪水的暗渠，在这一刻，太原城内暗渠都被放开，洪水并没有把太原城完全变成一片泽国。此时契丹在关键时刻也派来了援军，再加上刘继元亲自上阵、殊死抵抗，宋军战败，且死伤惨重。宋军惨败，无力再战，只能退兵。

宋军北方战败，但在南方却节节胜利，一举攻下了后蜀、南平、南唐和吴越，国力大增。对北汉一战，赵匡胤明白了一个道理，北汉这种国家，必须先从经济上对其釜底抽薪。赵匡胤用了最毒的一计，那就是，昭告于汉宋边界的边民，若有北汉亲属者，从北汉入籍大宋即可获二百钱，多多益善。此举一出，相当于北宋从北汉抢夺人口。一个人头二百钱这个数目，对于收复江南大片江山的大宋来说不足挂齿，但对北汉来说，那就是一个天大的数目了。自从大宋奖收边民的政策出台，北汉的人口持续减少，平均每年减少两万户左右。

时机日趋成熟以后，开宝九年（976）秋季，赵匡胤第二次征北汉。这一次赵匡胤并没御驾亲征，而是命他手下大将潘美、党进、杨光义、郭进兵分五路进攻太原。这次攻势凌厉，北汉基本没有任何抵抗能力，况且全国已经被抢走数万户人口，连兵源都成了问题。眼看北汉亡国就在眼前，这时候大宋宫廷却传来一个令所有人震惊的消息：赵匡胤居然在与弟弟赵光义的饮宴之中暴病而亡，后来又流出"烛影斧声"的传说，坊间传闻极多。皇帝崩逝，北汉前线的战事也只能停止，宋军回师汴京，以治国丧。

赵光义自幼就跟随二哥赵匡胤在洛阳夹马营当孩子王，后来赵匡胤当了皇帝，将他封为河南尹。五代之中有一个不成文的惯例，就是未来的储君，都会被封为河南尹。不仅如此，赵光义还"接了二哥的班"，成为大宋的殿前都点检。这个职位，正是赵匡胤代周立宋之前，在后周所任职位。无论坊间传言，还是各种各样的安排，大宋的江山无疑都将是一个兄终弟及的结果。赵光义在众星捧月的气氛中登基新皇，而此时南方诸国也基本被平定。太平兴国三年（978）四月，在王闽之后割据漳、泉之地的陈洪进也投降大宋。四月的时候，吴越王钱俶也向大宋纳土归降。南方战事已平，大宋国力又上了一个台阶。

第二年正月，赵光义命大将潘美第三次征伐北汉。这一次，大宋基本带齐了最豪华的班底，除了潘美之外，大将李汉琼、曹翰、刘遇都加入征北的队伍中，而且他们在进攻中，对太原城各寻一个城门进攻，经历过前两次的征北，全军上下对太原的了解超乎想象。但赵光义区别于赵匡胤的打法，他暗地里派出一支奇兵，太原石岭关守将郭进被赵光义钦点在忻州阻击可能来援的契丹兵。这一招果然妙，郭进在忻州一举将契丹援兵打败，杀死契丹兵一万余人。北汉后无援军，前有强敌，似乎再也没有不破的道理。宋军并没有急于攻破太原，而是围而不打，但对北汉其他重镇都悉数收编，到四月底的时候，还在北汉控制之下的就只剩太原和汾州两座城池了。太原也陷于无粮无援的境地，北汉末帝刘继元只好戴好白衣白帽出城献国。

赵光义虽然收了北汉的国玺，但他对北汉宫中所藏的那幅名画"五代星辰图"更感兴趣。他领军飞马入城，从之前入城的潘美手中接过那张羊皮卷，然后就在北汉的勤政阁的书案上摊开，阳光从大殿的空格之中洒下来，正好照在那幅画上。这时，大殿边门突然出现一位道长，他轻摇拂尘，向赵光义轻道"无量天尊"，潘美正欲命人将此道拿下，却被赵光义按住。道长说，此前我师叔妙华道人只在黄巢面前展过此图，不想现在此图又出现在北汉宫中。"那您是哪一位呢？"赵光义问。"小道道号'轻风'。"

赵光义说："孤再三看此画也看不出个所以，还请道长赐教。"轻风道长走近之后，为赵光义在画上指点道："五代星辰图，就是有五颗天星洛尘而去，天相彗尾，指代那梁、唐、晋、汉、周五国，虽初看势强，却终而败于自家不孝儿孙。另此画有一条大河，河东有树，树上有果，皇上可曾细查过有几棵果树？"赵光义这才细查了一下那些果树："道长，有十棵之多。"轻风又说："此十树，树上有果，指代那边鄙十国。虎狼谷一役，十国强主一齐登场，却聚似火，散成星。分散到十处兴国之地，每处都有其强盛的根由，却因自家子嗣孱弱，终而难强。虽看似通透，却终而为大河所困，也同时为大河所滋。""那，这大河又代表什么？"赵光义再问。"只因此画为贫道师叔在中原应天府所作，此河在中原被称为宋水。此意便是，十国之树繁茂，也必被宋水所困、所滋。当初师叔将此画交给黄巢之时，曾有几句谶语：'函谷风头一烈缰，涯生疾走鬓风霜。'其实在说黄巢，他年近花甲，却总想用武力解决唐廷之争，最终无非是彗星之光罢了，躲不开一闪而过的命运。'天彗飞斗苍穹度，奈何洛辰一卷光。'无非是说，五国如彗尾飞逝而过，最终还是被宋水洗礼，将一切纷争和乱斗涤尘而去。天下乱局，纷纷扰扰，终归宋水。"

"难道所谓'纷纷扰扰，终归宋水'，岂不是说，结束这五代十国的乱局，是我大宋吗？"赵光义还想问道人的时候，一抬头，发现道人已经不见踪影。潘美也为之一惊，恐是有人居心叵测刺王杀驾，想命人去追，又被赵光义按下了。"此人非人，此道亦非道，你是追不到这位道人的。"

赵光义不慌不忙地收起五代星辰图的卷轴，捋了捋长髯，望着宫城外因汾水奔流而过蒸腾起的满城水汽，猛然间嘴角泛起谜一般的笑意。